La maison du mystère

NORA ROBERTS

La maison du mystère

Roman

Collection :
MIRA

Titre original :
NIGHT MOVES

Traduction de l'américain par DIANE LEJEUNE

MIRA® est une marque déposée par le groupe Harlequin

Ce livre a déjà été publié dans la même collection
en juillet 2010

Photos de couverture
Grille : © ROYALTY FREE / V. ROCH
Arbres : © ROYALTY FREE / V. ROCH
Réalisation graphique couverture : V. ROCH

© 1985, Nora Roberts.
© 2010, 2012, Harlequin S.A.
83-85 boulevard Vincent-Auriol, 75646 PARIS CEDEX 13.
Service Lectrices — Tél. : 01 45 82 47 47
www.harlequin.fr
ISBN 978-2-2802-4813-6 — ISSN 1765-7792

1.

— Peux-tu me dire ce que tu fabriques ?
A quatre pattes sur le sol, Maggie répondit sans prendre la peine de lever les yeux.
— C.J, n'insiste pas.
C.J passa les mains sur son pull en cachemire. Il était de nature inquiète, et Maggie avait l'art de jouer avec ses nerfs. Mais il fallait bien que quelqu'un s'occupe d'elle. Il baissa les yeux sur la jeune femme aux boucles brunes négligemment relevées en chignon. Il observa son cou blanc et fin et la courbure de ses épaules quand elle s'appuyait sur ses avant-bras. A ses yeux, Maggie avait la grâce et la délicatesse des héroïnes de romans victoriens. Mais ces jeunes femmes de naguère ne cachaient-elles pas, elles aussi, une endurance à toute épreuve sous cette apparence fragile et ce teint de porcelaine ?
Maggie portait un T-shirt légèrement humide de

sueur et un vieux jean délavé. Ses mains, au grand désespoir de C.J, étaient noires de terre. Il poussa un soupir d'exaspération. Dire que ces mêmes mains pouvaient accomplir des miracles !

« Ce n'est qu'une passade, s'efforça-t-il de se rassurer, rien d'autre. » Après deux mariages et quelques liaisons, C.J ne savait-il pas tout des lubies des femmes ? Il passa le doigt sur sa moustache blonde impeccablement taillée. Oui, il se devait de ramener Maggie à la raison. Il promena le regard autour de lui et, n'apercevant que broussailles et cailloux, se demanda s'il pouvait y avoir des ours dans la forêt alentour. Des créatures qui, pour lui, habitaient d'ordinaire dans les zoos... Réprimant un frisson de frayeur, il entreprit de raisonner de nouveau son amie.

— Dis-moi, Maggie, combien de temps comptes-tu jouer à ce petit jeu ?

— De quel jeu parles-tu, C.J ? répondit la jeune femme sans sourciller.

Sa voix rauque et profonde donnait souvent l'impression qu'elle venait de se réveiller. Et beaucoup d'hommes auraient donné n'importe quoi pour être là à son réveil...

« Quelle tête de mule ! » se dit C.J en passant la main dans ses cheveux soigneusement coiffés.

Que trouvait-elle de si excitant à suer sang et eau à trois mille kilomètres de Los Angeles ? Dans leur intérêt commun, il devait absolument la ramener à des pensées plus rationnelles. Il poussa un long soupir, comme chaque fois qu'il était confronté à un caprice de la jeune femme. Après tout, négocier, c'était son métier. Il avança en faisant bien attention de ne pas salir ses précieux mocassins.

— Ma chérie, tu sais combien je t'aime. Rentre avec moi.

Cette fois, Maggie releva la tête et regarda son ami. Elle esquissa alors un petit sourire qui illumina son visage aux proportions parfaites : le contour si bien dessiné de ses lèvres, le menton légèrement pointu, les pommettes hautes et rosées. Ses grands yeux à peine plus bruns que ses cheveux éclairaient son teint de lait. En lui-même, ce visage n'avait rien d'extraordinaire. Mais même sans maquillage et barbouillé de terre, il attirait le regard. Il était fascinant, tout comme Maggie Fitzgerald.

Celle-ci se redressa sur les genoux, souffla sur une mèche de cheveux qui dansait devant ses yeux et éleva son regard sur l'homme qui la dévisageait avec sévérité. Elle se sentait à la fois touchée et amusée. C'était souvent la réaction que C.J provoquait chez elle.

— C.J, moi aussi je t'aime. Mais arrête de me traiter comme une petite fille.

— Tu n'as rien à faire ici, c'est tout, poursuivit-il sur un ton exaspéré. Tu n'es pas faite pour ce genre d'activité salissante…

— Mais j'aime ça, répondit-elle simplement.

Le ton paisible et enjoué de la jeune femme fit comprendre à C.J qu'il se trouvait face à un vrai problème. Si elle avait protesté à grands cris, il aurait été facile de lui faire changer d'avis. Mais lorsqu'elle était ainsi, calmement têtue, c'était l'impasse. Pas moyen de faire avancer les choses… C.J décida de changer de tactique.

— Tu sais, je comprends tout à fait que tu aies besoin de changer d'air, de te reposer. Après tout, tu l'as bien mérité.

« Ça, c'est un bon début », songea-t-il. Il fallait continuer sur ce ton indulgent et patient.

— Pourquoi n'irais-tu pas quelques jours sur la côte mexicaine ? continua-t-il. Ou à Paris, pour un week-end shopping ?

— Mmm, murmura Maggie en tapotant délicatement les pensées qu'elle venait de planter et qui lui semblaient déjà un peu défraîchies. Passe-moi l'arrosoir, veux-tu ?

— Maggie, tu ne m'écoutes pas !

— Mais si, affirma-t-elle en attrapant elle-même l'arrosoir. Je suis déjà allée au Mexique, et j'ai tellement de vêtements que j'en ai laissé la moitié à Los Angeles.

C.J ne se laissa pas démonter et tenta une autre approche.

— Je ne suis pas le seul à m'inquiéter. Là-bas, tous ceux qui tiennent à toi pensent que tu as...

— Que j'ai perdu la tête ? suggéra Maggie.

Elle posa l'arrosoir quand elle se rendit compte qu'elle avait noyé les fleurs. Décidément, songea-t-elle, elle devait absolument revoir les bases élémentaires du jardinage.

— C.J, reprit-elle. Au lieu de perdre ton temps à me convaincre de faire quelque chose dont je n'ai pas la moindre envie, ne voudrais-tu pas me donner un coup de main ?

— Un coup de main ? répéta son ami sur un ton incrédule et légèrement affolé, comme si elle lui avait demandé de couper un grand cru à l'eau.

Maggie émit un petit rire ironique.

— Passe-moi ces pétunias, suggéra-t-elle en enfonçant une pelle dans la terre rocailleuse. Le jardinage est une activité saine qui te met en phase avec la nature.

— Je n'ai aucune intention d'être en phase avec la nature.

Maggie partit cette fois d'un grand rire et leva les yeux au ciel. C'était vrai : il suffisait d'évoquer le mot « campagne » pour que C.J prenne ses jambes à son cou. D'ailleurs, elle-même ne se serait jamais imaginée dans la situation présente quelques mois plus tôt. Et pourtant, elle avait trouvé quelque chose ici... Sans ce séjour sur la côte Est, afin de collaborer à la musique d'un nouveau spectacle à Broadway, sans cette impulsion soudaine de rouler ensuite vers le sud après avoir travaillé d'arrache-pied sur ce projet, jamais elle n'aurait découvert cette petite bourgade tranquille et isolée.

Dès qu'elle était arrivée, elle avait eu le sentiment d'être chez elle, d'avoir trouvé son foyer. Etait-ce le destin qui l'avait menée à Morganville ? Fort de cent quarante-deux âmes, ce bourg ne comptait que quelques maisons accrochées à flanc de colline, ainsi que quelques fermes et masures isolées. Etait-ce le destin qui l'avait fait passer devant la pancarte annonçant la vente de la maison et du terrain de six hectares ? Elle n'avait pas hésité un instant, ni négocié le prix de vente. Les fonds transférés, elle avait aussitôt signé.

En regardant à présent la demeure de trois étages,

dont les volets tenaient tout juste sur leurs charnières, Maggie pouvait parfaitement comprendre pourquoi ses amis la tenaient pour folle. N'avait-elle pas laissé derrière elle une magnifique villa, des intérieurs en marbre et une piscine en mosaïque pour ces quelques arpents de terre et cette maison délabrée ? Et pourtant, elle ne regrettait absolument pas son choix.

Maggie tassa le terreau autour de ses pétunias puis se rassit. Ces fleurs avaient meilleure mine que les pensées, nota-t-elle. Se pouvait-il qu'elle commence à s'améliorer ?

— Qu'en penses-tu ? demanda-t-elle à C.J.

— Je pense que tu devrais revenir à Los Angeles et terminer ton travail.

— Je parlais des fleurs ! dit-elle en se relevant et en époussetant la terre de son pantalon. De toute façon, je compte bien finir d'écrire ma musique ici.

— Mais comment veux-tu travailler dans un tel endroit ? s'écria C.J en levant les bras au ciel non sans une certaine grandiloquence, un geste qui ne manquait jamais d'amuser Maggie. Comment peux-tu vivre ici ? Hors de toute civilisation ?

— Hors de toute civilisation ? Simplement parce

qu'il n'y a pas de boutiques ou de clubs de sport à chaque coin de rue ?

Maggie se releva et prit doucement le bras de son ami.

— Allons, reprit-elle. Ouvre tes narines et respire ce bon air frais. Ça te fera le plus grand bien.

— Mes narines ne supportent que la pollution, grommela C.J.

Il soupira. D'un point de vue professionnel, il était l'agent de Maggie. Mais il se considérait avant tout comme son ami. Peut-être même son meilleur ami, depuis la mort de Jerry.

— Ecoute, Maggie, dit-il plus doucement. Je sais que tu as traversé une période très difficile. Peut-être que Los Angeles te rappelle trop de souvenirs pour l'instant. Mais à quoi bon t'enterrer dans ce trou perdu ?

— Je ne m'enterre pas ! protesta Maggie sur un ton outré. Voilà deux ans que Jerry est mort, et ma décision de venir ici n'a rien à voir avec ça. Je me sens simplement chez moi. Je… je ne sais pas comment l'expliquer.

Elle glissa une main souillée de terre dans celle de son ami et continua :

— C'est ma maison, et je m'y sens bien plus heureuse et sereine qu'à Los Angeles.

C.J comprit qu'il avait perdu la bataille, mais il tenta tout de même une dernière manœuvre.

— Maggie, dit-il en posant les mains sur ses épaules comme si elle était une petite fille égarée. Regarde cet endroit.

Il se tut, laissant le silence envahir les lieux tandis qu'ils regardaient la maison devant eux. Il remarqua qu'il manquait plusieurs lattes sur le perron et que la peinture s'écaillait.

Maggie, elle, ne voyait que le soleil qui se reflétait en arc-en-ciel dans la fenêtre de l'entrée.

— Tu ne comptes tout de même pas habiter ici? reprit C.J.

— Il suffit d'un coup de peinture, de quelques clous..., rétorqua Maggie en haussant les épaules.

Elle avait appris que les problèmes superficiels ne méritent pas qu'on s'y attarde.

— Je sens qu'ici, tout peut arriver, continua-t-elle.

— En effet, comme par exemple que le toit te tombe sur la tête.

— Un homme du village me l'a réparé la semaine dernière.

— Et c'est tellement isolé, ici! Qui d'autre que

des lutins ou des elfes pourraient habiter une telle cahute ?

— Maintenant que tu le dis, cet homme ressemblait drôlement à un lutin, répondit-elle avec un sourire malicieux. Il était haut comme trois pommes, trapu et âgé d'une centaine d'années environ. Il s'appelle M. Bog.

— Maggie...

— Il m'a bien aidée, continua-t-elle. Lui et son fils vont revenir réparer le perron et faire quelques gros travaux.

— D'accord, tu as trouvé un lutin pour planter trois clous et scier quelques planches. Mais que fais-tu de ça ? demanda-t-il en désignant du doigt les alentours.

A perte de vue s'étendait un terrain accidenté, rocailleux et envahi par les mauvaises herbes. Même le plus borné des optimistes ne pouvait appeler cela un jardin. Un arbre massif penchait dangereusement vers une des façades de la maison, ronces et liserons occupaient le moindre espace de la pelouse. Une odeur pénétrante de terre et de verdure régnait dans l'air.

— On dirait le château de la Belle au bois dormant, murmura Maggie avec un air rêveur. Je suis triste de devoir me débarrasser de cette végétation, mais M. Bog tient à s'occuper de tout.

— Ne me dis pas qu'il fait aussi ce genre de travail !

Maggie inclina la tête, les sourcils arqués. Comme sa mère le faisait, songea C.J.

— Non, mais il m'a recommandé un architecte paysagiste. Il paraît que ce Cliff Delaney est le meilleur de la région. Il doit venir cet après-midi pour jeter un œil.

— S'il a un minimum de bon sens, il passera son chemin quand il verra l'état de la route qui mène ici.

— Mais tu as réussi à conduire ta Mercedes jusqu'ici, observa-t-elle en l'enlaçant avec tendresse et en l'embrassant sur la joue. Crois-moi, je te suis très reconnaissante d'être venu jusqu'ici et de t'inquiéter pour moi. Tu sais combien j'apprécie ce geste.

Elle lui ébouriffa les cheveux, quelque chose que personne d'autre ne pouvait se permettre de faire.

— Tu dois me faire confiance, reprit-elle. Je sais parfaitement ce que je fais. Cet endroit m'inspire pour travailler.

— Ça reste à voir…, murmura-t-il.

Pauvre Maggie ! songea-t-il. Encore si jeune, si naïve... Des rêves plein la tête auxquels elle croyait dur comme fer.

Il soupira.

— Tu sais que je ne m'inquiète pas pour ton travail.

— Je sais, répondit-elle en plongeant un regard grave dans le sien.

C.J savait combien Maggie se laissait guider par ses émotions et qu'elle se montrait souvent incapable de les maîtriser.

— J'ai besoin de cette tranquillité, reprit-elle. Sais-tu que c'est la première fois que je m'octroie une vraie pause ? Je fais un retour à la terre, voilà tout.

A cet instant, C.J sut qu'il n'arriverait pas à la convaincre de rentrer. Il avait parfaitement conscience que, depuis sa naissance, la vie de la jeune femme avait davantage tenu du rêve que de la réalité. Mais le rêve avait plus d'une fois tourné au cauchemar. Peut-être avait-elle vraiment besoin de décompresser ?

— Je dois rentrer, grommela-t-il. Puisque tu insistes tellement, reste. Mais promets-moi de me téléphoner tous les jours.

— Une fois par semaine, concéda Maggie en

l'embrassant. Et tu auras ta musique pour *La Danse du Feu* dans dix jours, promis.

Elle le prit par la taille et le guida doucement le long du sentier accidenté au bout duquel attendait sa Mercedes, dont la propreté détonnait avec le désordre alentour.

— J'ai adoré le film, C.J. C'est encore mieux que ce que j'avais imaginé en lisant le script. La musique s'écrit pratiquement toute seule.

C.J émit un grognement en guise de réponse et jeta un regard derrière lui.

— Si tu te sens seule…

— Ça n'arrivera pas, promit-elle avec un petit rire. Je me suis découvert un vrai goût pour la solitude. Allez, conduis prudemment et arrête de te faire du mauvais sang.

Comme s'il suffisait de claquer des doigts! pensa C.J en vérifiant qu'il lui restait bien des calmants dans sa boîte à gants.

Il adressa un vague sourire à la jeune femme.

— Envoie-moi ton travail. S'il est sensationnel, j'arrêterai peut-être de m'inquiéter.

— Il sera sensationnel. Tout simplement parce que je *suis* sensationnelle! ajouta-t-elle en criant gaiement tandis que la Mercedes contournait avec prudence les nids-de-poule. Préviens tout le monde sur la Côte que je vais acheter des chèvres et des moutons !

La Mercedes s'immobilisa net au milieu de l'allée.

— Maggie…, supplia C.J en sortant la tête de la vitre.

— Peut-être pas tout de suite, concéda Maggie en riant.

Mieux valait le rassurer, sinon, il risquait de recommencer son petit sermon, songea-t-elle.

— Je vais attendre l'automne, reprit-elle. Dis, tu m'enverras des chocolats de chez Godiva ?

Voilà qui lui ressemblait davantage, nota C.J avec satisfaction, avant de passer de nouveau la première. De toute façon, elle ne tiendrait pas plus de six semaines ici, pensa-t-il. Il l'observa dans le rétroviseur faire de grands signes d'adieu. Elle semblait si petite, si fragile au milieu de cette terre désolée, de cette végétation luxuriante. Et cette maison décrépie… Il frissonna. Pas de dégoût, mais de peur. Il avait l'impression qu'elle n'était pas en sécurité ici.

Il secoua la tête et avala un calmant. Tout le monde lui disait qu'il était trop anxieux.

**

Se sentir seule ? se répéta intérieurement Maggie, tout en suivant du regard la voiture qui s'éloignait en tressautant le long du sentier. Non, elle n'était pas seule, loin de là. Elle avait la conviction qu'elle ne se sentirait jamais seule ici. Alors, pourquoi ne pouvait-elle s'empêcher d'éprouver un étrange pressentiment ? Mais non, c'était ridicule.

Elle haussa les épaules et secoua la tête pour chasser cette sombre pensée. Bras croisés sur la poitrine, elle se retourna lentement vers la maison. Des arbres s'élevaient sur la petite colline environnante. D'ici quelques semaines, leurs timides bourgeons se métamorphoseraient en belles feuilles vertes. Elle imagina le bosquet verdoyant, puis le même au milieu de l'hiver : les arbres immaculés aux branches chargées de glace scintillante. En automne, ce serait une véritable tapisserie de couleurs chatoyantes.

Pour la première fois de sa vie, elle pouvait enfin laisser son empreinte quelque part. Elle n'allait certainement pas recréer les décors dans lesquels elle avait vécu jusque-là. Non, cet endroit lui appartenait, à elle et à elle seule. Elle serait responsable de ses erreurs comme de ses succès. Il n'y aurait personne pour comparer ce lieu isolé à l'opulente demeure de sa mère à Beverly Hills, ou à la villa de son père en Provence. Si la chance voulait bien lui sourire, il n'y aurait vraiment personne pour s'intéresser à elle. Et surtout pas les journalistes. Elle pourrait composer en toute sérénité, dans la paix et la solitude.

Parfaitement immobile, les yeux fermés, elle écouta la musique qui lui parvenait aux oreilles. Ce n'était pas le chant des oiseaux mais le bruissement des feuilles et des branches dans la brise. En se concentrant davantage, elle perçut le faible clapotement du ruisseau qui coulait de l'autre côté du chemin. La symphonie de la nature s'élevait autour d'elle dans toute sa splendeur.

Elle avait connu le faste et les paillettes, mais elle ne voulait plus de ce monde-là. Mais même si elle s'en était rendu compte depuis longtemps, elle n'avait jamais su comment procéder. Le monde entier avait suivi sa naissance ; ses premiers pas, ses premiers mots appartenaient presque au domaine public. Dans ces conditions, il lui avait été facile d'oublier qu'il existait un autre monde que celui de la célébrité.

Sa mère avait été une des plus grandes chanteuses de folk des Etats-Unis, et son père, une star de cinéma dès son plus jeune âge, avant de passer avec succès derrière la caméra. Dans le monde entier, les fans avaient suivi leur mariage avec ferveur et célébré la venue de leur fille comme une naissance royale. Maggie avait ainsi vécu comme une princesse choyée. Heureusement, ses parents s'entendaient à merveille et l'adoraient, ce qui contrebalançait l'aspect impitoyable et superficiel du monde du show-business dans lequel elle vivait. Toujours est-il que son univers, structuré par l'amour mais aussi par l'argent, était sans cesse exposé aux yeux de tous.

A l'adolescence, les photographes ne lui avaient laissé aucun répit, notamment lors de ses premiers rendez-vous amoureux. Maggie s'en était souvent amusée, mais ses petits amis avaient rarement supporté cet excès d'attention. Pour sa part, elle avait depuis longtemps accepté que sa vie fût ainsi étalée dans les journaux : on ne lui avait jamais laissé le choix.

Et puis, lorsque l'avion privé de ses parents s'était écrasé dans les Alpes, la presse avait capturé sa douleur et son chagrin sur le papier glacé des magazines. Elle n'avait pas essayé de les en empêcher, acceptant que le monde entier partage son deuil. Elle n'avait que dix-huit ans lorsque son univers s'était effondré. Ensuite, elle avait rencontré Jerry. D'abord un ami, puis un flirt, un époux enfin.

Avec lui, sa vie avait basculé dans le rêve, puis de nouveau dans la tragédie.

Mais il était hors de question de ressasser tout ça, se rappela sévèrement Maggie en ramassant une pelle pour déblayer un carré de terre graveleuse. Tout ce qui restait de cette vie-là, c'était sa musique. Et ça, elle n'y aurait renoncé pour rien au monde. Sa musique faisait partie d'elle-même. Elle créait des paroles et des mélodies et les mariait entre elles. Elle y consacrait tout son temps et tous ses efforts. Contrairement à sa mère, elle n'interprétait pas la musique qu'elle composait : elle offrait son talent aux interprètes.

Du haut de ses vingt-huit ans, elle était universellement reconnue par ses pairs et avait déjà à son palmarès de nombreuses récompenses, dont deux oscars. Au piano, elle était capable de jouer de tête n'importe laquelle des centaines de chansons qu'elle avait composées. Tous ses trophées dormaient encore au fond des cartons qu'elle avait fait venir de Los Angeles.

Elle y avait mis tout son amour pour confectionner ce petit parterre de fleurs, qu'elle avait planté dans un endroit où elle serait sûrement la seule à le remarquer. Le résultat restait incertain, mais elle avait pris tant de plaisir à poser sa marque sur ce bout de terrain qui était désormais le sien... Maggie se mit à fredonner tout en travaillant la terre. Elle avait complètement oublié le vague sentiment de crainte qui l'avait envahie quelques instants plus tôt.

D'habitude, Cliff Delaney ne s'occupait pas de faire les devis. Cela faisait maintenant six ans qu'il pouvait se permettre d'envoyer un de ses hommes pour effectuer ce travail à sa place. Si le chantier lui paraissait intéressant, il se rendait parfois sur place et éventuellement, se chargeait lui-même de planter quelques arbres. Mais aujourd'hui, il comptait s'impliquer davantage.

Il connaissait la vieille demeure des Morgan. Un des ancêtres de cette famille — qui avait donné son nom à la petite ville — avait construit la maison de ses propres mains. Pendant dix ans, depuis le jour tragique où la voiture de William Morgan s'était enfoncée dans le fleuve, la maison était restée inhabitée. La demeure elle-même ne présentait rien d'exceptionnel, mais le terrain avait du potentiel. Cliff savait qu'avec un peu de flair, on pouvait en tirer des merveilles. Mais la nouvelle propriétaire californienne avait-elle la moindre intuition ? Il en doutait. Bien sûr, il savait de qui il s'agissait. A moins d'avoir passé les vingt-huit dernières années au fond d'une grotte, comment ne pas savoir qui était Maggie Fitzgerald ? Son arrivée à Morganville avait fait grand bruit et éclipsé toutes les autres rumeurs — même celle qui prétendait que la femme de Lloyd Mesner était partie avec le directeur de la banque.

Morganville était une bourgade tranquille, où les choses se déroulaient avec lenteur. L'acquisition d'un nouveau camion de pompiers et la parade annuelle étaient considérées comme des événements majeurs. Voilà pourquoi Cliff y avait élu domicile, alors qu'il aurait pu se permettre d'habiter n'importe où. Il avait grandi ici, parmi ces habitants dont il appréciait l'esprit solidaire, la simplicité. Il connaissait aussi leurs faiblesses. Mais ce qu'il connaissait par-dessus tout, c'était la terre.

A coup sûr, la séduisante musicienne de Los Angeles n'y connaissait absolument rien, elle.

Sans même l'avoir vue, Cliff ne lui donnait pas trois semaines ici. Avec un peu de chance, il réussirait à faire quelque chose du terrain avant que la jeune femme ne se lasse de la vie campagnarde.

Il sortit de la route pavée et s'engagea sur le chemin cabossé qui menait à la propriété des

Morgan. Cela faisait des années qu'il n'y était pas venu, et les lieux avaient à présent bien triste allure. Les intempéries avaient creusé des ornières un peu partout. De part et d'autre du chemin, des branches s'étiraient et venaient érafler les portières du camion. Tandis qu'il manœuvrait de son mieux pour éviter les nids-de-poule, Cliff décida que le dégagement du passage serait sa priorité. Il fallait le niveler et l'aplanir, creuser des fossés et répandre du gravier.

Il avançait lentement, moins pour épargner les amortisseurs de la camionnette que pour admirer le paysage alentour. Le terrain était brut, primitif. Il aimait travailler en mettant son talent au service d'une nature sauvage. Si la jeune femme voulait tout tailler et aménager des parterres proprets, elle était mal tombée avec lui, et il ne manquerait pas de le lui dire.

Cliff considérait que la méfiance qu'il éprouvait envers les gens de la ville était fondée. Ils arrivaient des riches banlieues de Washington, exigeaient que leur pelouse soit impeccablement plate et débarrassée de tout arbre trop imposant. Chênes et ormes disparaissaient alors au profit de mignonnes petites fleurs alignées en rangs bien nets. Il fallait aplanir le gazon pour qu'ils puissent passer la tondeuse sans trop d'effort. Ce qu'ils voulaient, songea Cliff avec humeur, c'était dire qu'ils habitaient à la campagne, alors qu'ils amenaient avec eux leur mode de vie citadin.

Comme il prenait le dernier virage du sentier, Cliff sentit qu'il n'avait plus aucune envie de rencontrer cette Maggie Fitzgerald.

Maggie entendit la camionnette avant même de l'apercevoir. Elle sourit en pensant que ce bruit serait passé totalement inaperçu en ville.

Elle se redressa, s'essuya les mains sur son jean et regarda au loin en mettant sa main en visière pour protéger ses yeux du soleil. Le pick-up apparut dans le dernier virage et se gara à l'endroit occupé une heure plus tôt par la Mercedes de C.J. Avec son aspect poussiéreux et fatigué, le véhicule semblait néanmoins bien plus confortable que la voiture de luxe de son ami. Le reflet du soleil sur le pare-brise l'empêchait de voir le conducteur, mais Maggie leva quand même la main et sourit en signe de bienvenue.

La première chose que Cliff remarqua, c'était que la jeune femme paraissait plus petite et de constitution plus délicate que ce qu'il avait imaginé en observant les photos des magazines. Il sortit du camion, persuadé qu'elle allait se montrer odieuse à la première occasion.

S'attendant à voir surgir M. Bog, Maggie fut déconcertée en voyant l'homme grand et musclé qui avançait à présent vers elle. Seigneur, il était magnifique. Un mètre quatre-vingt-dix, estimat-elle, et des épaules incroyablement larges. Des cheveux bruns décoiffés par le vent lui tombaient sur le front et les oreilles en boucles souples. Il ne souriait pas, mais sa bouche bien dessinée était sensuelle. Maggie aurait voulu qu'il retire ses lunettes de soleil afin de voir ses yeux, car elle jugeait les gens à leur regard. Mais elle dut se contenter de se faire une idée du personnage à la façon dont il marchait, avec aplomb et nonchalance. C'était un sportif, conclut-elle. Visiblement plein d'assurance. Il était encore à quelques mètres d'elle lorsqu'elle se rendit compte qu'il n'avait pas l'air très amical.

— Mademoiselle Fitzgerald ?

— C'est moi, répondit-elle avec un sourire neutre, main tendue. Vous appartenez à l'entreprise Delaney ?

— Exact.

Ils se serrèrent rapidement la main. Sans prendre

la peine de se présenter, Cliff jeta un œil autour de lui.

— Vous avez demandé un devis pour un aménagement paysager, c'est bien ça ?

Maggie suivit son regard et ne put s'empêcher de sourire avec malice.

— Oui. Inutile de dire que j'ai besoin d'aide. Votre entreprise est-elle capable de faire des miracles ?

— On fait du bon travail.

Cliff posa les yeux sur le parterre de pétunias fanés et de pensées détrempées. Apparemment, elle avait au moins fait des efforts, constata-t-il non sans surprise. Mais aussitôt, il se dit qu'elle se lasserait sans aucun doute du jardinage avant même d'avoir commencé à désherber.

— Dites-moi un peu ce que vous souhaitez, lança-t-il.

— Un verre de thé glacé, pour commencer, répondit-elle. Jetez un coup d'œil pendant que je vais en chercher dans la maison. Ensuite, on pourra discuter.

Maggie avait donné des ordres toute sa vie sans même y réfléchir, et après avoir donné celui-là, elle se retourna et gravit rapidement les marches branlantes du porche.

Les yeux de Cliff se rétrécirent. Un jean de créateur, nota-t-il avec un sourire narquois comme la jeune femme pénétrait dans la maison d'une démarche gracieuse. Et le diamant qui pendait à la fine chaîne de son cou n'était pas des plus discrets. A quoi jouait Mlle Hollywood, exactement ? Il pouvait encore sentir son parfum : un effluve doux et subtil.

Il haussa les épaules et se retourna pour examiner le terrain.

Il fallait donner forme à la végétation sans qu'elle perde son caractère désordonné. Les plantes avaient profité des années d'abandon pour pousser dans une joyeuse anarchie, mais Cliff n'allait certainement pas tout couper, même si la jeune femme le lui demandait. Il avait plus d'une fois refusé un projet lorsque le client tenait à trop changer la personnalité des lieux. Il ne se prenait pas pour un artiste : il était simplement un homme d'affaires. Et ses affaires, c'était la terre.

Il s'éloigna de la maison et se dirigea vers un bosquet d'arbres envahis par la vigne vierge et les ronces. Il serait facile de le débroussailler, puis de nourrir la terre et d'y planter, pourquoi pas, quelques jonquilles pour créer une ambiance naturelle, paisible. Les pouces dans les poches arrière de son jean, Cliff se rappela que d'après ce qu'on pouvait lire dans la presse, Maggie Fitzgerald n'était pas une femme du genre paisible. La jet-set, les paillettes, la vie à cent à l'heure... Que diable venait-elle donc faire ici ?

Soudain, Cliff respira une bouffée du parfum de la jeune femme. Lorsqu'il se retourna, elle n'était qu'à quelques pas derrière lui, un verre dans chaque main. Elle le regardait fixement, avec une curiosité non dissimulée. Alors qu'elle se tenait ainsi, dos au soleil, le regard plongé dans le sien, quelque chose le frappa : Maggie Fitzgerald était la femme la plus séduisante qu'il ait jamais rencontrée. Si on lui avait demandé pourquoi, il aurait été incapable de l'expliquer.

Maggie s'approcha et lui tendit un verre de thé glacé.

— Je vous soumets mes idées ?

Elle avait une voix chaude et légèrement rauque qui semblait promettre mille plaisirs.

Cliff but une longue gorgée de thé.

— Je suis là pour ça, répondit-il avec une brusquerie dont il n'avait jamais fait preuve à l'égard d'un client potentiel.

Maggie haussa les sourcils pour montrer à son interlocuteur qu'elle n'avait pas manqué de remarquer sa froideur. Avec ce genre d'attitude, songea-t-elle, il n'allait pas aller bien loin. Pourtant, son assurance laissait deviner qu'il n'était pas un simple employé.

— En effet, monsieur... ?
— Delaney.
— Ah, le patron en personne. Eh bien, monsieur Delaney, on m'a dit que vous étiez le meilleur. Et comme je ne veux que le meilleur...

Elle s'interrompit un instant, caressant du doigt son verre aux parois embuées par le thé glacé.

— Bref, je vous indique ce que je veux, reprit-elle, et vous me dites si vous pouvez le faire, d'accord ?
— Parfait.

Cliff ne comprenait pas pourquoi cette simple remarque l'irritait autant, pas plus qu'il ne comprenait pourquoi il ne pouvait détacher son regard de cette peau au grain si velouté, de ces grands yeux scintillants. Comme ceux d'une biche, pensa-t-il.

— Avant de commencer, je tiens à vous dire que je ne détruirai pas l'âme de ce terrain. Ici, c'est la campagne, la vraie, mademoiselle Fitzgerald. Si c'est une pelouse impeccable que vous voulez, vous vous trompez d'endroit, et de jardinier.

Maggie n'en croyait pas ses oreilles. Plus jeune, elle avait dû apprendre à maîtriser ses sautes d'humeur et ses accès de colère. Cela lui avait pris des années, mais il en fallait à présent beaucoup pour l'énerver.

Elle prit une longue inspiration avant de lui répondre.

— Merci pour le renseignement.

— Je ne sais pas pourquoi vous avez acheté cet endroit, ajouta Cliff Delaney.

— Je ne crois pas vous l'avoir expliqué.

— Peu importe, de toute façon, répondit-il avec un air indifférent. En revanche, la terre m'importe.

— Vous me jugez un peu vite, non ? lança Maggie en buvant une grande gorgée de thé pour se donner une contenance. Ce n'est pas comme si je vous avais demandé de raser le terrain à grand renfort de bulldozers !

Elle hésita un instant à lui ordonner de déguerpir de chez elle, puis se ravisa. Elle, elle savait ce qui l'avait poussée à acheter cet endroit : l'instinct. C'est son instinct qui l'avait amenée à Morganville, puis à cette propriété où elle vivait à présent. C'était son instinct qui lui avait soufflé de se lancer dans l'aventure.

— Ce bosquet, là-bas, commença-t-elle. Il faut le débroussailler. Il n'est guère agréable de s'y promener si c'est pour se battre avec les ronces. Vous ne prenez pas de notes ?
— Non, répondit Cliff avec un air amusé. Continuez.
— D'accord. Ensuite, j'imagine que cette partie-là, devant le porche, a dû être un jardin à un moment donné, continua-t-elle en désignant l'endroit. J'aimerais que ça le redevienne, mais il faudrait laisser assez d'espace pour y planter... je ne sais pas, des conifères, par exemple ? La frontière entre le jardin et les bois serait ainsi moins marquée. Et puis, il y a cette espèce de fossé qui descend jusqu'au chemin, plus bas...

En parlant, son agacement était passé, et Maggie se dirigea vers l'endroit où la pente se faisait plus abrupte. De mauvaises herbes presque aussi grandes qu'elle poussaient partout entre les pierres.

— La pente est trop raide pour y mettre du gazon, dit-elle tout bas, presque à elle-même. Mais pas question de laisser le champ libre aux mauvaises herbes. Il faudrait de la couleur, mais pas quelque chose de trop uniforme...

— Des arbustes rampants, suggéra Cliff juste derrière elle. Quelques genévriers en bas de la pente, un peu plus par ici, et des forsythias pour la couleur. Là où c'est un peu plus plat, on pourrait planter des fleurs couvre-sol.

Il imaginait déjà du phlox niché au creux des pierres et dévalant la pente.

— Cet arbre doit être coupé, continua-t-il en désignant le tronc dont l'inclinaison menaçait le toit de la maison. Et peut-être deux ou trois autres derrière la maison.

Maggie fronça les sourcils mais le laissa dire. Après tout, il savait sans doute ce qu'il faisait.

— Entendu, mais coupez uniquement ce qui est absolument nécessaire.

Cliff se retourna et commença à faire le tour de la maison.

— Bien sûr, assura-t-il. Ça, en revanche, c'est un gros problème... Ce talus ne me paraît pas très stable. Il suffirait d'un rien pour vous retrouver avec un arbre ou un rocher au beau milieu de votre cuisine.

— Donc ? dit Maggie, la tête inclinée. C'est vous l'expert.

— Il faudrait le renflouer avec de la terre. Ensuite, je construirai un mur d'environ un mètre, avant de planter des coronilles pour retenir la terre. On

pourrait en mettre tout le long de la pente. C'est une plante rustique qui pousse vite.
— Très bien, approuva Maggie.
Elle l'observa un moment. Dès qu'il parlait travail, il semblait bien plus aimable, songea-t-elle en s'efforçant sans succès d'apercevoir son regard derrière ses lunettes de soleil.
— De toute façon, il faut déblayer le terrain derrière la maison, annonça-t-elle tout en se frayant un chemin parmi les hautes herbes et les bruyères. Avec une petite allée qui partirait d'ici jusqu'en bas du chemin et là, un jardin de rocaille.
Elle indiqua d'un geste de la main l'endroit qu'elle avait en tête.
— Ce ne sont pas les pierres qui manquent, observa-t-elle en trébuchant sur l'une d'entre elles. Et puis ici...
Cliff lui prit le bras juste avant qu'elle ne descende dans le fossé qu'elle lui avait désigné. Plus surprise qu'inquiète, Maggie tourna la tête vers lui.
— Je ne ferais pas ça, si j'étais vous, dit doucement Cliff.
Maggie sentit une étrange onde d'excitation remonter le long de son dos. Elle releva le menton, le regard plein de défi.
— Vous ne feriez pas quoi ?

— Je ne m'aventurerais pas par ici.

La main de Cliff s'attardait sur le bras de la jeune femme. Elle avait la peau très douce, constata-t-il en savourant ce contact. Et elle avait un physique bien trop délicat pour affronter une nature aussi rude.

Maggie baissa les yeux sur la main de Cliff. Une main hâlée, grande et puissante. Elle remarqua qu'elle tremblait légèrement et leva les yeux vers lui.

— Monsieur Delaney...

— Il y a des serpents, dit-il.

Il sourit quand il la vit aussitôt reculer.

— Vous pouvez être sûre que ce genre d'endroit les attire, expliqua-t-il.

— Dans ce cas, commença Maggie en déglutissant avec effort, peut-être pourriez-vous commencer les aménagements dès maintenant.

C'était la première fois qu'elle le voyait sourire, songea-t-elle. Ils se tenaient à présent tout proches l'un de l'autre, à quelques centimètres à peine.

Cliff était surpris de la réaction de la jeune femme. Il s'était attendu à la voir hurler de peur à la simple mention du mot « serpent », et à la voir courir s'enfermer à double tour dans la maison.

Et bon sang, que sa peau était douce..., se dit-il encore une fois.

— Je pourrais envoyer une équipe la semaine prochaine, mais la première chose dont il faut s'occuper, c'est le chemin.

— Faites ce qui vous semble le mieux, répondit Maggie en haussant les épaules. Mais pas de bitume, par pitié. De toute façon, ce chemin n'est qu'un moyen de sortir et de rentrer chez moi, et je veux surtout me concentrer sur la maison et le jardin.

— La réfection du chemin risque de vous coûter entre mille deux cents et mille cinq cents dollars, annonça-t-il.

— Peu importe, répondit-elle avec l'indifférence des gens pour qui l'argent ne compte pas.

Se gardant cette fois de s'en approcher de trop près, elle désigna le fossé à leurs pieds, au fond duquel s'étendait un impressionnant enchevêtrement de ronces et de mauvaises herbes.

— A cet endroit, je voudrais un étang, déclara-t-elle.

— Un étang ? répéta Cliff avec surprise.

— Permettez-moi une seule excentricité, monsieur Delaney, répliqua-t-elle avec un air buté. Un tout petit : il y a largement la place, et ça comblera cet

39

espace qui n'a rien de très esthétique. Y a-t-il un inconvénient à y mettre de l'eau ?

Sans lui répondre, Cliff examina le trou en dressant mentalement la liste des difficultés. Il devait reconnaître que Maggie avait trouvé l'endroit idéal pour créer un étang. C'était faisable, même si ce n'était pas la plus facile des réalisations. Mais le résultat pouvait être intéressant.

— Cela ne va pas être donné, dit-il enfin. Cet endroit va finir par vous coûter une petite fortune. Et j'espère que vous n'avez pas l'idée de le revendre ensuite, parce que vous y perdriez beaucoup d'argent.

Maggie lui décocha un regard furieux. Cet homme était décidément impossible. Et elle en avait assez de ces gens qui prétendaient qu'elle ne savait pas ce qu'elle faisait.

— Monsieur Delaney, je vous ai engagé pour faire un travail, pas pour me conseiller sur une transaction immobilière ou sur la gestion de mes finances. Si vous ne pouvez pas vous en charger, je trouverai bien quelqu'un d'autre.

Cliff plissa les yeux et resserra légèrement sa main sur le bras de Maggie.

— Je vais m'en charger, mademoiselle Fitzgerald. Je vous enverrai dès demain le devis et le contrat.

S'ils vous conviennent, contactez-moi à mon bureau.

Il relâcha doucement son étreinte, lui tendit son verre de thé à peine entamé et la laissa là, au bord du fossé, avant de rejoindre son camion.

— Au fait, cria-t-il sans se retourner, vous avez trop arrosé vos pensées !

Maggie exhala un long soupir d'exaspération et versa le reste de thé froid à ses pieds.

2.

Maggie rentra dans la maison par la porte arrière, dont les gonds grinçaient bruyamment. Elle n'allait plus penser à Cliff Delaney, se promit-elle. D'ailleurs, il était fort probable qu'elle n'allait jamais le revoir. Il enverrait une équipe qui se chargerait du gros œuvre, et si un problème survenait, il le réglerait par téléphone ou avec un intermédiaire. C'était mieux ainsi, décida-t-elle. Il s'était montré impoli, bourru et désagréable... même si la sensualité de sa bouche le rendait très séduisant.

Elle traversa la cuisine dont le sol en linoléum semblait bien fatigué, puis se souvint qu'elle tenait encore les deux verres vides à la main. Elle revint vers l'évier, les y posa et s'appuya contre le rebord de la fenêtre pour observer le talus derrière la maison. Soudain, quelques pierres maculées de terre humide dévalèrent par-dessus le remblai. Il suffisait probablement d'un ou deux orages pour que le tout s'effondre. Un mur de soutien, songea-t-elle en hochant la tête. Cliff Delaney savait visiblement de quoi il parlait.

La brise soufflait juste assez fort pour apporter une douceur printanière. Plus loin, dans les bois, un oiseau invisible chantait à tue-tête. A l'écouter, Maggie en oublia le talus qui s'affaissait et les arbres qui menaçaient la façade. Elle oublia la brusquerie, mais aussi le charme de l'étranger. En levant les yeux, elle aperçut l'endroit où la cime des arbres rejoignait le ciel.

Elle imagina comment ce paysage allait changer avec les saisons. Elle avait hâte de le découvrir. Avant de l'avoir trouvé, jamais elle n'avait senti à ce point le besoin d'un espace à elle.

Avec un soupir, Maggie s'éloigna de la fenêtre. Il était temps de se mettre au travail si elle voulait terminer la partition comme promis. Elle emprunta le couloir au papier peint partiellement décollé et entra dans ce qui avait été autrefois l'arrière-salle, et où elle avait installé sa salle de musique.

Des cartons qu'elle n'avait pas pris la peine de déballer s'empilaient contre un mur. Quelques meubles laissés par les anciens propriétaires dormaient sous des housses. Pas de rideaux aux fenêtres, pas de tapis au sol. Sur les murs, des rectangles pâles indiquaient l'ancien emplacement de tableaux. Au milieu de la pièce trônait un superbe piano à queue, luisant dans le soleil. A ses pieds, une boîte ouverte laissait dépasser des rouleaux de papier à musique. Maggie en attrapa une feuille. Un crayon coincé derrière l'oreille, elle s'assit.

Pendant un instant, elle se tint sans rien faire. Elle attendit en silence que la musique envahisse son esprit. Elle savait exactement ce qu'elle voulait pour ce morceau : quelque chose de dramatique, plein de puissance. Derrière ses paupières closes, elle se repassait la scène du film. C'était maintenant à elle de lui apporter tout son sens grâce à sa musique. Elle tendit le bras, alluma les bobines d'enregistrement, puis commença. Elle laissait les notes monter dans son esprit tandis qu'elle visualisait la scène que sa musique orchestrerait.

Elle ne travaillait que sur des films qui lui plaisaient. Car si les oscars prouvaient qu'elle excellait dans ce domaine, sa véritable passion demeurait ancrée dans la chanson pure : la mélodie et les paroles.

Maggie comparait toujours la composition musicale à la construction d'un pont. D'abord, l'étude du projet, l'élaboration du plan. Ensuite, il fallait construire, lentement, avec soin, pour que chaque élément s'assemble avec les autres et forme ainsi une arche parfaite. C'était un travail de haute précision.

Une chanson, c'était un tableau qui se peignait au gré des humeurs de l'artiste. Une chanson naissait d'une seule parole, d'une seule note. Elle racontait une ambiance, une émotion, une histoire. C'était une expérience d'amour pur.

Lorsqu'elle travaillait, le temps n'avait plus d'importance, elle oubliait tout, ne vivait plus que pour l'osmose délicate des notes. Ses doigts glissaient sur les touches du piano tandis qu'elle répétait inlassablement le même morceau, modifiant parfois une seule note jusqu'à ce que son instinct lui indique que c'était la bonne. Une heure passait, puis deux. Elle ne se lassait jamais et ne se montrait jamais impatiente.

Concentrée sur son piano, elle n'entendit qu'on frappait à la porte que lorsqu'elle s'arrêta pour rembobiner la cassette. L'esprit absent, elle se dit que la gouvernante irait ouvrir… avant de se rappeler la situation présente.

« Pas de bonne, Maggie. Pas de jardinier non plus, ni de cuisinier. Tu dois te débrouiller seule, à présent. » Cette idée lui plaisait. Si personne ne

devait obéir à ses ordres, elle non plus ne devait obéir à personne.
Elle se leva et se dirigea vers le hall d'entrée. Elle attrapa la poignée, la tourna et tira de toutes ses forces, tout en notant mentalement qu'elle devait rappeler M. Bog pour cette histoire de charnières mal huilées.
Devant elle se tenait une dame d'une cinquantaine d'années, au port altier et élégant. Elle avait les cheveux soyeux et grisonnants, à la coiffure nette mais désuète. Ses yeux d'un beau bleu délavé étudiaient Maggie derrière des lunettes cerclées de rose. Si cette femme venait lui souhaiter la bienvenue dans le village, se dit Maggie en observant les tristes rides qui creusaient son visage, elle n'avait pas l'air d'apprécier sa mission. Habituée à ce que les gens l'abordent avec timidité, Maggie inclina la tête et lui adressa un grand sourire.
— Bonjour, puis-je vous aider ?
— Mademoiselle Fitzgerald ? demanda la visiteuse, d'une voix aussi neutre et terne que la couleur de sa robe.
— Oui, c'est moi.
— Je suis Louella Morgan.
Il fallut un moment à Maggie pour qu'elle comprenne. Louella Morgan, la veuve de William

Morgan, l'ancien propriétaire de la maison. L'espace d'un instant, Maggie se sentit de trop. Puis la sensation disparut et elle tendit la main.

— Bonjour madame. Entrez, je vous en prie.

— Je ne veux pas vous déranger.

— Allons, entrez, insista-t-elle en ouvrant plus grand la porte. J'ai rencontré votre fille lors de la signature de l'acte de vente.

— Je sais, Joyce me l'a dit, répondit Louella en jetant un regard furtif autour d'elle alors qu'elle franchissait le seuil. Elle ne s'attendait pas à vendre aussi vite. Elle ne l'avait mise sur le marché que depuis une semaine.

— J'aime à penser que c'était le destin.

Maggie poussa de tout son poids sur la porte pour qu'elle se referme. Décidément, elle devait vraiment appeler M. Bog.

— Le destin ? répéta Louella.

— Oui, on aurait dit que cette maison m'attendait, affirma Maggie tout en éprouvant une étrange sensation face au regard perçant et froid qui la scrutait. Asseyez-vous pendant que je vous prépare quelque chose. Du café ? Une boisson fraîche ?

— Non merci. Je ne reste qu'une minute.

Louella pénétra dans le salon et malgré l'invitation de Maggie, refusa de s'asseoir sur le canapé pourtant couvert de coussins moelleux. Elle observa le papier peint décrépit, la peinture écaillée et les fenêtres fraîchement décapées par Maggie.

— Je suis contente de voir la maison de nouveau habitée, déclara-t-elle.

Maggie regarda la pièce quasiment vide. Elle pourrait peut-être décoller le papier peint la semaine prochaine.

— Il faut encore attendre quelques semaines avant qu'elle devienne vraiment vivable.

— Je suis arrivée ici juste après mon mariage, déclara Louella comme si elle n'avait pas entendu.

A ce souvenir, elle esquissa un sourire, mais Maggie n'y perçut aucune joie. Son regard semblait perdu, comme s'il s'était éteint depuis des années.

— Mais mon mari souhaitait une demeure plus moderne, continua Louella, plus proche de la ville et de son bureau. Nous avons donc déménagé et pris des locataires pour la maison.

Elle s'interrompit un instant, puis reprit dans un murmure :

— C'est un endroit agréable. Si calme. Quel dommage qu'il ait été à l'abandon pendant si longtemps.

— C'est vrai, acquiesça Maggie qui s'efforçait de

ne pas laisser paraître son malaise. Je fais faire des travaux dans la maison et sur le terrain, et...

Elle perdit le fil de ses pensées en voyant Louella se diriger vers la fenêtre et regarder fixement dehors. « Grands dieux! s'écria intérieurement Maggie. Dans quelle situation me suis-je fourrée? »

— J'ai... j'ai l'intention de m'occuper des peintures et du papier peint moi-même, acheva-t-elle.

— Les mauvaises herbes ont tout envahi, observa Louella, toujours face à la fenêtre.

Maggie haussa les sourcils.

— Oui, c'est vrai. Cliff Delaney est venu voir l'étendue des dégâts cet après-midi.

— Cliff...

En entendant ce prénom, Louella parut sortir quelque peu de son apathie et se tourna vers Maggie.

— C'est un jeune homme intéressant. Assez bourru, mais très intelligent. Il va faire du bon travail. C'est un cousin des Morgan, vous savez?

Elle fit une pause et eut un petit rire.

— Cela dit, reprit-elle, les Morgan et leurs descendants ont envahi toute la région.

Un cousin... Peut-être s'était-il montré revêche avec elle parce qu'il pensait que la propriété aurait dû rester dans la famille? Mais elle se fichait bien de l'avis de Cliff Delaney. C'était elle, la propriétaire.

— Autrefois, la pelouse devant la maison était vraiment belle, murmura Louella.

— Elle le sera de nouveau, promit Maggie en sentant son cœur se serrer. On va déblayer l'allée et planter des arbres, et à l'arrière aussi.

Elle se rapprocha de sa visiteuse.

— Je vais aménager un jardin de rocaille, reprit-elle, et il y aura un étang à la place de la fosse, près du chemin.

— Un étang ? répéta Louella en la fixant droit dans les yeux. Vous allez déblayer cet endroit ?

— Oui, confirma Maggie en sentant de nouveau la gêne l'envahir. C'est le site idéal.

Louella passa lentement la main sur son sac à main, comme si elle cherchait à effacer quelque chose.

— Moi aussi, j'avais un jardin de rocaille, dans le temps, avec de magnifiques campanules et des œillets. Il y avait une glycine autour de la fenêtre de ma chambre, et de belles roses rouges sur une treille.

— J'aurais aimé voir ça, dit doucement Maggie. Ça devait être magnifique.

— J'ai des photos.

— Vraiment ? Pourquoi ne pas me les montrer ? Cela pourrait m'inspirer pour le choix des plantes.

— Je vous les apporterai. Vous êtes bien gentille de m'accueillir ainsi, dit-elle en jetant un dernier regard autour d'elle. Pour moi, cette maison renferme beaucoup de souvenirs.

Puis elle s'engagea dans le couloir et Maggie l'accompagna vers la sortie.

— Au revoir, mademoiselle Fitzgerald.

— Au revoir, madame Morgan.

Soudain, Maggie fut submergée par un sentiment de pitié. Elle avança la main et la posa sur l'épaule de la femme.

— Revenez quand vous voulez, ajouta-t-elle.

Un vague sourire aux lèvres, le regard las, Louella la remercia dans un murmure.

Maggie la vit monter dans une vieille Lincoln bien conservée puis descendre doucement le long de la pente. Etrangement troublée, elle revint dans son bureau. Jusqu'ici, elle n'avait pas rencontré beaucoup d'habitants du village, mais visiblement, ceux-ci ne manquaient pas d'intérêt.

**

Un terrible fracas sortit Maggie de son sommeil de plomb. Ahurie et désorientée, elle enfouit la tête sous son oreiller, croyant un instant qu'elle se trouvait à New York. Le rugissement semblait provenir d'un énorme camion-poubelle. Mais elle n'était pas à New York, se rappela-t-elle en se frottant les yeux. Elle était à Morganville, et ici, il fallait jeter soi-même ses ordures à la décharge municipale.

Mais elle n'avait pas imaginé ce bruit.

Pendant une minute entière, elle resta allongée sur le dos, les yeux au plafond. Soudain, un mince rayon de soleil se posa sur sa couverture. Elle n'avait jamais été du matin, et elle n'avait pas l'intention de laisser sa nouvelle vie changer cette habitude. A contrecœur, elle jeta un œil sur son réveil. 7 heures. Grands dieux !

Avec toutes les peines du monde, elle se redressa dans son lit et regarda d'un œil hagard autour d'elle. Ici aussi, des cartons encore fermés jonchaient le sol. Une pile de livres et de magazines de décoration et de jardinage menaçait de s'effondrer à tous moments. Sur le mur finissaient de sécher trois pans de papier peint qu'elle avait collés elle-même : un fond ivoire ponctué de petites violettes. Dans un coin, d'autres rouleaux attendaient.

Dehors, quelque chose rugit de plus belle. Résignée, Maggie sortit alors de son lit. Elle trébucha sur ses chaussures et jura tout en se dirigeant vers la fenêtre. Elle avait choisi cette chambre car elle donnait sur le terrain vallonné qui allait devenir son jardin. Par-delà la cime des arbres, on apercevait toute la vallée. Au loin, de la fumée s'échappait de la cheminée d'une ferme au toit rouge. A côté, un grand champ venait d'être labouré et semé. Plus loin encore, on pouvait voir le sommet des montagnes, voilées de bleu dans le brouillard matinal. Sur le mur adjacent, la fenêtre s'ouvrait sur le futur étang et sur l'allée de sapins qu'elle comptait bientôt planter.

Maggie poussa avec effort les battants rouillés de la fenêtre recouverte d'un cadre grillagé. La fraîcheur de l'air printanier la fit agréablement frissonner.

On percevait le murmure d'un moteur en marche. Curieuse, elle appuya le front contre le cadre, qui bascula, se décrocha de la fenêtre et finit par tomber sur le porche. « Encore un travail pour M. Bog », se dit Maggie en se penchant davantage par l'ouverture.

A ce moment précis, un énorme bulldozer jaune entra dans son champ de vision. Elle le regarda avancer en cahotant parmi la boue et les pierres. Cliff Delaney était donc un homme de parole, pensa-t-elle. Deux jours après sa visite, elle avait reçu comme promis le devis et le contrat. Lorsqu'elle avait téléphoné à son bureau, elle avait discuté avec une femme très professionnelle qui lui avait assuré que le chantier commencerait dès la semaine suivante.

« Quelle ponctualité ! se dit-elle, les coudes appuyés contre le rebord de la fenêtre. D'une efficacité à toute épreuve. » Les yeux plissés, elle examina plus attentivement l'homme qui conduisait l'énorme engin. Inutile de voir son visage : sa carrure était trop frêle, ses cheveux pas assez bruns pour que ce fût Cliff Delaney. Elle haussa les épaules et se détourna de la fenêtre. Pourquoi l'avait-elle imaginé conduisant lui-même ce véhicule ? Pourquoi, surtout, s'était-elle attendue à le voir ? N'avait-elle pas décidé qu'elle préférait ne plus le rencontrer ? Elle avait contacté son entreprise pour un travail spécifique : une fois terminé, elle signerait un chèque et c'en serait fini. Allons, sa mauvaise humeur était sûrement due à ce réveil matinal, se dit-elle.

Elle enfila une robe de chambre et fila sous la douche.

> * *
> *

Deux heures plus tard, réveillée par le café bien fort qu'elle avait préparé pour elle et pour le conducteur du bulldozer, Maggie était à quatre pattes sur le sol de la cuisine. Puisqu'on la réveillait à une heure aussi incongrue, elle avait décidé d'employer tout ce temps disponible à quelque chose d'utile. Elle avait posé ses bobines d'enregistrement sur le plan de travail, et la musique réussissait tout juste à couvrir le bruit assourdissant des machines. Maggie se laissa peu à peu emporter par la mélodie tandis que les paroles de la chanson à venir se formaient progressivement dans son esprit.

Concentrée sur sa chanson, elle grattait et décapait sans répit le linoléum de la cuisine. Elle savait pourtant bien qu'il y avait plus urgent : les murs de sa chambre n'avaient pas encore de papier peint, seul le plafond de la salle de bains avait bénéficié d'une couche de peinture, et deux marches de l'escalier attendaient encore d'être poncées et vernies. Mais elle avançait à son propre rythme, à sa guise. Pour l'instant, elle avait commencé mille petits projets de rénovation mais n'en avait terminé aucun. De cette façon, elle pouvait voir l'ensemble de la maison prendre forme petit à petit. De plus, lorsqu'elle avait trébuché sur un des coins décollés du linoléum de la cuisine, elle avait entraperçu le beau plancher qui se cachait dessous. La curiosité avait fait le reste.

Lorsque Cliff entra par la porte arrière, il se sentait déjà agacé. Pourquoi perdait-il son temps ici alors que d'autres chantiers l'attendaient ailleurs ? Et pourtant, il était là. Il venait de frapper à la porte pendant cinq bonnes minutes, sachant que Maggie se trouvait à l'intérieur puisque sa voiture était dans l'allée et que le conducteur du bulldozer avait affirmé qu'elle lui avait apporté du café une heure plus tôt. Ne comprenait-elle pas que si l'on frappait à sa porte, c'était qu'on voulait quelque chose ?

La musique qui s'échappait de la fenêtre éveilla aussitôt sa curiosité. Il n'avait jamais entendu cette mélodie. C'était un air fascinant, sensuel, ténébreux, qui captivait l'imagination. Pas une ligne de basse ou de cuivre et pourtant, le piano seul avait le pouvoir d'interpeller et d'envoûter. Cliff s'immobilisa, à la fois troublé et ému. Il entrouvrit la porte sur laquelle il frappa quelques coups discrets. C'est alors qu'il la vit.

A quatre pattes, Maggie décollait de grands morceaux de linoléum avec ce qui semblait être une truelle. Ses cheveux détachés tombaient sur ses épaules en boucles souples, dissimulant une partie de son visage. La lumière du soleil qui s'infiltrait par la porte ouverte et par la fenêtre éclairait sa chevelure brune de mille paillettes d'or. Les hanches moulées dans un pantalon de velours gris, pieds nus, elle portait une chemise rouge carmin que Cliff reconnut aussitôt comme un vêtement de marque hors de prix. Les mains et les poignets qui en dépassaient lui semblaient incroyablement délicats.

Cliff leva les yeux au ciel. A ce moment précis, la jeune femme, sans doute emportée par son élan, s'égratigna une phalange contre le coin d'une dalle.

— Qu'est-ce que vous fabriquez ? s'écria Cliff en ouvrant tout grand la porte.

Maggie venait tout juste de porter son doigt à la bouche pour arrêter le saignement quand il s'agenouilla à côté d'elle et lui attrapa la main.

— Ce n'est rien, assura-t-elle aussitôt. Une simple égratignure.

— Vous avez de la chance : à la manière dont

vous vous y prenez, vous auriez pu y laisser un doigt.

Le ton de Cliff était sec et impatient. Pourtant, il lui prit le poignet avec douceur. Cette fois, Maggie pouvait voir ses yeux. Ils étaient gris, ténébreux, secrets. Comme voilés d'une brume crépusculaire, mystérieuse et envoûtante. Et soudain, elle comprit que cet homme avait un bon fond, mais qu'il fallait l'approcher avec douceur.

— Qui a osé mettre du linoléum sur un si beau parquet ? demanda-t-elle en désignant le bois découvert. Magnifique, n'est-ce pas ? Attendez de voir quand il sera poncé et verni.

— Vous devriez demander à Bog de vous faire ça, suggéra Cliff. Vous n'avez pas l'air de savoir ce que vous faites.

Maggie le dévisagea d'un air maussade. Ce n'était pas la première fois qu'on lui faisait la remarque.

— Peut-être, mais ça m'amuse. Et puis, je suis prudente, rétorqua-t-elle.

— Je vois ça, dit-il en hochant la tête vers son égratignure. Avec votre métier, n'êtes-vous pas censée faire attention à vos mains ?

— Elles sont assurées, répliqua-t-elle en enlevant aussitôt la main de la sienne. Et puis, ce genre de petite blessure ne va pas m'empêcher de jouer du piano. Etes-vous venu ici dans l'intention de me critiquer, monsieur Delaney, ou vouliez-vous me dire quelque chose de précis ?

— Je suis venu vérifier l'avancée des travaux.

Intérieurement, Cliff songea qu'il n'avait en fait nul besoin de se déplacer pour cela. Et pourquoi s'inquiétait-il de savoir si Maggie faisait attention à ses mains ? C'était ridicule : cette femme était venue de nulle part et allait sûrement repartir avant que les premières feuilles de l'été n'apparaissent. Il devait bien garder cela en tête et se rappeler qu'elle ne l'intéressait nullement d'un point de vue personnel.

Il ramassa le cadre grillagé qu'il avait laissé choir en s'agenouillant près d'elle.

— J'ai trouvé ça dehors, dit-il.

— Merci, lança la jeune femme sur un ton impérieux, comme si elle souhaitait mettre une certaine distance entre eux.

Elle prit le cadre et le déposa contre la cuisinière.

— Votre allée va être en chantier pendant une bonne partie de la journée. J'espère que vous ne comptiez pas bouger d'ici.

— Je ne vais nulle part, répondit Maggie en lançant à Cliff un regard de défi.
— Très bien, dit-il en inclinant la tête.
La musique qui montait du magnétophone changea de tempo. C'était plus rythmé, plus primitif. Une musique à jouer une chaude nuit d'été.
— Qu'est-ce que c'est ? demanda Cliff. Je n'ai jamais entendu ça.
Maggie tourna la tête vers le magnétophone. Ce morceau lui avait donné bien du souci, se rappela-t-elle en fronçant les sourcils.
— Je travaille sur la bande originale d'un film en ce moment. C'est la mélodie pour la chanson principale. Vous l'aimez ?
— Oui.
C'était la réponse la plus directe qu'il lui ait faite jusqu'à maintenant. Mais cela ne suffisait pas à Maggie.
— Pourquoi ?
Cliff ne répondit pas tout de suite. Il se concentrait sur la musique, à peine conscient de la proximité de leurs corps, alors qu'ils étaient tous deux assis sur le plancher nu.
— Ça rentre dans la peau, ça captive l'imagination. N'est-ce pas le but d'une chanson ?

Maggie le regarda. Sa réponse n'aurait pu être plus parfaite.

Elle lui adressa un grand sourire, un sourire lumineux qui laissa Cliff sans voix, comme si la foudre s'était abattue sur lui.

— C'est exactement ce que je voulais faire passer ! s'écria Maggie qui, dans son enthousiasme, vint effleurer du genou celui de Cliff. Avec cet air, je veux revenir à l'essentiel. Le film parle d'une relation passionnée entre deux êtres qui n'ont rien en commun, mais qui se voient irrémédiablement attirés l'un vers l'autre. L'un d'entre eux est finalement poussé à tuer à cause de cela.

Elle s'interrompit, perdue dans sa musique qui, dans son imagination, prenait des couleurs chamarrées : rouge carmin, mauve… Elle la sentait sur sa peau, comme le souffle tiède d'un soir d'été. Elle rouvrit les yeux et la musique s'arrêta comme par enchantement.

Un juron s'échappa alors de la bande magnétique, puis ce fut le silence.

— Les deux dernières mesures ne me conviennent pas, murmura Maggie, gênée. C'est comme si quelque chose m'échappait. On doit sentir le désespoir, mais pas de manière aussi flagrante. La passion doit être tout juste maîtrisée.

— Ecrivez-vous toujours ainsi ? demanda Cliff en l'étudiant attentivement.

Maggie s'assit sur les talons. Le tour que prenait la conversation la ramenait en terrain familier et elle en était ravie. Toute sa vie, elle avait vécu dans la musique, rien que pour elle.

— Comment cela ? demanda-t-elle.

— En vous concentrant avant tout sur l'ambiance et les émotions, plutôt que sur les notes et le tempo.

Maggie haussa les sourcils et repoussa d'une main la mèche qui balayait sa joue. Dans le geste qu'elle fit, l'améthyste carrée qu'elle portait à son doigt, d'une profonde teinte violette, se mit à scintiller. Elle n'en revenait pas : personne, pas même ses plus proches associés, n'avait réussi à analyser si nettement son style. Sans qu'elle comprenne pourquoi, cela lui fit plaisir.

— Oui, répondit-elle simplement.

Cliff se leva. Il se sentait mal à l'aise face au regard soudain doux et curieux qu'elle posait sur lui.

— C'est la raison pour laquelle vous faites de la bonne musique, je suppose.

— Vous êtes donc capable de dire quelque chose de gentil, observa Maggie en riant, moins du compliment inattendu que du ton réticent qu'il avait employé.

— Lorsque c'est de circonstance, admit Cliff en regardant la mince jeune femme se lever avec des mouvements fluides et gracieux. J'admire votre musique.

Maggie se retourna. Plus que ses paroles, c'était le ton de Cliff qui la troublait. Comme s'il voulait la blesser au lieu de la flatter.

— C'est bien tout ce que vous admirez chez moi, lui dit-elle.

— Je ne vous connais pas.

— Vous me méprisiez avant même de m'avoir vue, reprit-elle, les mains sur les hanches, un regard de défi posé sur Cliff. Vous aviez décidé que vous ne m'aimeriez pas.

Sa spontanéité impressionna Cliff. Maggie Fitzgerald, la star californienne, n'y allait pas par quatre chemins. « Tant mieux », songea-t-il, car lui non plus.

— Je ne supporte pas les gens bien nés qui vivent en dehors de la réalité, déclara-t-il.

— « Bien nés »..., répéta Maggie sur un ton ironique. En d'autres mots, je suis née dans la richesse, donc je ne peux comprendre le monde qui m'entoure, c'est ça ?

Cliff ne savait pas pourquoi il avait envie de sourire. Peut-être était-ce la façon dont les joues de la jeune femme prenaient une teinte cramoisie. Peut-être était-ce le fait que malgré sa plus petite taille, elle semblait prête à le mettre à terre et à le rouer de coups. Mais il se retint.

— C'est plus ou moins ça... Bien, le gravier sera livré vers 17 heures.

Habituée à avoir le dernier mot, Maggie l'attrapa par le bras alors qu'il se dirigeait vers la porte.

— Plus ou moins ça ? Quel genre de snob êtes-vous pour juger ma vie ?

Cliff baissa les yeux vers la main délicate posée sur son avant-bras. L'améthyste lançait des étincelles.

— Mademoiselle Fitzgerald, le monde entier connaît votre vie par cœur.

— C'est la remarque la plus stupide que j'ai jamais entendue, dit-elle avec amertume, s'efforçant vainement de contenir sa colère grandissante. Ecoutez bien ce que je vais vous dire, monsieur Delaney...

La sonnerie du téléphone l'interrompit alors qu'elle allait se lancer dans une tirade bien sentie, et elle se contenta de jurer à voix basse. Mais, avant de décrocher le combiné, elle intima à Cliff l'ordre de ne pas bouger.

Celui-ci haussa les sourcils et s'appuya lentement sur le rebord de l'évier. Soit, il allait attendre, décida-t-il. Pas parce qu'elle le lui avait ordonné, mais parce qu'il voulait entendre ce qu'elle avait à lui dire.

Maggie arracha le combiné du socle mural.

— Allô! cria-t-elle dans le combiné.

— Eh bien, je suis ravi d'entendre que la vie rurale te fait du bien!

« C.J... »

Maggie fit tous les efforts du monde pour recouvrer son calme. Elle ne voulait pas que son ami commence à l'interroger ou lui fasse la morale.

— Désolée, je suis en pleine discussion philosophique, prétendit-elle.

Elle entendit le rire sarcastique de Cliff mais préféra l'ignorer.

— Qu'y a-t-il, C.J?

— Rien, mais ça fait deux jours que je n'ai pas de nouvelles.

— Je te l'ai dit : je t'appellerai une fois par semaine. Arrête de te faire du souci, veux-tu?

— Tu sais bien que je n'y arrive pas.

— Oui, je le sais, concéda-t-elle en riant. Si ça

peut te rassurer, on me déblaie l'allée à l'instant même. A ta prochaine visite, tu pourras conduire les yeux fermés.

— Ce n'est pas ça qui m'inquiète, grommela C.J, c'est plutôt l'idée que le toit s'effondre sur ta jolie tête. Cette satanée maison tombe en ruine.

— Non, elle ne tombe pas en ruine, bougonna Maggie.

Elle se retourna vivement et envoya par inadvertance un coup de pied dans le cadre grillagé que Cliff avait rapporté, causant un raffut assourdissant.

A ce moment, son regard croisa celui de Cliff. Toujours appuyé contre le rebord de l'évier, il arborait un grand sourire.

— C'était quoi, ce bruit? demanda C.J.

— Quel bruit? Je n'ai rien entendu.

Cette fois, Cliff rit franchement, et Maggie dut couvrir le récepteur de sa main en lui chuchotant de se taire. Elle ne put toutefois s'empêcher de sourire. Mais C.J était à l'autre bout du fil, et elle ne voulait pas qu'il se doute de quelque chose.

— C.J, j'ai presque fini la musique, annonça-t-elle.

— Quand? demanda-t-il aussitôt.

— Le plus gros est terminé, assura-t-elle en

adressant à Cliff un clin d'œil entendu. Il me reste la chanson principale à peaufiner. Si tu me laisses travailler, la maquette pourrait être sur ton bureau dès la semaine prochaine.

— Pourquoi ne l'apporterais-tu pas toi-même ? Nous pourrions déjeuner ensemble.

— Pas question.

— Ça ne coûtait rien d'essayer, soupira son agent. Tiens, pour te prouver que je tiens à toi, je t'ai envoyé un cadeau.

— Des chocolats Godiva ?

— Tu verras bien... Tu le recevras demain matin. Tu seras si émue que tu sauteras dans le premier avion pour Los Angeles pour me remercier en personne.

— C.J...

— Retourne travailler, et appelle-moi, ajouta celui-ci d'une voix conciliante.

Il raccrocha. Comme toujours quand elle avait parlé à C.J, Maggie se sentait partagée entre l'agacement et la gaieté.

Elle replaça le combiné sur le mur.

— C'est mon agent, expliqua-t-elle. Il aime s'inquiéter.

— Je vois ça.

Cliff ne bougeait pas, Maggie non plus. La

complicité partagée pendant cette conversation téléphonique semblait avoir éliminé l'animosité qui régnait entre eux quelques minutes plus tôt. A sa place s'était installée une sorte de gêne qu'aucun des deux n'aurait su expliquer.

Cliff remarqua soudain l'intensité du parfum de Maggie, la ligne élancée de son cou.

Maggie, elle, sentit un étrange trouble l'envahir au souvenir de la main ferme et douce de Cliff posée sur son bras. Elle toussota.

— Monsieur Delaney...
— Cliff, rectifia-t-il.
— Cliff, répéta-t-elle en souriant et en tâchant de se détendre. Nous avons pris un mauvais départ, il me semble. Pourquoi n'essaierions-nous pas de nous concentrer sur le chantier ? Ainsi, nous éviterions les frictions.

« Voilà une image intéressante », songea Cliff, qui se vit aussitôt en train de frictionner le corps de la jeune femme.

— D'accord, répondit-il en se redressant.

Il avança vers elle. Qui menait le jeu à cet instant ? Il n'en était pas sûr. Il s'approcha juste assez pour coincer la jeune femme contre la cuisinière. Il ne la toucha pas, mais des images troublantes surgirent dans son esprit : ses mains sur sa peau veloutée, la température de leur corps grimpant à toute allure, leurs deux bouches s'unissant dans un baiser profond, passionné.

— Ce chantier est pour moi un défi, déclara-t-il en plongeant son regard dans celui de Maggie. J'ai donc décidé d'y consacrer toute mon attention.

Maggie sentit ses nerfs se tendre. Mais elle soutint son regard, quitte à lui faire voir la lueur du désir qui, sûrement, brillait dans ses yeux.

— Je ne vais certainement pas vous l'interdire, répondit-elle enfin.

— En effet, acquiesça Cliff en souriant doucement.

S'il restait une minute de plus, songea-t-il, il ne pourrait s'empêcher de goûter les lèvres qui s'offraient à lui. Et cela risquait de lui coûter très cher.

Il tourna les talons et se dirigea vers la sortie.

— Appelez Bog, lança-t-il par-dessus son épaule avant de franchir le seuil. Vos doigts sont faits pour les touches d'un piano, par pour le maniement d'une truelle.

Lorsque la porte se referma, Maggie exhala un long soupir. Le faisait-il exprès ? se demanda-t-elle, la main sur son cœur qui battait à tout rompre. Ou avait-il simplement le don de transformer les femmes en poupées de chiffon ? Elle secoua la tête et se força à ignorer le trouble qui l'agitait. S'il y avait bien une chose qu'elle savait faire, c'était éviter les don Juan professionnels. Hors de question de se faire ensorceler par le bourreau des cœurs de Morganville.

Elle haussa les épaules et se remit aussitôt à quatre pattes, truelle en main, pour gratter une des dalles avec frénésie. Non, Maggie Fitzgerald n'avait besoin de personne.

3.

C'était le troisième matin de suite que Maggie se réveillait au bruit des travaux sous sa fenêtre. Tronçonneuses, camionnettes et autres engins bruyants avaient remplacé le bulldozer du premier jour. Mais elle s'était résignée à ce tapage.

Dès 7 h 15, après une douche rapide, elle se planta devant le miroir de la salle de bains et observa son visage. « Pas terrible », constata-t-elle en grimaçant à la vue de ses paupières gonflées de sommeil. Sans doute parce qu'elle avait travaillé sur sa partition jusqu'à 2 heures du matin.

Maussade, elle passa la main sur son visage. Elle n'avait jamais considéré les soins de beauté comme un luxe ou une perte de temps. C'était simplement une routine quotidienne, comme les vingt longueurs qu'elle faisait chaque jour dans sa piscine de Los Angeles. Mais dernièrement, elle avait plutôt négligé son apparence. Deux mois déjà qu'elle n'avait pas mis les pieds chez un coiffeur ! Et ça se voyait, constata-t-elle en balayant d'un geste brusque les boucles qui tombaient sur son front.

Il fallait agir.

Elle enroula ses cheveux mouillés dans une serviette et ouvrit la porte de l'armoire à pharmacie. En l'absence d'une esthéticienne digne de ce nom avant des centaines de kilomètres, il fallait bien se débrouiller toute seule, se dit-elle en appliquant sur son visage un masque à l'argile.

Elle se rinçait les mains lorsqu'un petit aboiement aigu lui parvint aux oreilles. Le cadeau de C.J voulait son petit déjeuner, remarqua-t-elle avec humeur. Vêtue de sa robe de chambre en éponge décousue à l'ourlet, une serviette sur les cheveux et le visage couvert d'argile, Maggie descendit. Elle atteignait la dernière marche de l'escalier lorsque trois coups sur la porte firent sursauter le petit bouledogue qui aboya aussitôt avec virulence.

— Calme-toi ! ordonna-t-elle en l'attrapant sous le bras. Tout ce raffut, et je n'ai même pas encore avalé mon café ! Un peu de répit, s'il te plaît.

Le chiot baissa la tête et émit un léger grognement tandis qu'elle tournait la poignée. Un vrai

chien de la ville, songea-t-elle. C.J avait dû faire exprès de le choisir aussi agité et nerveux.
La porte refusait de s'ouvrir. Maggie jura, posa le chien au sol et tira des deux mains sur la poignée.
La porte s'ouvrit si brusquement que, portée par l'élan, Maggie fit un bond en arrière. Le chiot se réfugia aussitôt derrière la porte du fond, ne laissant dépasser que sa petite tête, et montra les crocs d'une manière qu'il espérait sûrement menaçante.
Cliff était dans l'encadrement de la porte...
— Je croyais que la vie rurale était reposante, dit enfin Maggie.
Cliff sourit. Il avait les mains dans les poches de son jean.
— Pas nécessairement. Je vous réveille ?
— Non, ça fait longtemps que je suis debout.
— Je vois, je vois.
Du regard, il suivit la ligne des jambes de la jeune femme, qui dépassaient de l'ouverture du peignoir. Des jambes incroyablement longues, eut-il le temps de penser avant d'apercevoir le chiot, tapi au fond du couloir.
— Un de vos amis ? demanda-t-il avec ironie.
Maggie regarda le bouledogue qui émettait de

petits glapissements hostiles tout en gardant une certaine distance.

— Oui, un cadeau de mon agent.

— Comment s'appelle-t-il ?

— Molosse, répondit-elle en lançant un regard désabusé au petit chien.

— Ça lui va bien, plaisanta Cliff en observant l'animal disparaître derrière la porte. Vous pensez en faire un chien de garde ?

— Je vais lui apprendre à attaquer les critiques musicaux.

Par habitude, elle leva la main vers ses cheveux pour rabattre ses boucles. C'est alors qu'elle se rappela qu'elle portait toujours sa serviette. Aussitôt, elle se souvint du reste de son apparence. Elle porta une main à son visage et y trouva une couche d'argile durcie.

— Mon Dieu ! murmura-t-elle tandis que le sourire de Cliff s'agrandissait. Un instant, voulez-vous ?

Elle se précipita dans l'escalier.

Dix minutes plus tard, Maggie redescendit. Elle avait orné ses cheveux de peignes en nacre, rehaussé son visage d'un trait de maquillage et enfilé la première tenue trouvée dans ses malles qui attendaient toujours d'être déballées. Son jean noir ajusté formait un contraste intéressant avec son ample pull blanc.

Assis au bas des marches, Cliff flattait le chiot de quelques caresses sur le ventre.

— Vous n'alliez pas me prévenir, n'est-ce pas ? dit Maggie derrière lui.

— De quoi ? demanda Cliff sans cesser de caresser le chien.

— De rien, dit-elle en croisant les bras sur sa poitrine. De quoi voulez-vous me parler, ce matin ?

Cliff n'aurait su expliquer pourquoi le ton glacial et impérieux de la jeune femme le fascinait. Peut-être était-ce que simplement il détenait le pouvoir de le faire naître chez elle ?

— Vous voulez toujours cet étang ? demanda-t-il enfin.

— Oui, toujours, répondit Maggie d'un ton sec. Je n'ai pas l'habitude de changer d'avis.

— Très bien. Nous allons donc déblayer le fossé cet après-midi, annonça-t-il en se levant pour lui faire face. Vous n'avez pas contacté Bog pour le sol de la cuisine.

— Comment le savez-vous ? demanda-t-elle avec étonnement.

— Tout se sait, à Morganville.

— Peut-être, mais ce ne sont pas vos affaires.

— C'est difficile de cacher des choses ici, insista Cliff, amusé de la voir si exaspérée. D'ailleurs, ces jours-ci, votre nom est sur toutes les lèvres en ville. Tout le monde se demande ce que la Californienne vient faire par ici. Plus vous serez discrète, plus ils seront curieux.

— Vraiment ? dit Maggie en se rapprochant, la tête inclinée. Et vous ? Etes-vous curieux ?

Cliff savait qu'elle lui lançait un défi. Et il comptait bien le relever. Il prit soudain le menton de la jeune femme au creux de sa main et d'un doigt, suivit la courbe de sa mâchoire.

Maggie ne recula pas. Elle se tenait totalement immobile.

— Vous avez une belle peau, murmura-t-il. Très belle. Vous en prenez soin, Maggie. Eh bien moi, je prendrai soin de votre terrain.

Sur ces mots, il la laissa ainsi, bras croisés, tête inclinée, bouche bée.

***

A 10 heures passées, Maggie comprit que sa journée n'allait pas être aussi calme qu'elle l'eût souhaitée. Décidément, la campagne n'avait rien de tranquille : dehors, les ouvriers criaient par-dessus le bruit des machines pour se faire entendre. Des camionnettes allaient et venaient sans cesse sur le gravier de l'allée. Mais elle se rassura en songeant que d'ici quelques semaines, tout serait terminé.

Trois amis de Los Angeles l'appelèrent pour prendre de ses nouvelles. Mais au bout du troisième appel, Maggie en eut assez de devoir expliquer qu'elle décollait du linoléum, posait du papier peint, peignait des murs et, par-dessus le marché, qu'elle s'amusait à faire tout cela. Elle finit par décrocher le téléphone et se remit à gratter le sol de la cuisine.

A présent, plus de la moitié du sol était à découvert. La perspective d'avoir un beau plancher blond lui plaisait tant qu'elle avait décidé de mettre de côté les autres travaux en cours. Au moins, elle pourrait affirmer qu'elle l'avait fait toute seule. Et Cliff n'aurait rien à redire à cela.

Elle avait à peine mis à nu trois centimètres de bois lorsqu'on frappa à la porte ouverte. Elle jeta un œil par-dessus son épaule, prête à exploser en croyant que Cliff revenait lui faire la morale. Mais elle aperçut une femme grande et mince, à peu près du même âge qu'elle, aux cheveux bruns et aux yeux bleu pâle. Joyce Morgan Agee. Maggie se demanda comment elle avait pu ne pas voir la ressemblance avec Louella Morgan, l'autre jour.

— Madame Agee ! s'écria-t-elle en se relevant prestement et en tapotant la poussière qui maculait son pantalon. Entrez, je vous en prie. Désolée : le sol est un peu sale.

— Je ne voulais pas vous déranger en plein travail, s'excusa Joyce en hésitant sur le seuil. J'aurais dû vous appeler, mais j'ai décidé de venir vous rendre visite à l'instant, en revenant de chez ma mère.

Maggie vit que Joyce portait d'élégants escarpins, et sentit ses propres baskets adhérer au sol gluant. Mieux valait épargner les jolies chaussures de la visiteuse.

— Allons dehors, ce sera mieux, proposa-t-elle en l'invitant à sortir. Il y a trop de désordre à l'intérieur.

Les deux femmes entendirent un des ouvriers appeler son collègue à grands renforts de jurons. Joyce les regarda, puis se tourna vers Maggie.

— Vous ne perdez pas de temps, à ce que je vois.

— En effet, admit Maggie en riant. La patience n'est pas mon fort.
— Vous n'auriez pu choisir meilleure entreprise, murmura Joyce, le regard posé sur les camionnettes ornées d'un *Delaney* sur la portière.
— C'est ce que j'ai cru comprendre, répondit Maggie d'un ton neutre.
— Je tiens à vous dire que je suis ravie que vous restauriez cet endroit, dit Joyce en jouant avec la sangle de son sac. J'ai peu de souvenirs de l'époque où j'ai vécu ici, j'étais encore petite, mais je n'aime pas le gâchis.
Elle s'interrompit, jeta un regard vers l'intérieur et secoua la tête en souriant avant de poursuivre.
— Je ne crois pas que je pourrais vivre ici. J'aime que les voisins soient proches, que leurs enfants puissent jouer avec les miens. Et pour Stan, c'est plus pratique.
Maggie mit quelques instants à comprendre de qui elle parlait.
— Ah oui, votre mari est le shérif de la ville, c'est ça ?
— Oui. Morganville est une bourgade bien tranquille, rien à voir avec Los Angeles, mais il y trouve son compte. Nous ne sommes pas faits pour la ville, vous comprenez ?

Maggie percevait la nervosité sous le timide sourire de la jeune femme, une nervosité qu'elle avait déjà perçue chez Louella.

— Oui, répondit-elle enfin. D'ailleurs, moi non plus.

— Je ne comprends pas comment vous avez pu abandonner…, commença Joyce. Ce que je veux dire, c'est que ça doit beaucoup vous changer de Beverly Hills.

— Un vrai changement, acquiesça Maggie. Mais un choix volontaire.

— Eh bien, je suis contente que vous ayez acheté si vite. Stan n'a pas été content que je mette la maison en vente durant son absence, mais je n'en pouvais plus de la voir inhabitée. Si vous n'étiez pas arrivée, peut-être aurait-il réussi à me faire changer d'avis…

— Heureusement que j'ai vu le panneau, alors.

Apparemment, la maison avait été la propriété exclusive de Joyce, comprit Maggie. Ni son mari ni sa mère n'avaient eu leur mot à dire. Toutefois, elle ne comprenait pas pourquoi Joyce n'avait pas vendu plus tôt.

— En fait, mademoiselle Fitzgerald, je suis

venue pour vous parler de ma mère. Elle m'a dit qu'elle vous avait rendu visite.

— Oui, elle est vraiment gentille.

— Oui, murmura Joyce, le regard perdu au loin.

Au ton de la jeune femme, Maggie sentit que quelque chose, décidément, clochait.

— Il est fort probable qu'elle revienne vous voir, reprit Joyce. Et j'aimerais que vous me rendiez un service : si elle vous ennuie, faites-le-moi savoir.

— Pourquoi m'ennuierait-elle ?

Joyce poussa un long soupir, qui semblait tenir autant de la fatigue que de la frustration.

— Maman est restée coincée dans le passé. Elle n'a jamais fait le deuil de mon père. Elle rend parfois les gens mal à l'aise.

Maggie se souvint de la gêne qu'elle avait éprouvée lors de la visite de Louella. Mais elle secoua la tête.

— Je serais ravie que votre mère revienne me voir de temps à autre, madame Agee.

— Merci. Mais surtout, promettez-moi de me dire si…, commença Joyce, en balbutiant avec embarras. Si vous souhaitez qu'elle vous laisse tranquille. Vous savez, elle venait ici même lorsque la maison était inhabitée. Je ne veux pas qu'elle vous importune. Elle ne sait pas qui vous êtes et elle n'a pas conscience que quelqu'un comme vous puisse être très occupée.

— Entendu, je vous le dirai, promit Maggie en se souvenant du regard perdu et de l'expression triste de Louella.

— Merci beaucoup, dit Joyce, les traits de son visage soudain détendus.

— Appelez-moi Maggie.

— Eh bien, d'accord, répondit Joyce avec un sourire timide. C'est normal que quelqu'un comme vous n'apprécie pas les visites importunes.

— Je ne suis pas un ermite, vous savez ! dit Maggie en riant, bien qu'elle n'en fût plus tout à fait sûre. Et je sais me comporter normalement.

— Oh, je ne voulais pas dire que...

— Je sais. Quand j'aurai fini ce maudit sol, revenez prendre un café avec moi.

— J'en serai ravie. Oh, j'ai failli oublier ! s'écria Joyce en fouillant dans son sac avant d'en sortir une grande enveloppe. Maman m'a dit que vous vouliez des photos de la propriété.

— Oui, confirma Maggie, heureuse et surprise que Louella s'en fût souvenue. J'espère qu'elles vont me donner des idées.

— Elle a dit que vous pouviez les garder autant

qu'il vous plaira, dit Joyce d'un ton de nouveau hésitant. Je dois rentrer. Les enfants sortent de l'école à midi, Stan déjeune à la maison et je n'ai encore rien préparé. J'espère vous voir en ville, un de ces jours ?
— Bien sûr, assura Maggie, l'enveloppe sous le bras. Transmettez mes amitiés à votre mère.
Alors qu'elle revenait vers la maison, Maggie aperçut Cliff qui allait à la rencontre de Joyce. Curieuse, elle le regarda prendre les mains de la jeune femme brune dans les siennes. Le bruit des engins couvrait leur conversation, mais Maggie pouvait voir que tous deux se connaissaient bien. Elle fut surprise de voir de la tendresse sur le visage de Cliff, mais également de l'inquiétude. Il s'approcha de Joyce, comme pour mieux entendre ce qu'elle disait, et lui caressa les cheveux.
Un geste affectueux ? se demanda Maggie. Ou amoureux ?
Elle vit Joyce secouer la tête avant de s'écarter. Elle ouvrit la portière de la voiture et s'y engouffra. Cliff se pencha un instant au-dessus de la vitre. Se disputaient-ils ? La tension qu'elle sentait dans l'air était-elle imaginaire ou bien réelle ? Fascinée par la scène silencieuse qui se jouait sous ses yeux, Maggie vit Cliff reculer pour laisser passer la voiture

de Joyce dans l'allée. Elle n'eut pas le temps de détourner les yeux : Cliff leva la tête vers elle, et leurs regards se croisèrent.

Une cinquantaine de mètres les séparaient. Le bruit des machines et des ouvriers occupait tout l'espace. Le soleil commençait presque à être trop chaud, mais Maggie sentit une onde glacée parcourir son dos. Elle tenta de se persuader que cette sensation était due à l'hostilité qu'elle éprouvait pour Cliff, et sûrement pas à une dangereuse attirance...

Elle fut tentée de franchir les quelques pas qui les séparaient l'un de l'autre pour vérifier ce qu'il en était. A cette seule pensée, son sang se figea dans ses veines. Cliff restait immobile, le regard plongé fixement dans le sien. D'un geste hésitant, elle tourna la poignée de la porte et pénétra à l'intérieur de la maison.

Deux heures plus tard, Maggie ressortit de chez elle. Elle n'était pas du genre à battre en retraite, à refuser d'affronter un problème ou ses sentiments. Mais à ses yeux, Cliff Delaney représentait pourtant un véritable défi.

Tout en grattant le linoléum de la cuisine, elle

s'était durement réprimandée de se laisser intimider par cet homme, simplement parce qu'il était incroyablement viril et sensuel. *Et différent...* Différent de tous les hommes qu'elle avait rencontrés dans le cadre de son travail. Il n'essayait pas de plaire et ne semblait pas conscient de son immense pouvoir de séduction. Voilà ce qui faisait toute la différence pour elle. Mais voilà, elle n'avait aucune idée du comportement à adopter face à ce genre d'individu.

Il fallait rester professionnelle, se dit-elle alors qu'elle contournait la maison. Elle s'arrêta devant un tas de terre fraîchement retournée. Vigne vierge, bruyère et ronces avaient disparu, ainsi que l'arbre qui menaçait une des façades. Deux hommes, le dos ruisselant de sueur, empilaient des pierres pour former un mur en bordure de la pelouse.

Cliff Delaney savait ce qu'il faisait, constata-t-elle. Elle traversa la parcelle recouverte de terreau bien noir. Dans le fossé aussi, le plus gros des mauvaises herbes avait disparu. Un homme replet et barbu vêtu d'une salopette était assis sur une énorme pelleteuse jaune, aussi confortablement que s'il s'agissait d'un bon fauteuil. Il actionna une manette et la lame de la pelleteuse s'enfonça dans le trou avant d'en ressortir pleine de terre et de cailloux.

Maggie suivait l'opération, une main devant les yeux pour se protéger du soleil. A ses pieds, le chiot sautillait follement et montrait les dents à tout ce qui passait. Chaque fois que la pelleteuse délivrait une nouvelle cargaison de gravats, le bouledogue aboyait de toutes ses forces. A la fin, Maggie se mit à rire et s'agenouilla pour le caresser.

— Ne sois pas si peureux, Molosse. Je te protège de ce monstre.

— Ne vous approchez pas trop, dit la voix de Cliff, derrière elle.

Gênée par la lumière aveuglante, Maggie se releva aussitôt pour se mettre à la hauteur de son interlocuteur.

— Vous avez bien avancé, observa-t-elle.

— Il faut encore planter, dit-il en désignant le fossé. Et renforcer le remblai. Car s'il pleut, ça risque d'être catastrophique.

Cliff portait de nouveau ses lunettes de soleil. Comme elle ne pouvait voir ses yeux, Maggie préféra lui tourner le dos pour observer la pelleteuse.

— Vous êtes visiblement bien équipé, dit-elle.

— Assez bien, en effet, répondit Cliff en enfonçant les mains dans ses poches.

Il fronça les sourcils. Deux heures plus tôt, il avait ressenti un étrange désir pour Maggie. Et à présent, voilà que ça le reprenait. Il ne l'aurait jamais choisie et pourtant, il la désirait. Il pouvait toujours essayer d'ignorer ce qu'il éprouvait, mais ce qu'il voulait vraiment, c'était sentir le corps de cette femme frissonner sous ses caresses.

Même si elle regardait ailleurs, Maggie ne pouvait ignorer à quel point Cliff se tenait près d'elle. L'émoi qui l'avait submergée deux heures plus tôt l'envahissait de nouveau. Bien sûr, une femme pouvait être attirée par un inconnu, un passant croisé dans la rue, par exemple. Mais jamais auparavant elle n'avait senti son corps réagir de la sorte. Elle ne voulait plus qu'une chose : se jeter dans les bras de Cliff. C'était une sensation brûlante, comme une promesse inespérée de plaisir.

Elle se tourna vers lui, à peine consciente de ce qu'elle allait lui dire.

— Je ne suis pas sûre d'aimer ce qui se passe.

— Avez-vous le choix ? répondit Cliff.

Maggie fronça les sourcils. Il ne ressemblait en rien aux autres hommes qu'elle avait connus : comment devait-elle gérer la situation ?

— Je crois, oui, répondit-elle enfin. Je suis venue ici parce que je voulais y vivre et y travailler. Mais je suis aussi venue dans l'intention d'être seule. Je compte bien m'y tenir.

Cliff l'étudia un moment, puis fit un vague signe au conducteur de la pelleteuse pour lui signaler la pause de midi.

— J'ai accepté ce boulot dans l'intention de m'occuper de ce terrain. Je compte bien m'y tenir.

— Nous sommes donc d'accord, conclut Maggie en hochant la tête d'un air approbateur.

Elle allait s'éloigner, lorsque Cliff la retint par l'épaule.

— Je crois que nous sommes d'accord sur *beaucoup* de choses.

Maggie sentit son ventre se nouer. Avec son épais sweat-shirt, elle n'aurait pas dû sentir la chaleur de cette main posée sur son épaule, mais chaque parcelle de son corps réagissait violemment à ce contact. L'air sembla se réchauffer brusquement, et le bruit des travaux s'évanouit dans le lointain.

— Je ne vois pas de quoi vous voulez parler.

— Si, vous le savez très bien.

— Je ne sais rien de vous, répondit-elle sans chercher à le contredire.

— Je ne peux pas vraiment vous dire la même

chose, dit-il en attrapant dans ses doigts une mèche des cheveux de Maggie.

Aussitôt, la jeune femme sentit la colère l'envahir. Elle ne supportait pas ce genre de provocations.

— Vous croyez donc toutes les bêtises que colportent les journaux à scandales, s'exclama-t-elle en se dégageant. Je m'étonne qu'un homme aussi talentueux que vous puisse se montrer si ignorant !

— Je m'étonne qu'une femme aussi talentueuse que vous puisse se montrer si inconsciente.

— Inconsciente ? Qu'entendez-vous par là ?

— N'est-ce pas de l'inconscience que d'encourager les journalistes à s'immiscer dans votre vie privée ?

— Je ne les encourage en aucune façon, dit-elle, les mâchoires serrées et le souffle court.

— Vous ne les découragez pas non plus.

— Les fuir reviendrait à attiser leur curiosité, murmura-t-elle, le regard soudain songeur. Pourquoi devrais-je me justifier, de toute façon ? Vous ne savez pas ce que c'est.

— Je sais que vous leur avez accordé une interview à peine quelques semaines après la mort de votre mari.

Cliff entendit la respiration de Maggie s'interrompre quelques secondes, et il s'en voulut de l'avoir provoquée de façon aussi méchante que gratuite.

— Avez-vous idée de la pression que m'a fait subir la presse à cette époque ? demanda-t-elle d'une voix grave et tendue, sans le regarder. Savez-vous quel genre de mensonges ils imprimaient ? J'ai choisi un journaliste de confiance, et je lui ai accordé l'interview la plus honnête possible pour tenter de rétablir un tant soit peu de vérité. J'ai donné cette interview pour Jerry. C'est tout ce que je pouvais lui offrir.

Cliff se pinça les lèvres. Il avait voulu la provoquer, la piquer, mais certainement pas la blesser. Il posa la main sur l'épaule de la jeune femme pour s'excuser. Mais Maggie se dégagea aussitôt.

— Oublions cette histoire, dit-elle avec amertume.

Mais Cliff ne la lâcha pas et la força à le regarder dans les yeux.

— Je suis désolé.

— Je sais encaisser les coups. Mais je vous conseille de ne pas juger ce que vous ne connaissez pas.

— Je suis sincèrement désolé, répéta-t-il sans

relâcher son étreinte. Mais je ne suis pas souvent les conseils des autres.

Maggie s'immobilisa. Elle ne savait pas comment ils avaient réussi à se rapprocher autant l'un de l'autre, si bien que leurs jambes se touchaient. Elle sentait un mélange de colère et de désir monter en elle.

— Alors, nous n'avons plus rien à nous dire, murmura-t-elle.

— Faux, chuchota-t-il avec une infinie douceur. Il nous reste beaucoup de choses à nous dire.

— Vous travaillez pour moi, protesta faiblement Maggie.

— Non, je travaille pour moi, rectifia Cliff.

Maggie appréciait ce genre d'orgueil, elle l'admirait même. Mais ce n'était pas une raison pour laisser Cliff la tenir ainsi par les épaules.

— Je vous paie pour effectuer un travail.

— Vous payez mon entreprise. C'est un bon échange de procédés.

— Ce sera d'ailleurs notre seul échange.

— C'est faux de nouveau, murmura-t-il avant de la relâcher.

Maggie ouvrit la bouche pour riposter, mais le chien se mit à aboyer avec excitation. Aussitôt, elle tourna le dos à Cliff et fit le tour du trou vers le tas de débris et de terre caillouteuse que la pelleteuse avait déposé.

— Allons, Molosse, appela-t-elle en s'efforçant de ne pas trébucher. Il n'y a rien de très intéressant dans ce trou.

Mais le chiot l'ignora et continua d'aboyer à tout rompre. Il enfonçait sa truffe dans la terre et remuait la queue avec agitation. Ce jeu l'amusait apparemment beaucoup.

— Arrête! ordonna-t-elle en le soulevant et en s'asseyant à même le sol. Bon sang, Molosse!

Tout en essayant de contenir le chiot, elle glissa de quelques centimètres dans le trou et déclencha une petite avalanche de pierres.

— Faites attention! lui cria Cliff, inquiet.

— C'est cet imbécile de chien! expliqua Maggie. Dieu sait ce qui le fascine dans ce tas de cailloux.

— Eh bien, attrapez-le et remontez avant de vous faire mal tous les deux.

— C'est ça, murmura-t-elle d'une voix ironique. Merci pour votre aide.

Enervée, elle commença à se hisser hors du trou lorsque sa main glissa à l'intérieur de la pierre lisse et ronde sur laquelle elle s'était appuyée. « Etrange, se dit-elle, cette pierre est creuse. » Tout en faisant attention à ne pas glisser davantage et en retenant le chiot surexcité sous son bras, Maggie baissa les yeux.

Elle se figea. Un long cri aigu s'échappa de sa gorge et effraya le chiot, qui se dégagea et s'enfuit aussitôt.

Cliff crut d'abord que Maggie avait vu un serpent. Il se précipita et la hissa hors du trou. D'instinct, il l'enlaça dans un geste protecteur, tandis qu'elle arrêtait de crier et s'agrippait à sa chemise.

— Des os, chuchota-t-elle, le souffle coupé, la tête posée sur son épaule. Mon Dieu !

Cliff baissa les yeux vers le trou et vit ce que la pelleteuse et le chiot avaient découvert. Mélangés aux gravats et aux pierres dépassaient ce qui aurait pu être pris pour des branches d'arbre pâles et maculées de terre : des ossements.

Mais près des ossements, juste à côté de l'endroit où Maggie s'était assise, gisait un crâne humain.

4.

— Je vais bien, affirma Maggie.

Assise à la table de la cuisine, elle agrippait nerveusement le verre d'eau que Cliff lui avait tendu. Ses doigts crispés finirent par lui faire mal et elle relâcha un peu son étreinte.

— Quelle idiote j'ai été, de hurler comme ça, reprit-elle.

Cliff remarqua qu'elle était encore très pâle. Ses yeux, écarquillés et figés par le choc, semblaient soudain trop grands pour son visage. Il lui caressa doucement les cheveux, puis mit les mains dans ses poches.

— C'est une réaction tout à fait naturelle, observa-t-il.

— Oui, j'imagine.

Maggie le regarda et s'efforça de sourire. Elle avait froid mais elle faisait tout ce qu'elle pouvait pour ne pas trembler devant lui.

— Je n'ai jamais été confrontée à une telle... situation.

— Moi non plus, répondit Cliff en haussant les sourcils.

— Vraiment ?

Maggie aurait presque voulu qu'il trouve cela normal, ou que ce genre de choses lui soit déjà arrivé auparavant. Cela aurait rendu l'événement moins atroce, moins exceptionnel. Elle baissa les yeux et aperçut le chiot, dont elle n'avait même pas remarqué la présence.

— Mais dans votre métier, ne vous arrive-t-il pas de déterrer un certain nombre de..., commença-t-elle, hésitante. De choses ?

Cliff comprit qu'elle voulait qu'il la rassure. Ses grands yeux noisette le suppliaient de lui fournir une explication plausible et simple. Mais il ne pouvait pas lui mentir.

— Non, pas ce genre de choses.

Ils se regardèrent pendant un long moment en silence, puis Maggie hocha la tête. Inutile de se leurrer. Et puis, s'il y avait bien une chose qu'elle avait apprise dans son métier, c'était de savoir encaisser les coups durs.

— Ni vous ni moi n'avons d'explication, dit-elle en laissant échapper malgré elle un soupir de faiblesse. Bien, nous ferions mieux d'appeler la police.

Cliff acquiesça. Plus Maggie semblait vouloir rester calme, plus il avait du mal à le rester lui-même, constata-t-il. Il serra fort les poings dans ses poches, luttant pour ne pas la prendre dans ses bras. Dans ces conditions, la solution la plus simple était peut-être de se tenir à distance, décida-t-il.

— Téléphonez-leur, lui conseilla-t-il d'un ton sec. Moi, je vais dire à mon équipe de ne pas s'approcher du fossé.

Maggie répondit de nouveau par un hochement de tête. Elle l'observa pousser la porte et sortir. Sur le seuil, il parut hésiter. Il se retourna et la regarda. Pendant un instant, elle lut sur son visage la même inquiétude que sur celui de Joyce.

— Vous êtes sûre que vous allez bien, Maggie ?

Inexplicablement, le ton de sa voix la rassura.

— Oui, ça va mieux. Merci.

Elle attendit que la porte se referme derrière lui avant de laisser retomber sa tête sur la table.

Dans quoi s'était-elle fourrée ? se lamenta-t-elle intérieurement. D'ordinaire, les gens ne découvraient pas de squelette dans leur jardin ! C.J aurait trouvé cette situation vraiment trop grotesque... Maggie se redressa. Non, elle ne rêvait pas : elle avait bien trouvé des restes humains sur son terrain. Et il fallait faire avec. Elle prit une grande inspiration, décrocha le téléphone et composa le numéro de la police.

Quelques minutes plus tard, Maggie sortit de la maison. Elle avait compté sur ce coup de fil pour apaiser ses nerfs, mais cela n'avait pas marché. Et elle n'avait aucune envie de rester à l'intérieur pour attendre toute seule. Elle fit le tour de la maison et trouva une grosse pierre sur laquelle s'asseoir. A ses pieds, le chiot s'étendit de tout son long et s'endormit.

Avec un peu d'effort, elle aurait pu se persuader que ce qu'elle avait vu dans ce tas de terre et de cailloux n'était qu'un mauvais rêve. Cet endroit était bien trop tranquille pour un tel événement. L'air était trop doux, le soleil trop chaud. Malgré l'état sauvage de son terrain, ce dernier lui inspirait la sérénité, il rendait la vie plus supportable. Etait-ce pour cette raison qu'elle avait choisi de venir ici ? se demanda-t-elle. Parce qu'elle refusait de voir la folie du monde qui l'entourait ? Ici, elle pouvait oublier toutes les contraintes, toutes les menaces qui empoisonnaient son existence depuis si longtemps. Etait-ce le foyer dont elle avait toujours rêvé, ou était-ce une simple échappatoire ? Elle ferma les paupières. Cette dernière suggestion signifiait qu'elle se montrait faible et malhonnête, deux attitudes qu'elle ne pouvait tolérer.

Tandis qu'elle essayait de rassembler ses pensées, une ombre se fit au-dessus d'elle. Maggie leva la tête et aperçut Cliff. Pour rien au monde elle ne lui aurait avoué qu'elle commençait à remettre en question ses motivations. Non, hors de question de lui montrer la moindre faiblesse.

— Quelqu'un va venir d'ici peu, lui annonça-t-elle, le regard perdu au loin, vers la forêt.

— Parfait.

Les minutes suivantes s'écoulèrent dans le silence. Cliff et Maggie restaient immobiles et regardaient les arbres devant eux.

Cliff finit par s'agenouiller à côté d'elle. Il était surpris de voir qu'elle semblait bien plus nerveuse maintenant que lorsqu'il l'avait ramenée dans la maison, après la découverte macabre. Il aurait voulu la serrer fort dans ses bras, tout contre lui, comme il l'avait fait un peu plus tôt, bien trop brièvement. Ce contact avait éveillé en lui une émotion puissante, suffocante, comme l'avait fait sa musique.

Pourquoi avait-il accepté ce travail ? pestait-il en lui-même. Il aurait dû tourner les talons dès qu'il avait vu la jeune femme.

— Avez-vous parlé à Stan ?

— Stan ? répéta Maggie sans comprendre. Oh, le shérif !

A ce moment précis, Cliff se tenait si près d'elle qu'elle aurait pu le toucher. Pourtant, il semblait si loin… Comme elle aurait aimé qu'il la prenne dans ses bras, rien qu'un instant…

— Non, reprit-elle. J'ai appelé le numéro général. On m'a mise en ligne avec la police nationale, à Hagerstown.

— C'est mieux comme ça, murmura Cliff. J'ai dit à mon équipe de partir. On va avoir besoin de calme.

— Oh ! dit-elle, surprise.

Elle se força à regarder dans la direction du fossé et y aperçut la grosse pelleteuse jaune, laissée à l'abandon. Elle avait vraiment dû être ailleurs pour ne pas avoir remarqué que les camionnettes et les ouvriers avaient disparu. Le soleil lui réchauffait le dos. Pourtant, sa peau était glacée. Il était temps de se reprendre, se dit-elle en se redressant.

— Oui, vous avez bien fait, reprit-elle. Je vous

téléphonerai au bureau pour vous dire quand la police autorisera la reprise des travaux.

Elle avait une voix calme, mais elle sentait sa gorge se serrer à l'idée de rester toute seule ici, avec ce qui se trouvait au fond du fossé.

Cliff tourna la tête vers elle. Sans un mot, il ôta ses lunettes de soleil et plongea son regard dans le sien.

— Je pensais plutôt rester un peu.

Une vague de soulagement envahit Maggie. Elle savait que ses traits détendus allaient la trahir aux yeux de Cliff, mais à ce stade, sa fierté l'avait abandonnée.

— Je préférerais ça, en effet. C'est idiot, mais...

Elle n'acheva pas sa phrase et fixa le fossé du regard.

— C'est loin d'être idiot, rétorqua Cliff.

— Faible serait un adjectif plus approprié, murmura-t-elle en s'efforçant de sourire.

— C'est simplement humain.

Malgré sa détermination à ne pas le faire, Cliff prit sa main dans la sienne.

Ce geste, censé la réconforter, déclencha aussitôt en Maggie une émotion incontrôlable. Elle faillit se lever et rentrer à l'intérieur. Mais elle ne bougea pas d'un pouce, ne détourna pas le regard et laissa cette sensation de chaleur intense lui parcourir tout le corps. Plus rien n'existait autour d'eux. Plus rien n'avait d'importance. Elle sentait chacun des doigts de Cliff se resserrer sur sa main. Un irrésistible trouble grandissait entre eux. Les yeux de Cliff s'étaient assombris. Il semblait voir en elle, lire ses pensées confuses. Dans la calme touffeur de l'après-midi, Maggie entendait leurs respirations, et chaque bruit autour d'eux venait augmenter l'excitation qui vibrait dans l'air.

D'un même élan, ils s'approchèrent l'un de l'autre jusqu'à ce que leurs lèvres s'unissent dans un profond baiser.

Jamais auparavant Maggie n'avait éprouvé une telle sensation de plénitude. Immédiatement, elle sut que même avec les années, même si elle devenait sourde et aveugle, elle pourrait toujours reconnaître Cliff au contact de ses lèvres sur les siennes. A peine quelques secondes s'étaient écoulées, et elle connaissait déjà intimement la forme de sa bouche, le goût et la texture de sa langue.

Elle fut surprise de la force brute de son baiser. Mais elle se laissa faire. Après tout, depuis qu'elle avait vu Cliff descendre de sa camionnette, n'avait-elle pas souhaité cela ? Il ne ressemblait en rien aux hommes qui avaient traversé sa vie, encore moins au seul à qui elle avait offert son corps. Elle l'avait deviné dès qu'elle l'avait vu, et à présent, tandis que sa bouche éveillait tous ses sens, elle était soulagée de cette différence. Elle ne souhaitait surtout pas revivre le passé, elle ne voulait en rien que Cliff lui rappelle celui qu'elle avait connu, puis perdu, autrefois. Ni compliments ni cajoleries. Cet homme se montrait fort et voulait de la force en retour. Elle sentit avec délices sa langue chercher la sienne, explorer sa bouche avec frénésie.

Cliff avait du mal à croire que celle qui l'embrassait avec tant de fougue était bien la délicate et fragile jeune femme qui se tenait près de lui un instant plus tôt. Pourtant, il aurait dû savoir que quelqu'un qui composait une musique aussi sensuelle débordait de passion sauvage. Mais jamais il ne se serait cru capable de répondre avec tant d'empressement à cette passion. Alors qu'elle ne correspondait pas le moins du monde à son idéal féminin, elle semblait avoir le don de réduire à néant toute sa logique, tous ses principes. Ses lèvres étaient chaudes, humides, et leur saveur avait la même intensité que celle du parfum de terre fraîchement retournée qui montait tout autour d'eux. Lui vint l'envie soudaine de la prendre dans ses bras et d'assouvir, là, sous le soleil brûlant de l'après-midi, la soif qu'il avait d'elle. Mais il se recula, s'efforçant d'étouffer la douloureuse force de son désir.

Palpitante, le souffle coupé, Maggie le dévisagea. Ce baiser brûlant l'avait-il bouleversé comme il l'avait fait pour elle ? Pensait-il à la même chose qu'elle ? Comme elle, son corps était-il parcouru de pulsations fiévreuses ? Rien ne transparaissait de son expression. Ses yeux la scrutaient attentivement, mais elle ne pouvait rien y lire. Si elle le lui demandait, allait-il lui répondre que lui aussi n'avait jamais connu d'émotion aussi intense, aussi magnétique ? Elle voulut parler, mais se rendit compte que la voix lui manquait. Elle détourna le regard, luttant pour retrouver son souffle, quand les événements de la journée resurgirent dans son esprit. Elle se leva d'un bond.

— Mon Dieu, que faisons-nous ? s'écria-t-elle en repoussant d'une main tremblante les boucles qui balayaient son visage. Comment pouvons-nous rester ici avec cette... chose à quelques mètres de nous ?

— Ce sont deux événements qui n'ont rien à

voir l'un avec l'autre, répondit Cliff en se levant à son tour et en lui prenant le bras.
— C'est vrai. Mais tout de même...
L'estomac noué, Maggie leva les yeux vers lui. Elle n'avait jamais réussi à dissimuler ses émotions ; elle le savait et ne pouvait rien y faire. La confusion, la détresse et la passion émanaient d'elle avec une évidence limpide.
— Ce que nous avons trouvé est tout simplement horrible. Et moi, je reste ici, à imaginer que je fais l'amour avec vous.
Un éclair fugace passa dans les yeux de Cliff.
— Ne pouvez-vous pas faire comme si rien ne s'était passé ?
— Cela me demanderait trop d'efforts, soupira Maggie, avant de se reprendre et d'adopter un ton plus neutre. Ecoutez, je ne m'attendais pas à ce genre de... d'emportement. Cette situation m'a vraisemblablement perturbée.
Perturbée. Ce mot fit sourire Cliff. Pour une étrange raison, dès que Maggie se montrait calme et sereine, il avait envie de la provoquer. Il avança la main vers son visage et fit glisser ses doigts le long de sa joue. Sous sa peau, il sentit brûler le désir.

— Je ne vous décrirais pas ainsi. Pour moi, vous êtes une femme qui sait obtenir ce qu'elle veut.

Maggie se figea. Il n'aurait pu trouver provocation plus flagrante.

— Arrêtez, ordonna-t-elle en repoussant sa main. Je vous l'ai déjà dit : vous ne me connaissez pas. Plus nous nous voyons, moins j'ai envie de vous voir. Vous êtes un homme séduisant, mais vous m'êtes antipathique. Et j'évite de fréquenter les gens que je n'aime pas.

Jamais il n'avait eu autant envie de tenir tête à quelqu'un, se dit Cliff. Décidément, beaucoup de choses étaient en train de changer pour lui.

— Dans une petite communauté, c'est difficile d'éviter les gens, lança-t-il.

— Je me débrouillerai, répliqua-t-elle, réprimant le sourire qu'elle sentait naître sur ses lèvres. Quand j'ai décidé quelque chose, je suis assez douée pour m'y tenir.

— J'en suis sûr, dit-il en chaussant ses lunettes de soleil, esquissant à son tour un sourire narquois que Maggie trouva, bien malgré elle, irrésistible. A vrai dire, je n'en doute pas une seconde.

— Essayez-vous de faire de l'humour, ou bien du charme ?

— Ni l'un ni l'autre.

— Vous devriez essayer, alors.
Luttant pour ne pas sourire, Maggie tourna le dos à Cliff. Evidemment, elle se retrouva à regarder fixement le fossé. Aussitôt, son sang se glaça dans ses veines. Elle croisa les bras sur sa poitrine et jura à voix basse.
— Ce n'est pas possible, murmura-t-elle. Sommes-nous devenus fous ? Je n'en reviens pas de discuter de ça alors que devant nous, il y a ce...
Elle s'interrompit, incapable de prononcer le mot qui lui venait à l'esprit.
Cliff la regarda. Il ne voulait pas qu'elle recommence à avoir peur. Lorsqu'elle était vulnérable, il la trouvait beaucoup trop troublante...
— Ce qu'il y a au fond du trou y est depuis très longtemps, dit-il d'une voix neutre, presque sèche. Nous n'avons pas à nous en mêler.
— Au contraire : c'est mon terrain, répliqua Maggie en lui faisant face. Je suis donc mêlée malgré moi à cette histoire.
— Alors vous feriez mieux d'arrêter de trembler chaque fois que vous en parlez.
— Je ne tremble pas.
Sans un mot, il prit ses doigts pour lui montrer à quel point elle tremblait. Furieuse, Maggie retira brusquement sa main.

— Quand j'aurai envie que vous me touchiez, je vous le signalerai, dit-elle entre ses dents.

— Trop tard.

Maggie n'eut pas le temps de répondre à cette pique. Tiré de son sommeil, le chiot s'était mis à aboyer furieusement. Quelques secondes plus tard, ils entendirent le bruit d'une voiture.

— Il fera peut-être un bon chien de garde, après tout, observa Cliff d'une voix douce.

Il regarda le chiot sautiller follement autour d'eux, puis se réfugier peureusement derrière une grosse pierre.

— Quoique..., ajouta-t-il en tapotant le chiot sur la tête, avant de se redresser et d'aller à la rencontre de la voiture de police.

Maggie se dépêcha de le rattraper. C'était *son* terrain, *son* problème, *sa* responsabilité, se rappela-t-elle. C'était à *elle* de parler.

Un policier sortit de la voiture, ajusta sa casquette et leur sourit de toutes ses dents.

— Cliff! s'exclama-t-il. Je ne m'attendais pas à te voir ici.

— Salut, Bob. Mes hommes s'occupent du chantier.

— La vieille baraque des Morgan..., dit le policier d'un air songeur, jetant un regard circulaire sur la propriété. Ça fait longtemps que je n'ai pas mis les pieds ici. Alors, il paraît que vous avez déterré quelque chose qui pourrait nous intéresser ?

— Oui, on dirait.

— Je suis la propriétaire, interrompit Maggie sur un ton cassant.

Le policier fit un vague salut et prononça quelque politesse d'usage. Puis, il écarquilla les yeux en reconnaissant la jeune femme.

— Vous ne seriez pas Maggie Fitzgerald ?

Maggie acquiesça en souriant, même si cette situation la rendait mal à l'aise, surtout avec Cliff juste à côté d'elle.

— Ça alors ! Vous êtes exactement la même que sur les photos. Je connais toutes vos chansons par cœur. Et vous avez acheté la maison des Morgan ?

— C'est exact.

Il repoussa sa casquette, et ce geste la fit aussitôt penser aux films de cow-boy.

— Attendez que je dise ça à ma femme, continua le policier. Nous avons dansé sur *Forever* à notre mariage. Tu te souviens, Cliff ? Cliff était mon témoin.

— Vraiment ? demanda-t-elle en se tournant vers ce dernier.

— Bon, quand tu auras fini, marmonna Cliff, il y a quelque chose qui t'attend au fond de ce trou.

— Je suis là pour ça, répondit Bob, tout sourires, tandis qu'ils s'approchaient du fossé. Vous savez, à vue d'œil, c'est parfois difficile de différencier des restes humains de restes d'animaux. Si ça se trouve, il s'agit simplement d'un cerf.

— Si seulement…, répondit-elle simplement.

— C'est là, annonça Cliff. Attention, la pente est raide.

D'un mouvement leste, il barra le passage à Maggie avant même qu'elle ne commence à descendre. La jeune femme dut s'arrêter brusquement et attraper le bras de Cliff pour garder l'équilibre.

— Vous n'avez qu'à attendre ici, dit-il.

— Non, c'est mon terrain, dit-elle en forçant le passage, une expression déterminée sur le visage pour compenser sa voix mal assurée. Le chien a commencé à creuser dans ce tas de gravats, je suis venue le chercher, et c'est alors que j'ai vu…

Elle n'acheva pas sa phrase et désigna plutôt l'endroit.

Le policier s'accroupit et fit entendre un long sifflement.

— Bon sang! murmura-t-il avant de tourner la

tête pour s'adresser à Cliff, et non à Maggie. En effet, ça ne ressemble pas à un cerf.

— En effet, répéta Cliff qui s'avança, bloquant ainsi la vue à Maggie. Et maintenant, qu'est-ce qu'on fait ?

Bob se redressa. Il ne souriait pas mais Maggie crut déceler dans son regard une pointe d'excitation.

— Il va falloir ouvrir une enquête. Mes collègues vont venir jeter un œil à tout ça.

Maggie ne prononça pas un mot lorsqu'ils remontèrent la pente tous les trois. Une fois en haut, elle attendit en silence que le policier aille transmettre son rapport dans la voiture pour adresser la parole à Cliff.

— Donc, vous vous connaissez, tous les deux, observa-t-elle sur un ton neutre, comme s'il ne s'était rien passé d'extraordinaire aujourd'hui.

— Bob et moi sommes allés à l'école ensemble, expliqua Cliff qui suivait du regard le vol d'une corneille au-dessus des arbres. Il a fini par épouser une de mes cousines il y a deux ans.

— Vous avez beaucoup de cousins, remarqua-t-elle en se penchant pour ramasser une fleur sauvage dont elle arracha les pétales.

Cliff haussa les épaules. La corneille se posa sur une branche et se tint immobile.

— J'en ai pas mal, oui.

— Dont les Morgan.

— En effet, dit-il soudain attentif. Pourquoi ?

— Je me demandais si c'était pour cette raison que vous aviez été mécontent quand j'ai racheté ce terrain.

— Non, répondit-il avec une certaine irritation.

— Mais vous n'étiez pas vraiment content, n'est-ce pas ? insista Maggie. Vous ne m'aimiez pas avant même de m'avoir vue.

En effet, songea Cliff. Cette femme avait vraiment le don de l'irriter, peut-être encore plus depuis qu'ils avaient partagé un baiser.

— Joyce avait le droit de vendre son bien.

Maggie acquiesça, puis observa d'un œil distrait le petit chiot qui s'ébattait dans la terre molle.

— Joyce est-elle aussi une de vos cousines ?

— Où voulez-vous en venir ?

Elle leva brusquement la tête et croisa son regard impatient.

— J'essaie juste de comprendre le fonctionnement d'une petite ville. N'oubliez pas que je compte vivre ici.

— Alors la première chose à savoir, c'est que les gens d'ici n'aiment pas les questions. S'ils ont parfois tendance à donner trop d'informations, ils ne veulent pas pour autant être interrogés.

— Je m'en souviendrai, dit Maggie, ravie d'avoir agacé Cliff, avant de se tourner vers l'officier de police qui revenait vers eux.

— Ils envoient une équipe, prévint celui-ci en jetant un coup d'œil au fossé. Ils vont sûrement rester ici un bout de temps à enquêter.

— Et ensuite ? s'enquit Maggie.

Bob se tourna vers la jeune femme. Lui-même semblait hésiter.

— Bonne question. Je vous avouerais que je n'ai jamais été dans ce genre de situation avant, mais j'imagine qu'ils enverront tout ce qu'ils trouveront au labo de Baltimore. L'enquête pourra ensuite commencer.

— L'enquête ? répéta Maggie, la gorge serrée. Quel genre d'enquête ?

— Eh bien, voyez-vous, commença l'officier en se passant doucement le doigt sur le menton, la seule raison pour laquelle un mort reposerait ici serait que…

— … que quelqu'un l'y ait enterré, acheva Cliff.

Maggie laissa son regard errer le long de la bordure verdoyante de la forêt.

— Ce qu'il nous faudrait, c'est un bon café, murmura-t-elle.

Sans attendre la réponse, elle partit vers la maison.

Bob ôta sa casquette et d'une main, essuya la sueur qui perlait sur son front.

— Je ne vais pas l'oublier de sitôt.

Cliff suivit le regard que son ami posait sur la jeune femme qui gravissait les marches branlantes du perron.

— Oublier cette journée ou Maggie ? demanda-t-il.

— Les deux, répondit le policier en prenant un chewing-gum dans sa poche. Et d'abord, qu'est-ce qu'une femme comme elle vient faire au milieu des bois ?

— Peut-être aime-t-elle vraiment beaucoup les arbres.

— Il doit y avoir pas loin de quatre ou cinq hectares.

— Six, rectifia Cliff.

— Une belle affaire, sauf qu'elle ne s'attendait sûrement pas à y trouver un cadavre. Bon sang, Cliff ! Il ne s'est jamais rien passé dans ce satané coin, sauf peut-être quand ce fou de Mel Stickler a mis le feu aux granges. Tu te rends compte ?

— Ça n'a pas l'air de te déplaire, n'est-ce pas ?

— J'avoue qu'un peu d'action ne me déplaît pas, dit Bob avec un sourire entendu. Dis donc, qu'est-ce qu'elle sent bon, la compositrice !

— Et comment va Carol Ann ?

— Très bien, dit Bob qui sourit en entendant le nom de sa femme. Ecoute, Cliff, si un homme n'est pas capable de regarder et d'apprécier les jolies choses, c'est qu'il est malade. Ne me dis pas que tu n'as pas remarqué comme cette femme est jolie.

— Si, j'ai remarqué. Mais ce qui m'intéresse avant tout, c'est son terrain.

Cliff posa les yeux sur le rocher où Maggie s'était assise quelques instants plus tôt. Ils s'étaient embrassés ici même. Il se souvenait de chaque sensation qu'il avait éprouvée.

Bob partit d'un grand rire.

— Tu as bien changé depuis le lycée ! Tu te souviens quand on venait ici avec ces jumelles blondes, ces pom-pom girls dont les parents avaient loué la maison un temps ? Ton vieux pick-up avait perdu son pare-chocs juste là, dans le virage.

— Je m'en souviens.

— On a fait des promenades intéressantes, dans ces bois, se souvint Bob. Ces filles étaient les plus jolies du lycée. Dommage que leur père ait été muté peu après…

— Qui est venu vivre ici, après eux ? demanda Cliff, presque à lui-même, les yeux plissés dans un effort de concentration. Ce vieux couple de Harrisburg… les Faraday. Ils ont habité ici longtemps, jusqu'à la mort du mari. La vieille dame est ensuite partie vivre avec ses enfants. C'était deux mois avant que la voiture de Morgan ne tombe du pont. Personne n'a vécu ici depuis.

— Ça doit faire environ dix ans, calcula Bob en regardant le fossé.

— Dix ans, répéta Cliff. C'est long.

Ils levèrent tous deux la tête au bruit d'une voiture qui approchait.

— Les enquêteurs, annonça Bob en rajustant sa casquette. C'est à eux de jouer maintenant.

Du haut du porche, Maggie observait le déroulement des opérations. Si les policiers avaient besoin d'elle, ils l'appelleraient. Ils semblaient expérimentés.

Elle allait les gêner si elle descendait, se dit-elle en avalant une énième tasse de café noir.

Elle les regarda passer au crible la parcelle de terre avant de mettre tout ce qu'ils trouvaient dans des sacs. Une fois les ossements prélevés, elle pourrait oublier cette sordide histoire. Du moins l'espérait-elle, sans parvenir à s'en convaincre. Ce que ces hommes enfermaient dans des sacs plastique avait jadis appartenu à une personne vivante. Une personne douée de pensées, d'émotions, et qui avait reposé, seule, pendant si longtemps à cet endroit, à quelques mètres à peine de là où elle vivait désormais. Non, jamais elle ne pourrait oublier cela.

Elle devait absolument savoir de qui il s'agissait, pourquoi cette personne était morte et pourquoi elle avait été enterrée sur son terrain. Pour pouvoir vivre ici, elle devait obtenir des réponses.

Elle sursauta lorsqu'elle entendit toquer à la porte, et se hâta d'aller ouvrir.

— Bonjour, madame, dit l'homme qui se tenait dans l'encadrement de la porte. Je suis l'inspecteur Reiker.

Il ouvrit rapidement sa plaque et la referma. Maggie trouva qu'il ressemblait à un comptable d'âge moyen, et se demanda s'il portait vraiment une arme sous sa veste.

— Nous avons presque fini. Désolé pour le dérangement.

— Ce n'est pas grave, assura-t-elle, alors qu'elle n'avait envie que d'une chose : s'enfermer chez elle, travailler sa musique.

— J'aimerais que vous me racontiez vous-même comment vous avez découvert les ossements.

« Ossements, se répéta Maggie en frissonnant. Quel terme impersonnel ! »

Elle relata pour la seconde fois comment les choses s'étaient passées. Elle ne tremblait plus à présent, et parlait avec calme.

— Vous venez d'acheter cet endroit ? demanda l'inspecteur.

— Oui, j'ai emménagé il y a seulement quelques semaines.

— Et vous avez engagé Delaney pour s'occuper du jardin.

— Oui, confirma-t-elle en jetant un coup d'œil à Cliff qui parlait avec les autres enquêteurs. On me l'avait recommandé.

— Bien, bien, murmura l'inspecteur en prenant des notes. Delaney m'a dit que vous vouliez remplir le fossé pour en faire un étang.

— C'est exact.

— Bel endroit pour un étang, dit l'homme d'une voix tranquille. Mais je vais vous demander d'attendre pour le faire, madame. On aura peut-être besoin de revenir pour prélever d'autres échantillons.

Maggie serra plus fort l'anse de sa tasse vide.

— D'accord, dit-elle faiblement.

— La zone va être entourée de fil barbelé, continua-t-il sur un ton neutre, pour empêcher votre chien et les autres animaux d'aller fouiller là-dedans.

« Et les gens », ajouta Maggie en elle-même. D'ici la tombée du jour, la nouvelle serait sur toutes les lèvres de la région. Elle avait désormais compris comment cela fonctionnait par ici.

— Faites ce que vous avez à faire, dit-elle sur un ton résolu.

— Merci pour votre coopération, madame Fitzgerald.

Mais l'inspecteur semblait hésiter à partir. Il tournait nerveusement son stylo entre ses doigts.

— Y a-t-il autre chose ?

— Ce n'est pas vraiment le meilleur moment, commença-t-il avec un sourire timide, mais je ne veux pas laisser passer cette occasion de vous demander un autographe. J'étais un grand admirateur de votre mère, et je connais également la plupart de vos chansons par cœur.

Maggie se mit à rire. Un peu de légèreté lui faisait du bien, après une journée pleine de catastrophes en tout genre. Elle prit le carnet et le stylo qu'il lui tendait.

— Bien sûr. Que voulez-vous que j'écrive ?

— Peut-être pourriez-vous simplement écrire : « A mon bon ami Harvey » ?

Avant de s'exécuter, elle leva les yeux et croisa le regard de Cliff qui observait la scène. Son expression hésitait entre sourire et rictus moqueur. Elle signa le carnet et le rendit à l'inspecteur.

— Je ne sais pas comment cela se déroule d'habitude, mais j'aimerais que vous me teniez informée de vos progrès.

— Le médecin légiste va nous envoyer ses conclusions d'ici à quelques jours, expliqua-t-il sur un ton de nouveau professionnel, serrant son carnet dans sa poche intérieure. Nous en saurons plus alors. Merci de m'avoir accordé de votre temps. Nous allons vous laisser tranquille au plus vite.

Maggie sentit que Cliff la regardait toujours, mais elle s'obstina à l'ignorer. Elle se contenta de tourner les talons et de rentrer.

Un instant plus tard, de la musique s'échappait de la fenêtre ouverte.

Cliff resta là où il était, bien qu'il eût satisfait à toutes les questions auxquelles il pouvait répondre. Il écoutait attentivement les notes qui venaient du piano de Maggie. Ce n'était pas une de ses chansons, remarqua-t-il, mais un thème classique. Une mélodie qui exigeait de l'adresse, de la concentration et de la passion. Etait-ce une sorte de thérapie pour elle ? se demanda-t-il, le regard posé sur la fenêtre. Il haussa les épaules et alla vers sa voiture. Après tout, ce n'était pas son problème si Maggie était contrariée. Ne lui avait-elle pas répété qu'elle recherchait la solitude ?

Il se retourna et aperçut les enquêteurs sur le point de partir. Elle n'allait pas tarder à se retrouver seule. La musique était devenue nerveuse, presque désespérée. Réprimant un juron, Cliff remit ses clés de voiture dans sa poche et revint vers la maison.

Lorsqu'il frappa, Maggie ne répondit pas. La musique continua. Alors, sans plus attendre, Cliff poussa la porte. La maison entière vibrait des notes orageuses qui s'échappaient du piano. Il se dirigea vers la salle de musique et observa la jeune femme depuis le seuil.

Le regard sombre, tête baissée, Maggie paraissait à peine regarder les touches. Talentueuse ? Aucun doute là-dessus. Comme il n'y avait aucun doute, malgré ce qu'elle voulait lui faire croire, qu'elle était nerveuse et vulnérable. Voilà assurément la raison pour laquelle il ressentait le besoin de la protéger, se dit-il. Bien sûr, il aurait fait la même chose pour n'importe qui d'autre, vu les circonstances. Les oiseaux blessés et les chats égarés ne l'avaient jamais laissé indifférent. Mais il ne se sentait pas convaincu par sa propre explication.

Quand Maggie eut terminé son morceau, elle leva les yeux et sursauta. « Ces satanés nerfs ! » pesta-t-elle intérieurement. Elle croisa lentement les mains sur les genoux et d'un rapide mouvement de tête, chassa les boucles qui tombaient devant ses yeux.

— Je vous croyais parti, dit-elle.
— Non, seulement les enquêteurs.
— Y avait-il autre chose ?
— Oui.

Cliff s'avança près d'elle et fit courir un doigt sur les touches du piano. Pas de poussière, remarqua-t-il, dans une maison qui en était pourtant remplie. Sa musique passait visiblement avant tout le reste.

Comme il ne disait rien, la jeune femme fronça les sourcils. Cliff se délectait de l'expression impatiente qu'avait prise son visage.

— Quoi ? demanda-t-elle finalement.
— J'ai envie d'un steak.
— Je vous demande pardon ?

Le ton glacial de Maggie le fit sourire. Il préférait décidément la voir ainsi.

— Je n'ai pas mangé, expliqua-t-il.
— Désolée, répondit-elle en rassemblant ses partitions. Je n'ai pas de steak sous la main.
— Il y a un endroit à dix kilomètres d'ici, dit-il en prenant son bras pour l'aider à se relever. Ils sont sûrement plus doués que vous pour faire cuire un steak.

Maggie se dégagea, recula d'un pas et l'étudia avec suspicion.

— Vous voulez qu'on sorte dîner ?
— Exactement.
— Pourquoi ?

Lui-même n'était pas certain de la raison qui le poussait à agir de la sorte, mais il reprit le bras de la jeune femme et lui répondit simplement :

— Parce que j'ai faim.

Maggie voulut protester, puis se ravisa. Elle se rendait soudain compte qu'elle avait envie de sortir, de s'échapper de cet endroit, juste pour un moment. Tôt ou tard, elle allait devoir se retrouver seule dans cette maison, mais pour l'instant... Non, pour l'instant, elle ne voulait pas être seule. Cliff la comprenait, semblait savoir précisément ce qu'elle ressentait : il lui offrait ce dont elle avait besoin.

Cliff et Maggie ne prononcèrent pas un mot tandis qu'ils franchissaient ensemble le seuil de la maison.

5.

Le lendemain, Maggie entreprit de se consacrer exclusivement à la chanson principale du film, en s'efforçant d'oublier les événements de la veille. *Tous* les événements. Hors de question de penser à ce qui avait été découvert si près de sa maison, à l'enquête de police ou au rapport du médecin légiste. De la même façon, elle refusait de penser à Cliff, au baiser fougueux qu'ils avaient échangé ou encore à la soirée très agréable qu'ils avaient passée ensemble.

Aujourd'hui, elle était Maggie Fitzgerald, compositrice et musicienne. Si elle ne pensait qu'à ça, si elle n'*était* que ça, peut-être se convaincrait-elle que les événements de la veille étaient arrivés à quelqu'un d'autre ?

Dehors, elle entendait les ouvriers qui semaient des graines, plantaient des arbres. Terreau, arbustes, graviers arrivaient par camionnettes entières. Elle avait vu des planches de bois dans un des chargements et en avait conclu que la construction du mur de rétention n'allait pas tarder.

Mais cela n'avait plus aucune importance. La partition devait être finie, un point c'est tout. Elle avait assez de discipline pour savoir que lorsqu'il s'agissait d'accomplir une tâche urgente, il fallait faire abstraction de tout le reste. Elle avait vu son père continuer un film même lorsque les décors menaçaient de s'effondrer ou que les acteurs faisaient des caprices. Sa mère chantait sur scène alors même qu'elle brûlait de fièvre. Faire semblant faisait partie intégrante de sa vie, et elle savait ce qu'étaient les responsabilités.

Aujourd'hui, la partition passait avant tout, et la chanson serait écrite. Peut-être même ajouterait-elle des commentaires pour C.J à la fin de la cassette, avant de l'envoyer.

Cela ne servait à rien de raconter à son agent ce qui s'était passé, décida-t-elle tout en recopiant avec soin les notes sur une portée. Le pauvre C.J ne trouverait pas assez de calmants dans toute la Californie pour apaiser ses nerfs. Dire qu'il craignait que le toit de la maison ne lui tombe sur la tête ! En un sens, c'était ce qui s'était produit. S'il savait que des policiers se promenaient sur son terrain, il prendrait le prochain avion et la ramènerait de force à Los Angeles.

Maggie se demanda si Cliff, la veille, l'aurait forcée à sortir de chez elle si elle n'avait pas accepté d'elle-même. Sans doute n'aurait-il pas hésité un seul instant. Heureusement, l'occasion ne s'était pas présentée. Le soir, au restaurant, il s'était montré étonnamment attentionné. Jamais elle ne se serait attendue à le voir si doux, si gentil. Elle en avait même oublié combien il pouvait se montrer désagréable. Pas une seule fois le funeste événement de la journée n'avait été mentionné, ni les raisons mystérieuses de la présence du cadavre sur le terrain. Ils n'avaient pas non plus discuté de leur travail : ils avaient simplement bavardé.

A présent, Maggie était incapable de se souvenir des détails de leur conversation, si ce n'est qu'elle avait été agréable. L'ambiance avait été si détendue qu'elle en avait oublié l'ardeur de leur étreinte sous le soleil brûlant de l'après-midi. Du moins, *presque* oublié. Le souvenir l'avait discrètement assaillie toute la soirée, et elle avait senti son sang couler plus vite dans ses veines. Cliff avait-il ressenti la même chose ?

Maggie pesta et effaça les dernières notes qu'elle avait recopiées. C.J n'aimerait certainement pas la voir confondre les clés. Elle faisait exactement ce qu'elle s'était juré de ne pas faire : l'incident d'hier, comme elle l'avait craint, affectait son travail.

Elle prit de longues inspirations afin d'apaiser son esprit surchauffé. Mieux valait rembobiner la cassette et recommencer depuis le début.

Des coups à la porte interrompirent le fil de ses pensées. La tranquillité de la campagne ? Un mythe !

A la vue de l'arme sur la hanche du visiteur, Maggie sentit son estomac se contracter. La petite plaque qui ornait la chemise kaki de l'homme indiquait qu'il devait s'agir du shérif. Il était blond, son visage était hâlé. Ses yeux bleus étaient plissés. A cause du soleil ? Parce qu'il était de bonne humeur ? L'espace d'un instant, elle crut que C.J avait voulu lui faire une plaisanterie en lui envoyant un acteur.

— Mademoiselle Fitzgerald ?

Maggie se mordit la lèvre et réfléchit une seconde. C.J passait trop de temps à s'inquiéter pour penser à ce genre de farce. En outre, l'arme semblait bien réelle.

— C'est moi, répondit-elle enfin.

— Je suis Stan Agee, le shérif. Je ne vous dérange pas ?

— Non, assura-t-elle en lui adressant un sourire poli mais forcé.

Armes, insignes, véhicules de police... Elle avait vu trop d'uniformes ces jours-ci, pensa-t-elle amèrement.

— Si cela ne vous ennuie pas, j'aimerais entrer pour vous poser quelques questions.

Bien sûr que cela l'ennuyait. Elle aurait voulu le lui dire, refermer la porte et oublier tout ce dont il voulait lui parler. « Tu es lâche », se dit-elle en s'effaçant pour le laisser passer.

— J'imagine que vous venez pour ce que j'ai découvert hier ? demanda-t-elle en refermant la porte d'un coup d'épaule. Je ne sais pas quoi vous dire de plus.

— Ça a dû être pénible. Je suis sûr que vous préféreriez oublier tout ça... D'ailleurs, je crois qu'il est de mon devoir, en tant que voisin et shérif, de faire tout ce qui est en mon pouvoir pour vous y aider.

Il y avait une véritable gentillesse dans sa voix, sentit Maggie. Il savait s'y prendre. Cette fois, elle lui adressa un sourire plus franc.

— Merci beaucoup. Je peux vous offrir un café, mais je vous préviens, la cuisine est en chantier.

— Je ne refuse jamais un café.

Il lui sourit. Il semblait si tranquille, si doux, qu'elle en oublia presque l'arme qui flanquait sa ceinture.

— La cuisine est par ici, dit-elle avant de rire. Suis-je bête : je n'ai pas besoin de vous guider, vous connaissez cette maison aussi bien que moi.

— Pour dire vrai, je restais surtout dehors à désherber ou à chasser dans la forêt. Je ne suis rentré à l'intérieur de la maison qu'une ou deux fois. Les Morgan ont déménagé quand Joyce n'était encore qu'une enfant.

— Oui, elle me l'a dit.

— Personne n'a vécu ici depuis une dizaine d'années. Louella est partie à la mort du vieux Morgan, expliqua-t-il en fixant du regard la peinture écaillée du plafond. Joyce en a ensuite hérité à ses vingt-cinq ans. Elle a dû vous dire que je refusais qu'elle vende ?

— Eh bien...

Ne sachant quoi répondre, Maggie fit mine de s'activer près de la cafetière.

— Je pensais qu'on la rénoverait pour pouvoir la louer de nouveau, continua le shérif d'une voix songeuse et désabusée. Mais une grande maison comme celle-ci demande du temps et de l'argent pour son entretien. Joyce a probablement bien fait.

— Moi, je suis bien contente qu'elle ait choisi de vendre, dit Maggie en offrant une chaise au shérif.

— Avec Bog pour la maison et Delaney au jardin, vous êtes entre de bonnes mains, assura-t-il. Vous savez, les nouvelles vont vite dans les petites villes.

— C'est ce que j'ai cru comprendre.

— Ecoutez, pour ce qui s'est passé hier…, commença-t-il avant de toussoter. Je sais que c'est un coup dur. Joyce en était toute retournée. C'est le genre de chose qui pourrait faire annuler une vente.

— J'ai bien l'intention de rester, annonça Maggie en prenant deux tasses.

— Je suis ravi de l'entendre.

Le shérif resta silencieux quelques instants et observa la jeune femme servir le café.

— J'ai cru comprendre que Cliff était là hier ?

— C'est exact. Il surveillait le chantier dehors.

— C'est alors que votre chien a déterré…

— Oui, confirma-t-elle en prenant place en face

de lui. Ce n'est encore qu'un chiot. Il dort en haut en ce moment : trop d'excitation pour lui.

Le shérif refusa le pot de lait que Maggie lui tendait et but une gorgée de café noir avant de continuer.

— Je ne suis pas venu pour vous demander des détails. Les policiers m'ont mis au courant. Je voulais juste vous assurer que j'étais à votre service si vous aviez le moindre souci.

— C'est gentil. Je ne suis pas vraiment au courant de la marche à suivre. Hier, j'aurais sans doute dû vous appeler d'abord.

— Il est vrai que je m'occupe des affaires locales. Mais pour ce genre d'affaire… J'aurais dû de toute façon contacter la police nationale.

Maggie observa l'alliance de Stan Agee luire doucement dans la lumière du soleil. Elle se souvint que Joyce portait exactement la même. En or, toute simple.

— Vous refaites le sol ? demanda-t-il soudain.

— Oui, j'ai enlevé tout le lino, mais il faut encore poncer, répondit-elle dans un soupir.

— Appelez George Cooper de ma part, suggéra-t-il. Il est dans l'annuaire. Il vous prêtera une ponceuse électrique qui vous fera ça en deux temps trois mouvements.

Maggie le remercia. Cette conversation aurait dû l'apaiser, mais elle sentait de nouveau l'angoisse l'envahir.

— Si vous avez besoin de quoi que ce soit, téléphonez-moi. Joyce veut vous inviter à dîner. Pour information, elle fait le meilleur rôti de la région.

— Ce sera avec plaisir.

— Elle n'arrive toujours pas à croire que quelqu'un comme vous veuille vivre à Morganville.

Refroidie par cette remarque, Maggie regarda le visiteur boire son café à petites gorgées. Il était adossé confortablement contre sa chaise tandis qu'elle se tenait très droite, le dos raide.

— Moi, je n'y connais pas grand-chose en musique, reprit le shérif. C'est Joyce qui connaît toutes vos chansons. Elle lit aussi les magazines et n'en revient pas qu'une star habite maintenant son ancienne maison.

Il s'interrompit et pointa du menton vers la porte.

— Vous devriez demander à Bog de vous poser des verrous.

— Des verrous ? répéta Maggie en suivant son regard.

Le shérif partit d'un grand rire et but d'une traite le reste de son café.

— Déformation professionnelle. Je suis obsédé par la sécurité. Morganville est bien tranquille, mademoiselle Fitzgerald, je pense que vous serez d'accord avec moi. Mais comme vous vivez seule, je me sentirais mieux si vous munissiez vos portes de solides verrous.

Il se leva et tapota distraitement son holster.

— Merci pour le café, ajouta-t-il. Surtout, n'hésitez pas à m'appeler si vous avez besoin de quoi que ce soit.

— Je m'en souviendrai.

— Bien, je vous laisse travailler. Pensez à téléphoner à George Cooper.

— D'accord, dit-elle en le raccompagnant à la porte. Merci pour tout.

Pendant un moment, Maggie resta là, près de la porte, la tête appuyée contre le chambranle. Elle s'en voulait d'être si émotive. Le shérif était venu dans l'intention de la rassurer, de lui montrer que la communauté tranquille dans laquelle elle avait décidé de vivre disposait d'un représentant de la force publique à la fois responsable et attentionné. Pourtant, elle n'avait jamais ressenti une telle angoisse. La visite de tous ces policiers lui rappelait la mort de Jerry. L'enquête, les questions... Elle pensait en avoir fini avec tout cela, mais voilà que maintenant, tout recommençait.

« Votre mari est sorti de la route, madame Browning. Nous n'avons pas encore retrouvé son corps. Vraiment désolé... »

C'est vrai, les gens lui avaient montré de la sympathie, au début, se souvint-elle. La police, ses amis, les amis de Jerry. Puis les questions : Votre mari avait-il bu avant de quitter la maison ? Etait-il fâché ? Vous étiez-vous disputés ?

Il était mort, n'était-ce donc pas suffisant ? Pourquoi avaient-ils tous insisté pour expliquer ce drame ? Combien de raisons fallait-il à un jeune homme de vingt-huit ans pour se jeter du haut d'une falaise avec sa voiture ?

Oui, il avait bu. Il buvait beaucoup depuis que sa carrière avait commencé à décliner alors que celle de Maggie décollait. Oui, ils s'étaient disputés, car ni l'un ni l'autre ne comprenaient ce qui était arrivé à leurs rêves.

Elle avait répondu aux questions et subi les assauts de la presse jusqu'à en devenir quasiment folle...

Maggie se pressa les poings sur les yeux. Tout

ça, c'était le passé, se dit-elle. Elle ne pouvait ramener Jerry à la vie.

Elle s'éloigna de la porte et revint dans la salle de musique.

Dans le travail, elle avait trouvé la sérénité et la discipline dont elle avait besoin. Depuis toujours, elle avait appris à laisser libre cours à ses émotions à travers sa musique. Cela structurait son esprit. Ce qu'elle cherchait avant tout, sa plus grande ambition, c'était de produire de l'émotion pour elle et pour l'auditeur. Le talent ne suffisait pas, elle le savait. Cela n'avait pas suffi pour Jerry. Il fallait également une bonne dose de discipline et de persévérance.

Au fil des heures, Maggie se laissa absorber par sa musique et par le but qu'elle s'était fixé. Sa chanson devait déborder de passion, de mouvements et de sensualité, tel que le titre, *La Danse du feu*, le suggérait. Elle devait toucher le spectateur, éveiller ses sens.

Les studios n'avaient pas encore choisi les interprètes : elle avait donc une plus grande palette de styles à sa disposition. Elle imaginait bien un blues, avec la plainte sensuelle du saxophone, le discret murmure des cuivres et la pulsation lente de la basse. Elle trouva tout de suite la tonalité.

Celle-ci devait transmettre la passion aveugle, incontrôlable, une poussée de désir d'une force brute et sauvage. Elle devait traduire la fièvre et la chaleur d'un homme et d'une femme qui se désiraient jusqu'à en perdre la tête. « Oui, voilà la tonalité », pensa Maggie alors que son propre pouls se mettait à battre avec la musique. Elle savait que cette tonalité était née des émotions qu'elle avait éprouvées la veille avec Cliff.

« Folie pure. » Ce furent les mots qui lui vinrent à l'esprit. Oui, son désir pour cet homme était de la folie pure. Elle ferma les yeux tandis que les mots et la mélodie emplissaient son esprit. Elle avait touché cette folie à la fois douce et amère lorsque la bouche de Cliff avait recouvert la sienne, lorsqu'elle avait imaginé la sensation de son corps nu contre le sien. Une sensation qui évoquait pour elle des nuits sans lune, sombres, torrides, où l'air est si lourd qu'on le sent frôler la peau.

Elle laissa venir à elle les mots et les promesses passionnées, exubérantes, que lui soufflait la chaude mélodie. Son désir lui chuchotait des paroles ensorcelantes, suggestives, des paroles d'amants désespérés... Ces paroles devaient toucher directement au cœur.

Lorsqu'elle eut fini, Maggie rouvrit les yeux, haletante et euphorique.

Elle tendait la main vers le magnétophone pour rembobiner lorsqu'elle le vit. Il était debout sur le seuil.

Sa main se figea et son pouls, déjà rapide, s'accéléra davantage. L'avait-elle attiré avec sa chanson ? se demanda-t-elle confusément. L'évocation avait-elle été si puissante qu'elle avait matérialisé l'objet de ses pensées ?

Comme Cliff ne disait rien, Maggie éteignit le magnétophone. Elle le fusilla du regard.

— Est-ce donc la coutume de la région de venir chez les gens sans y être invité ?

— Vous n'entendez jamais la sonnerie de la porte lorsque vous travaillez.

— Cela signifie peut-être que je ne souhaite pas être dérangée, rétorqua-t-elle.

— Peut-être.

C'était vrai, il l'avait dérangée en plein travail, mais Maggie ne semblait pas avoir conscience de l'influence qu'exerçait sa musique sur lui. Rien que de la voir fredonner ainsi, il avait dû se maîtriser pour ne pas la soulever de son tabouret et la prendre aussitôt, là, sur le plancher plein de poussière et de gravats. Il s'avança, sachant avant même de l'avoir senti que son parfum l'enivrerait encore davantage.

— J'ai perdu beaucoup de temps hier, reprit Maggie d'une voix mal assurée. Je dois boucler ce travail au plus vite.

Elle se sentait encore secouée de violentes pulsations, son corps brûlant de la passion qu'elle avait imaginée quelques instants plus tôt.

Cliff posa les yeux sur les mains de la jeune femme. Il imagina ces mains caresser son corps avec la même expertise que celle dont elle avait usé sur les touches du piano. Son regard remonta lentement le long de ses bras, de la courbe de ses épaules jusqu'à son visage.

Maggie, le souffle court, ne savait où poser le regard.

Cliff se délectait de ce moment. Quoi qu'il fasse, il savait qu'il était trop tard. Cette femme n'était pas pour lui, mais quelque chose allait se passer entre eux.

— J'ai cru comprendre que votre travail était fini, murmura-t-il.

— C'est à moi de le décider.

— Faites-moi écouter la dernière chanson.

C'était là un défi qu'il lui lançait, un défi dangereux, et il voyait bien dans le regard de Maggie qu'elle le savait. Comme elle hésitait, il esquissa un petit sourire. Alors, sans un mot, elle rembobina le magnétophone.

Cette chanson n'était rien d'autre qu'une histoire, se dit Maggie. Cela n'avait absolument rien à voir avec elle. Ou avec lui. Elle enclencha le lecteur et la musique emplit la pièce. A présent, il lui fallait analyser le morceau avec professionnalisme. Pas d'états d'âme. Comme sa propre voix montait de la bande, Maggie eut l'impression d'entendre celle d'une autre femme. Elle se leva et se dirigea vers la fenêtre. Le désir qu'elle ressentait était si fort, songea-t-elle, qu'il valait mieux garder ses distances.

Viens cette nuit, quand l'air est chaud et chargé de sève
Je ferai s'embraser ton sang
Viens cette nuit, quand la passion et la fièvre s'élèvent
Danse
Nos deux corps inondés de désir.

Comme précédemment, Cliff sentit son corps réagir à la musique, aux promesses que susurrait la voix rauque. Il désirait tout ce que la chanson insinuait, et davantage.

Lorsqu'il traversa la pièce, il vit Maggie se figer. Il croyait presque voir la densité de l'air que la chanson semblait avoir rendu brûlant. Il ne l'avait pas encore touchée que Maggie se tourna vers lui. Le soleil qui brillait dans son dos créait autour d'elle un halo de lumière. Seuls ses yeux restaient sombres, ténébreux. « Comme la nuit », pensa-t-il. Comme sa musique. Les paroles qu'elle avait écrites restaient comme suspendues dans la pièce...

Sans un mot, il posa la main sur la nuque de la jeune femme.

Maggie ne dit rien mais força son corps à se raidir. Elle se sentait envahie par la colère, autant envers lui qu'envers elle-même. Elle s'était laissé emporter par ses émotions, par ses fantasmes. Mais ce n'était pas la folie qu'elle recherchait, se dit-elle en reculant d'un pas. Tout ce qu'elle voulait, c'était de la stabilité. Pas de frénésie mais de la sérénité. Cliff ne lui offrait pas cela, elle le savait.

Cliff resserra son étreinte. Il avait déjà oublié qu'il était venu la voir simplement pour lui demander de ses nouvelles. Cette musique, ces paroles, lui prouvaient que cette femme qu'il croyait vulnérable savait aussi se montrer forte. Il le sentait alors que ses doigts glissaient sur sa peau. Il voulait relever le défi que lui lançait son regard plein de colère.

Au fond, il attendait cela depuis qu'il l'avait vue pour la première fois.

Lorsque Maggie leva la main pour protester, il attrapa son poignet. Il sentit le pouls de la jeune femme battre dans sa paume comme le rythme de la musique battait autour d'eux. Leurs regards embrasés de fièvre se croisèrent. D'un seul geste, Cliff l'enlaça et s'empara de ses lèvres.

Soudain, Maggie vit toutes les couleurs et les lumières de la passion dont elle avait toujours rêvé. Elle sentit le goût puissant du désir. Tandis qu'elle se serrait contre Cliff, elle s'entendit gémir de plaisir. Le monde entier s'était subitement figé dans l'instant, et cet instant se prolongeait éternellement.

Etait-ce cela dont elle avait tant rêvé ? Ce désir ardent, dévorant ? Etaient-ce ces sensations, ces émotions qui inspiraient sa musique depuis si longtemps ? Elle n'avait pas les réponses, seul le désir occupait son esprit.

Cliff, lui, avait arrêté de penser. Quelque part dans son esprit, il savait qu'il avait perdu la faculté de raisonner. La présence de Maggie contre lui l'emplissait tout entier. Ses mains cherchaient son corps, se glissaient sous sa jupe à la rencontre de cette peau si douce, si chaude dont il avait tant rêvé. Elle se cambra contre lui, la bouche pressée contre la sienne. Lorsqu'il l'entendit murmurer son prénom, quelque chose de sauvage s'éveilla en lui.

Il était trop impatient de la toucher, de la découvrir, pour se rendre compte qu'il risquait de l'effrayer. Son baiser devint ardent. Il sentait qu'il ne pourrait jamais être rassasié d'elle. Il en voulait davantage.

Maggie lui rendit son baiser. Cet homme la rendait folle. Jusqu'à maintenant, aucun ne lui avait montré autant de désir. Le feu qui flambait en eux était si fort qu'il allait tout ravager sur son passage. Cette pensée la fit de nouveau gémir. Elle l'étreignit plus fort. Il lui fallait plus mais elle avait peur de ne rien trouver, d'échouer...

— Non, parvint-elle à articuler alors qu'elle sentait ses propres jambes chanceler. Non, c'est n'importe quoi.

Cliff releva la tête et la fixa d'un regard sombre. Pour la première fois, Maggie sentit la peur l'envahir. Que savait-elle vraiment de cet homme ?

— Votre chanson a pourtant si bien décrit ce qui se passe entre nous, chuchota-t-il.

C'était vrai, pensa-t-elle. Et c'est à lui qu'elle avait pensé en l'écrivant. Mais comme elle se l'était déjà répété maintes et maintes fois, il lui fallait de la stabilité, pas une passion insensée et dévorante.

— Ni vous ni moi ne voulons ça, rétorqua-t-elle dans un souffle.

— C'est vrai. Mais nous sommes déjà allés trop loin. J'ai envie de vous, Maggie.

En l'entendant prononcer son prénom, elle sentit de nouveau son corps s'enflammer de désir. Elle laissa retomber sa tête sur son torse puissant.

Ce geste d'un déconcertant naturel calma Cliff et éveilla en lui un autre sentiment que le désir. Cette femme pouvait ensorceler les hommes, comprit-il. Si elle y réussissait avec lui, il ne parviendrait jamais à se libérer d'un tel joug. Il devait donc résister à l'envie de la serrer davantage contre lui. Il avait envie d'elle, et il avait l'intention de satisfaire cette envie. Mais il était hors de question de s'attacher. Comme lui, elle savait probablement que tôt ou tard, le feu qui brûlait entre eux devrait s'éteindre. Une fois satisfaits, ils s'en iraient chacun de leur côté.

Pourtant, si l'excitation ressentie quelques instants plus tôt ne l'avait pas inquiété, la tendresse qu'il éprouvait à présent lui faisait peur. Mieux valait en finir au plus vite. Il la prit par les épaules et l'attira de nouveau vers lui.

— Nous avons envie l'un de l'autre.

Voilà, c'était aussi simple que cela. Cliff voulait absolument y croire.

— Oui, acquiesça Maggie d'une voix presque sereine. Mais je suis sûre que vous avez appris, comme moi, qu'on n'a pas toujours ce qu'on désire.

— C'est vrai. Sauf que je ne vois pas ce qui nous retiendrait.

— Moi si. D'abord, je vous connais à peine.

Il la scruta un instant, sourcils froncés.

— En quoi cela vous gêne-t-il ?

Maggie se dégagea si brusquement que Cliff laissa ses mains retomber d'un coup. Elle avait à présent adopté un ton dur, et son regard sombre le dévisageait avec froideur.

— Vous croyez donc tout ce que les journaux racontent ? Los Angeles, la ville de tous les péchés ? Eh bien, détrompez-vous, Cliff. Je ne passe pas mon temps en quête d'aventures sans lendemain. Voilà ce à quoi je passe mon temps !

Elle plaqua la main si fort sur le clavier du piano que des partitions dégringolèrent sur le sol.

— Et puisque vous semblez en savoir autant

sur moi, continua-t-elle, vous avez sûrement lu dans vos satanés journaux qu'il y a encore deux ans, j'étais mariée. J'avais un mari, à qui j'ai été fidèle pendant six ans, aussi incroyable que cela puisse vous paraître !

— Ma question ne concernait que vous et moi, murmura Cliff.

Sa voix était si douce que Maggie se raidit. Désormais, elle savait qu'il fallait se méfier de lui lorsqu'il usait de ce ton.

— Alors, sachez que je n'ai pas pour habitude de sauter dans le lit du premier venu.

Cliff avança vers le piano et posa la main sur celle de Maggie.

— Mais nous nous connaissons tout de même un peu, protesta-t-il.

— Généralement, je préfère éviter les gens qui n'aiment pas ce que je suis et ce que je fais.

Cliff étudia la main délicate qui reposait sous la sienne. Elle était si fine et pourtant si forte.

— J'ignore peut-être qui vous êtes vraiment, dit-il en levant les yeux sur elle. Mais peut-être ai-je l'intention de le découvrir.

— Il vous faudrait d'abord mon accord, je crois.

— C'est ce que nous verrons, répliqua-t-il avec une expression narquoise.

— Laissez-moi, à présent, ordonna Maggie d'une voix froide. J'ai beaucoup à faire.

— Dites-moi à quoi vous pensiez lorsque vous avez écrit cette chanson.

Quelque chose passa sur le visage de la jeune femme. Cliff ne sut s'il s'agissait d'une expression de panique ou de désir. Les deux lui convenaient tout à fait.

— Laissez-moi en paix, répéta-t-elle.

— Quand vous m'aurez répondu.

— Je pensais à vous, répondit-elle en le regardant droit dans les yeux, le menton fièrement levé.

Cliff sourit. Il lui prit la main et la porta à ses lèvres. Ce geste inattendu déclencha un tumulte de sensations dans le corps de Maggie.

— Parfait, murmura-t-il. Continuez à y penser. A bientôt.

Elle laissa retomber son bras en le regardant partir.

Il était tard dans la nuit lorsque Maggie ouvrit les yeux. Engourdie de sommeil, elle crut que c'était son rêve qui l'avait éveillée. Elle pesta contre Cliff et se tourna sur le dos. Il ne fallait pas qu'elle rêve de lui. Elle ne voulait pas se retrouver en proie à une insomnie, avec cet homme pour seule pensée.

Les yeux au plafond, elle écouta le silence environnant. Dans ces moments-là, elle se rendait compte à quel point elle était isolée. Pas de domestiques. Ses plus proches voisins vivaient à près d'un kilomètre de l'autre côté de la forêt. Pas de discothèques ou de pharmacie de nuit. Elle n'avait même pas encore installé l'antenne de la télévision. Elle était seule, comme elle l'avait voulu.

Alors, pourquoi son lit lui semblait-il si vide et la nuit si longue ? Elle se tourna sur le côté et s'efforça de chasser ces sombres pensées de son esprit, ainsi que la vision de Cliff.

Au-dessus de sa tête, elle entendit craquer le plancher. Les vieilles maisons faisaient du bruit la nuit, c'était connu.

Elle se retournait dans son lit sans pouvoir trouver le sommeil, observant de temps à autre la lune monter dans le ciel.

Elle ne voulait pas de Cliff à ses côtés. Bien sûr, elle devait admettre qu'elle était très attirée par lui. Mais si elle ne pouvait pas maîtriser ses pulsions, elle était parfaitement capable de maîtriser ses pensées. Sans se démonter, Maggie entreprit donc de dresser mentalement la liste des tâches qui l'attendaient le lendemain.

Lorsque le bruit se répéta, elle fronça les sourcils et leva aussitôt les yeux au plafond. Les craquements et autres grincements ne la dérangeaient que rarement dans cette maison. D'ailleurs, elle avait jusqu'ici dormi d'un sommeil de plomb toutes les nuits. Avant qu'elle ne rencontre Cliff Delaney... Elle referma les yeux avec obstination. Mais elle les rouvrit aussitôt en entendant une porte se refermer doucement.

Elle sentit brusquement son cœur battre à tout rompre dans sa poitrine. Elle était seule, et il y avait quelqu'un chez elle. Des images cauchemardesques assaillirent immédiatement son esprit. Ses doigts se refermèrent sur les draps et elle resta parfaitement immobile, à l'affût du moindre bruit.

Entendait-elle maintenant des pas dans l'escalier ou était-ce simplement son imagination qui lui jouait des tours ? Tandis que la peur s'emparait d'elle, elle pensa soudain au fossé, dehors. Elle se mordit la lèvre pour ne pas laisser échapper un gémissement de frayeur. Avec une extrême lenteur, elle tourna la tête et avisa le chiot qui dormait au pied du lit. Il ne semblait rien entendre. Elle referma les paupières et s'ingénia à respirer calmement.

Si le chien n'avait rien entendu, se dit-elle, alors il n'y avait pas de quoi s'inquiéter. C'était juste le bois du parquet qui travaillait. Mais alors qu'elle essayait de se convaincre, Maggie perçut un bruit au rez-de-chaussée. Un grincement aigu, un grattement. La porte de la cuisine ? se demanda-t-elle tandis qu'une nouvelle vague de panique la submergeait. Avec toutes les peines du monde, elle attrapa sans bruit le téléphone à côté de son lit. En entendant le bip, elle se souvint qu'elle avait décroché le combiné dans la cuisine afin de ne pas être dérangée plus tôt dans l'après-midi. Elle eut un accès de colère qu'elle s'efforça aussitôt de réprimer. « Réfléchis, se dit-elle. Reste calme et réfléchis. » Puisqu'elle était totalement isolée, elle ne pouvait compter que sur elle-même. Combien de fois ces dernières semaines s'était-elle félicitée de cette situation ?

Elle appuya la main sur sa bouche de façon à atténuer le bruit de sa respiration. Même en écoutant attentivement, elle ne percevait plus le moindre bruit. Pas de grincements ni de pas sur le plancher. Très doucement, elle sortit de son lit et attrapa le tisonnier près de la cheminée. Les muscles tendus, elle s'installa dans un fauteuil, face à la porte. C'est ainsi qu'elle attendit l'aube.

6.

Quelques jours plus tard, Maggie avait complètement oublié cette histoire de bruits dans la maison. Au matin de cet incident, elle s'était vraiment sentie ridicule. Réveillée par le chiot qui lui mordillait les orteils, le tisonnier posé sur ses cuisses telle une épée médiévale, elle s'était longuement étirée pour chasser les courbatures de sa nuit passée dans le fauteuil. La lumière du jour et le chant joyeux des oiseaux l'avaient finalement convaincue que tous ces bruits avaient été le fruit de son imagination, à l'instar des fantômes que les enfants imaginent. Peut-être n'était-elle pas aussi habituée à vivre seule qu'elle voulait bien le croire ? En tout cas, elle s'était félicitée d'avoir décroché le combiné de la cuisine : autrement, tout le monde en ville l'aurait prise pour une folle.

Mais vu les circonstances, sa nervosité se justifiait. Entre la découverte d'un squelette dans son jardin et les recommandations du shérif, sans parler de la vision de Cliff Delaney qui la tenait éveillée la nuit, elle avait de quoi ne pas dormir. Il y avait tout de même un point positif : elle avait terminé sa chanson. C.J serait satisfait et il arrêterait quelque temps de la supplier de revenir.

Maggie se mit en route vers le centre-ville afin de déposer le paquet contenant la cassette et les partitions au bureau de poste.

Le trajet était agréable et elle avait envie de prendre tout son temps.

Les arbres qui ombrageaient les petites routes étroites laissaient passer entre leurs jeunes feuilles la lumière blanche du soleil. Ici et là, des champs entrecoupaient la forêt, leur terre brune était fraîchement retournée. Maggie aperçut des fermiers au volant de leur tracteur et se demanda ce qu'ils semaient. Du maïs, du blé, du seigle ? Elle ne connaissait rien à cet aspect de la campagne. Il serait intéressant, pensa-t-elle, d'observer ces céréales pousser en été, avant les moissons de l'automne.

Des vaches allaitaient leurs veaux. Une femme portait un seau en fer vers un poulailler. Un chien se mit à courir en aboyant furieusement le long de la barrière que longeait la voiture de Maggie.

La panique ressentie quelques nuits auparavant semblait si loin, à présent.

Elle dépassa quelques maisons, certaines d'entre elles à peine plus grandes que des cabanes, d'autres si neuves et modernes qu'elles détonnaient au milieu de ce tableau idyllique. Pourquoi fallait-il raser cette belle forêt pour construire des maisons aussi quelconques ? pesta-t-elle intérieurement. Pourquoi ne pas laisser les choses en l'état, plutôt que de vouloir les enlaidir ? Maggie se mit à rire. Elle raisonnait comme Cliff. Après tout, les gens avaient le droit de vivre où bon leur semblait, non ? Mais elle devait admettre qu'elle préférait de loin les vieilles masures au milieu des bois.

A l'approche de Morganville, elle remarqua que les maisons se rapprochaient les unes des autres. Une petite bourgade tranquille. Quelques voitures sagement garées le long des trottoirs propres, des pelouses impeccables. Il semblait même y avoir une certaine compétition entre voisins quant aux parterres de fleurs. Cela lui rappela qu'il fallait qu'elle s'occupe de ses pétunias.

Le bureau de poste occupait l'angle d'un petit immeuble de brique rouge. A côté, séparée par une petite plate-bande, siégeait la banque. Accoudés à la boîte aux lettres, deux hommes bavardaient en fumant. Ils observèrent Maggie se garer, descendre de voiture et se diriger vers la poste. « Au diable la timidité », se dit-elle avant de se retourner et de leur adresser un grand sourire.

— Bonjour !

— Bonjour ! répondirent-ils en chœur avec un petit signe de tête. Belle voiture.

— Merci.

Elle entra dans le bâtiment, ravie de cette petite « conversation ». Derrière le guichet, l'employée bavardait sur un ton confidentiel avec une jeune femme qui portait un bébé dans les bras.

— Qui sait depuis combien de temps il est resté là, disait-elle en comptant des timbres. Personne n'a vécu là depuis les Faraday, il y a dix ans tout juste. Je me souviens, la vieille Faraday venait ici acheter un dollar de timbres toutes les semaines. Ils étaient moins chers, à l'époque... Voilà, ça fait cinq dollars, Amy.

La jeune femme prit les timbres et remonta sur sa hanche l'enfant qui babillait. Elle mit les timbres dans son sac et haussa les épaules avant de répondre.

— En tout cas, moi, ça me ferait peur. Crois-moi, si je trouvais des ossements dans mon jardin, j'aurais tôt fait de mettre en vente la maison. Billy dit que c'est sûrement un ivrogne qui est tombé dans le trou.

A ces mots, l'humeur de Maggie s'assombrit aussitôt, tandis que l'employée et la jeune femme continuaient tranquillement leur conversation.

— Il a sans doute raison. De toute façon, la police va bien finir par découvrir qui c'est, continua la postière avant de se tourner vers Maggie. Puis-je vous aider ?

La jeune mère se tourna à son tour vers Maggie et l'étudia quelques secondes avec curiosité, avant de sortir avec son bébé.

— Oui, répondit Maggie. Je voudrais envoyer ce colis en recommandé.

— Bien, voyons voir combien il pèse, dit l'employée en prenant le paquet. Vous voulez un accusé de réception ?

— S'il vous plaît.

— Bien, dit-elle en prenant un crayon derrière son oreille pour le pointer sur une grille de tarifs. Ça va vous coûter un peu cher, mais au moins, c'est plus sûr. Voyons voir... c'est un envoi pour...

A la vue de l'adresse d'expédition, la postière s'interrompit et scruta le visage de Maggie.

— Vous êtes la musicienne californienne. C'est vous qui avez acheté la maison des Morgan.

— C'est exact.

— Belle musique que la vôtre, reprit la postière en recopiant soigneusement l'adresse. Toute cette musique moderne, j'y comprends rien, moi. J'ai des disques de votre maman. C'était la meilleure, personne ne lui arrive à la cheville.

Maggie sentit son cœur se réchauffer, comme chaque fois qu'on évoquait sa mère.

— Oui, je suis tout à fait d'accord avec vous.

— Signez ici, s'il vous plaît.

Tandis qu'elle s'exécutait, Maggie sentit le regard de l'employée sur elle. Il lui vint à l'esprit que cette femme verrait toute la correspondance qu'elle enverrait et recevrait. Mais après tout, cette idée ne lui était pas si désagréable.

— C'est une grande maison que vous avez là, reprit la postière. Comment se passe votre installation ?

— Ça avance doucement. Il reste encore beaucoup à faire.

— C'est toujours comme ça quand on emménage quelque part, surtout quand personne n'y a habité depuis longtemps. Ça doit vous changer, n'est-ce pas ?

— Oui, et ça me plaît, répondit Maggie.

Peut-être était-ce le regard direct qu'elle lui

adressait à présent, ou bien sa réponse simple et honnête, mais elle vit la postière acquiescer lentement d'un signe de tête. C'était la première fois que quelqu'un du village lui montrait autant de bienveillance.

— Bog va vous faire du beau travail, et le jeune Delaney aussi.

Maggie sourit en pensant combien, décidément, les nouvelles circulaient vite dans cette petite ville.

— Ça a dû vous faire un choc, l'autre jour, reprit la postière.

— En effet, ça n'avait rien de très rassurant.

— Je veux bien vous croire. Allons, laissez la police mener son enquête, et je suis sûre que vous finirez par vous y sentir bien. C'était une belle demeure jadis. Louella l'entretenait à merveille.

— Je n'en doute pas un instant, dit Maggie en empochant sa monnaie. Merci.

— J'envoie votre colis tout de suite. Passez une bonne journée.

Quand elle sortit dans la lumière du jour, Maggie se sentit satisfaite. Elle respira l'air doux du printemps, sourit de nouveau aux deux hommes toujours en pleine conversation devant la boîte aux lettres, et se dirigea vers sa voiture. Son sourire s'effaça aussitôt à la vue de Cliff, assis sur le capot.

— Vous êtes sortie tôt, lui lança-t-il.

— Ne devriez-vous pas être en train de travailler ? rétorqua-t-elle, agacée.

Cliff esquissa un petit sourire et lui tendit la bouteille de soda qu'il buvait.

— Il se trouve que je viens de finir un chantier et que je passais par ici pour me rendre sur un autre site.

Maggie ne fit aucun geste pour prendre la bouteille, et il la porta de nouveau à ses lèvres pour en boire une grande gorgée. Il tapota ensuite sur le capot de l'Aston Martin de la jeune femme.

— Ce n'est pas le genre de voitures que l'on voit souvent à Morganville.

— Excusez-moi, dit froidement Maggie en se dirigeant vers la portière. J'ai du travail.

Il posa alors la main sur son bras et Maggie s'immobilisa.

Sans se soucier de son regard glacial, ni de celui des deux hommes qui observaient la scène avec curiosité de l'autre côté de la rue, Cliff scrutait son visage.

— Vous avez des cernes. Vous ne dormez pas ?

— Si, je dors très bien, merci.
— Vous mentez.

Cliff leva la main vers son visage. Elle n'en avait visiblement pas conscience, mais dès qu'elle se montrait ainsi fragile, il se sentait perdre pied.

— Pourquoi me mentez-vous ? demanda-t-il.
— Ecoutez, je suis pressée.
— Cette histoire de squelette vous mine, je le vois.
— Oui, et après ? s'écria-t-elle. Je suis humaine. C'est une réaction normale !
— Je n'ai jamais dit le contraire, affirma-t-il en prenant doucement son menton entre ses doigts. Je vous trouve bien susceptible. Est-ce seulement cette histoire, ou y a-t-il autre chose qui vous tracasse ?

Maggie s'immobilisa. Peut-être que Cliff n'avait pas remarqué que ni les deux hommes ni la postière n'avaient perdu une miette de leur discussion, mais elle si.

— Ça ne vous regarde pas, répliqua-t-elle. Et si vous avez fini de vous donner en spectacle, j'aimerais maintenant retourner chez moi.
— Vous êtes pourtant habituée à vous donner en spectacle, répondit-il en l'attirant à lui. Avec

tous ces photographes qui vous mitraillent sans cesse…

Maggie posa les deux mains sur son torse pour essayer de le repousser.

— Cliff, je vous en prie. Nous sommes en plein centre-ville.

— Oui, et nous allons sûrement faire la une de la gazette locale.

Avant même de pouvoir s'en empêcher, Maggie éclata de rire.

— Vous adorez ce genre de blagues, n'est-ce pas ? demanda-t-elle après avoir retrouvé une certaine contenance.

Cliff l'enlaça par la taille.

— Peut-être. En fait, je voulais vous parler.

Une femme passa près d'eux, une lettre à la main. Maggie remarqua qu'elle prenait tout son temps pour la mettre dans la boîte.

— Peut-être pourrions-nous trouver un endroit plus discret ?

En voyant Cliff émettre un petit rire entendu, Maggie fronça les sourcils et le fusilla du regard.

— Pas pour ce que vous croyez. Et maintenant, allez-vous me lâcher ?

— Dans un instant. Mais d'abord, vous souvenez-vous de notre dîner, l'autre soir ?

— Evidemment, répondit Maggie sans cesser de remarquer les passants de plus en plus nombreux qui les dévisageaient. Allons, lâchez-moi, ce n'est pas drôle.

— Eh bien, continua-t-il sans s'inquiéter le moins du monde du spectacle qu'ils offraient, c'est votre tour de m'inviter à dîner.

A bout de nerfs, Maggie cherchait en vain à se dégager de son étreinte.

— Je n'ai pas le temps de sortir en ce moment. Peut-être d'ici quelques semaines...

— Un dîner chez vous serait parfait.

— Chez moi, répéta Maggie. Dans ma maison ?

— Vous avez bien compris.

— Mais je ne vous ai jamais...

— A moins que vous ne sachiez cuisiner ?

— Bien sûr que si, répondit-elle aussitôt.

— Parfait. A 19 heures, alors ?

— Ce soir, je colle du papier peint, annonça-t-elle avec une œillade assassine.

— Il faut bien que vous mangiez.

Cliff ne lui laissa pas le temps de réagir et l'embrassa furtivement sur la joue.

— A ce soir donc, lança-t-il en allant d'un pas tranquille vers son camion. Au fait, Maggie, ne préparez rien de très compliqué, je ne suis pas difficile.

— Vous…, commença-t-elle.

Le bruit du moteur noya la suite de sa phrase. Sachant qu'une bonne dizaine de regards étaient fixés sur elle, Maggie garda la tête haute et monta dans sa voiture. Mais sur le chemin du retour, elle traita Cliff de tous les noms d'oiseaux qui lui vinrent à l'esprit.

En arrivant chez elle, elle pensait trouver les employés de Cliff, mais pas une discrète voiture noire au bout de son allée. Une fois garée, elle se rendit compte qu'elle n'avait aucune envie de recevoir des visiteurs, qu'ils fussent des voisins bienveillants ou simplement des curieux en quête de ragots. Elle ne voulait qu'une chose : se retrouver seule, avec la ponceuse qu'elle avait empruntée à George Cooper.

En sortant de sa voiture, elle avisa l'homme grand et svelte aux cheveux poivre et sel qui se dirigeait vers le fossé. Elle le reconnut immédiatement.

— Mademoiselle Fitzgerald, bonjour.

— Bonjour. Inspecteur Reiker, c'est bien ça ?

— Affirmatif.

Quelle était l'attitude à adopter, se demanda Maggie, lorsque vous trouviez un inspecteur dans votre jardin ? Elle décida de se montrer amicale et sérieuse à la fois.

— Que puis-je faire pour vous ?

— Je vais devoir vous demander votre coopération, mademoiselle. Je sais que vous aimeriez poursuivre l'aménagement de votre terrain, mais il va falloir attendre encore un peu pour l'étang.

— Je vois, dit Maggie en réprimant un frisson. Puis-je savoir pourquoi ?

— Nous avons reçu le rapport de l'autopsie, et nous devons ouvrir une enquête.

Maggie savait qu'il était préférable de ne rien demander, et surtout pas de détails, mais c'était plus fort qu'elle : elle devait savoir.

— Inspecteur, je ne sais pas dans quelle mesure vous pouvez divulguer certaines informations, mais il me semble normal d'apprendre ce qui s'est passé, puisqu'il s'agit de ma propriété.

— Cela ne vous concerne pas vraiment. Cette affaire remonte à bien avant votre installation.

— A partir du moment où ceci est mon terrain, je me sens concernée, objecta-t-elle, se forçant à ne pas trembler. Il serait plus facile pour moi de savoir la vérité.

L'inspecteur Reiker se passa la main sur le visage. L'enquête venait à peine de commencer, et cela sentait déjà le soufre. Les choses mortes et enterrées depuis des années devaient peut-être rester ainsi... Du moins, certaines choses, se dit-il avec amertume.

— Le médecin légiste a conclu que les os appartenaient à un homme blanc âgé d'une cinquantaine d'années.

Maggie déglutit avec difficulté. C'était bien trop réel, bien trop concret. Elle prit une grande inspiration.

— Depuis combien de temps est-il là ?

— Depuis environ dix ans, selon le médecin.

— Et cela fait dix ans que la maison est inoccupée, murmura-t-elle. Savent-ils comment il est mort ?

— D'une balle dans l'abdomen, dit Reiker d'une voix neutre, sans prendre garde à l'expression horrifiée de Maggie. Probablement un fusil de chasse, tiré à bout portant.

— Mon Dieu.

Un meurtre. Pourtant, ne l'avait-elle pas deviné dès le début ? se demanda-t-elle. D'un regard distrait, elle suivit deux écureuils qui grimpaient à toute allure le long d'un tronc d'arbre. Comment une telle chose avait-elle pu se passer ici ?

— Après tant d'années…, commença-t-elle avant de s'interrompre pour reprendre son souffle. Après tant d'années, n'est-ce pas impossible d'identifier le… de l'identifier ?

— On l'a fait ce matin.

Reiker regarda Maggie se tourner vers lui. Elle était pâle, son regard était voilé. L'expression d'horreur qui s'y lisait le mit mal à l'aise. Il se rappela que, comme la plupart des hommes de ce pays, il avait maintes fois rêvé d'une histoire d'amour avec la mère de cette jeune femme, et calcula que celle-ci était assez jeune pour être sa fille. Dans ces moments-là, il aurait préféré exercer un autre métier.

— Nous avons trouvé une bague. Une vieille bague incrustée de brillants et finement ciselée. Il y a une heure, Joyce Agee l'a reconnue comme étant celle de son père. William Morgan a été tué et enterré au fond de ce fossé.

Impossible… Maggie se passa la main dans les cheveux et s'efforça de réfléchir. Reiker avait beau lui fournir des explications plausibles, le corps ne pouvait être celui de William Morgan.

— Mais tout le monde sait qu'il a eu un accident ! protesta-t-elle. Un accident de voiture, je crois.

— En effet. Sa voiture est passée par-dessus le garde-fou du pont qui enjambe le Potomac. On a sorti du fleuve la carcasse de son véhicule, mais pas son corps. Il n'avait jamais été retrouvé… jusqu'à maintenant.

« Par-dessus le garde-fou, dans le fleuve, se répéta Maggie, hébétée. Comme Jerry. » Ils avaient mis une semaine à retrouver son corps. Une semaine pendant laquelle elle avait alors connu l'enfer. Soudain, elle avait l'impression d'être deux personnes différentes, à deux périodes distinctes.

— Qu'allez-vous faire, à présent ? demanda-t-elle d'une voix presque inaudible.

— Nous allons ouvrir une enquête officielle. Nous n'avons plus besoin de vous, mademoiselle. Il faut simplement laisser cet endroit tel qu'il est. Une équipe va venir cet après-midi pour effectuer de plus amples recherches, au cas où nous aurions raté quelque chose.

— D'accord. Dans ce cas, je rentre chez moi.

— Très bien.

Tandis qu'elle traversait le terrain pour rejoindre sa maison, Maggie se répéta que cet événement qui s'était déroulé dix ans auparavant n'avait rien à voir avec elle. A l'époque, elle-même affrontait une autre tragédie : la mort de ses parents. Mais, incapable de résister, elle regarda par-dessus son épaule vers le fossé, tout en gravissant les marches du perron.

« Le père de Joyce... », pensa-t-elle avec un frisson. La jeune femme lui avait vendu la maison sans savoir ce qui y serait un jour découvert. Maggie se rappela la nervosité de Joyce, la façon dont elle l'avait remerciée d'avoir accueilli sa mère. Une fois à l'intérieur, elle feuilleta un calepin noirci de numéros de téléphone et décrocha le combiné. Sans hésitation, elle composa le numéro de Joyce. La voix qui lui répondit était douce, à peine plus perceptible qu'un murmure. Maggie éprouva pour elle un irrésistible élan de sympathie.

— Madame Agee... Joyce, c'est Maggie Fitzgerald.

— Oh... Oui, bonjour.

— Je ne veux pas vous déranger, mais...

Maggie s'interrompit. Que dire ensuite ? se demanda-t-elle. Elle n'avait rien à voir dans cette histoire, sauf un bout de terrain laissé à l'abandon depuis une décennie.

— Je voulais juste vous dire combien j'étais

désolée, reprit-elle. Si je peux faire quelque chose pour vous aider…

— Merci, c'est gentil, répondit Joyce d'une voix rauque. C'est un tel choc. Nous avions toujours pensé que…

— Oui, je sais. Surtout, ne vous sentez pas obligée de me parler. J'appelle simplement pour… Je ne sais pas, j'ai l'impression d'avoir tout déclenché.

— C'est important de connaître la vérité, assura Joyce avec douceur. Mais je m'inquiète pour ma mère.

— Comment va-t-elle ?

— Je ne sais pas trop, répondit Joyce sur un ton où Maggie percevait de la fatigue plus que de la tristesse, un sentiment qu'elle connaissait bien. Elle est chez nous, le docteur est avec elle en ce moment.

— Je ne vous retiens pas plus longtemps, Joyce. Je sais que nous nous connaissons à peine, mais j'aimerais vous aider. N'hésitez pas à m'appeler.

— Entendu. Merci pour tout.

Maggie raccrocha. Cela ne servait à rien, pensa-t-elle. Elle ne connaissait pas Joyce. En période de deuil, il fallait quelqu'un de proche, comme lorsqu'elle avait eu besoin de Jerry après la mort de ses parents. Bien sûr, Joyce avait son mari, mais Maggie pensa surtout à Cliff, qu'elle avait vu prendre les mains de la jeune femme avec une infinie tendresse. Il était sûrement là pour elle, se dit Maggie. Qu'étaient-ils vraiment l'un pour l'autre ?

Sentant un besoin urgent de se défouler, elle brancha la ponceuse électrique.

Le soleil bas éclairait le ciel de lueurs rosées lorsque Cliff engagea sa voiture dans l'allée de Maggie. De nombreuses questions assaillaient son esprit. William Morgan avait été assassiné et enterré sur son propre domaine, et le coupable avait maquillé ce meurtre en envoyant sa voiture dans le fleuve. Cliff connaissait suffisamment les Morgan et les habitants des environs pour savoir que la plupart de ces derniers avaient souhaité la mort de William. C'était un homme brutal et froid qui s'était fait beaucoup d'argent et d'ennemis. Mais se pouvait-il que quelqu'un que Cliff connaissait, quelqu'un à qui il parlait tous les jours, fût un meurtrier ?

Pour dire vrai, il se moquait bien du vieux Morgan. En revanche, il s'inquiétait pour Louella et surtout pour Joyce. Il n'aimait pas la voir comme il l'avait vue quelques instants plus tôt, si calme, si détachée, les nerfs à fleur de peau. Il avait pour elle plus d'affection que pour n'importe quelle autre femme, et pourtant, il ne savait comment lui venir en aide. Ça, c'était le rôle de Stan, se dit Cliff alors qu'il prenait le dernier virage de l'allée.

Il y avait peu d'espoir que la police résolve cette affaire, surtout après une si longue période. Cela signifiait que Joyce allait devoir vivre avec l'idée que le meurtrier de son père ne serait jamais inquiété. Cliff se demanda si elle regarderait désormais ses voisins avec suspicion.

Il jura à voix basse et avança jusqu'au bout de l'allée. Il y avait quelqu'un d'autre pour qui il s'inquiétait, se souvint-il avec amertume. Et cette fois, il n'avait pas l'excuse de la connaître depuis longtemps… Pourquoi diable se souciait-il de cette Maggie Fitzgerald ? Elle venait d'une autre planète, celle du luxe et des paillettes. Lui, il aimait la solitude, elle, la foule. Elle buvait du champagne, lui de la bière. Elle préférait les voyages en Europe, lui adorait le cabotage le long du fleuve.

Maggie Fitzgerald aurait dû être le cadet de ses soucis.

Elle avait épousé un homme qui avait connu la

gloire avant de se brûler les ailes. Elle avait fréquenté les princes du show-business. Smokings, cravates de soie, boutons de manchettes en diamant, se disait Cliff avec un sourire narquois. Qu'avait-elle à voir avec cette sale affaire ? Et surtout, que faisait-elle dans sa vie à lui ?

Il se gara derrière la voiture de Maggie et observa la maison d'un air maussade. Peut-être avait-elle décidé de repartir bientôt en Californie ? C'était préférable pour elle comme pour lui, se dit-il. Il n'allait certainement pas penser le contraire. Pas question. Comment cette femme osait-elle envahir à ce point ses pensées ? Et cette musique...

Cliff poussa un long soupir d'exaspération. Il savait qu'il désirait Maggie comme il n'avait désiré aucune autre femme avant elle. C'était une envie incontrôlable. Alors, pourquoi était-il venu, alors qu'il savait pertinemment qu'elle ne voulait pas de lui ? Parce qu'il ne pouvait ni ne voulait oublier ce qui s'était passé entre eux. Ce soir, il ne voulait plus rien contrôler.

Alors qu'il se dirigeait vers le porche, il se rappela qu'il avait affaire à une femme différente de toutes celles qu'il avait connues. Il fallait l'approcher avec prudence, se dit-il avant de frapper à la porte.

Maggie attrapa la poignée des deux mains et

tira de toutes ses forces. Il lui fallut s'y reprendre à deux fois avant de parvenir à l'ouvrir. Molosse aboyait à pleins poumons.

— Vous deviez demander à Bog de s'occuper de la porte, lui dit Cliff.

Il s'accroupit pour caresser le chiot qui se coucha aussitôt sur le dos et lui présenta son ventre.

— C'est vrai, répondit Maggie. J'ai encore oublié.

Elle était contente de le voir. Elle avait beau se dire qu'elle ne voulait pas qu'il vienne, il lui suffisait de le regarder pour savoir qu'elle se mentait. La vérité, c'était qu'elle avait attendu cet instant toute la journée.

A la façon dont Maggie se tenait, Cliff devina qu'elle était nerveuse. Il lui adressa un grand sourire ironique.

— Alors, qu'y a-t-il au menu ce soir ?

— Des hamburgers ! répondit Maggie avec un petit rire nerveux.

— Des hamburgers ?

— Vous vous êtes invité, lui rappela-t-elle. Et vous m'avez demandé de ne rien faire de compliqué.

— C'est vrai, admit-il en grattant une dernière fois le chiot derrière les oreilles avant de se redresser.

— Eh bien, puisque c'est la première fois que je reçois à dîner ici, je me suis dit que je devais vous préparer ma spécialité. C'était soit ça, soit de la soupe en conserve.

— Si c'est ce que vous mangez depuis votre arrivée, pas étonnant que vous soyez si mince.

Maggie fronça les sourcils et le regarda avec sévérité.

— Vous avez une fâcheuse tendance à tout critiquer.

— Mais je n'ai jamais dit que je n'aimais pas les femmes minces.

— Ce n'est pas la question. Bref, vous pouvez continuer à vous plaindre pendant que je prépare les steaks.

Tandis qu'ils avançaient le long du couloir, Cliff remarqua quelques endroits où Maggie avait arraché le papier peint. Apparemment, elle comptait bien effectuer le gros des travaux elle-même. Pourtant, elle pouvait tout à fait se permettre d'engager une flopée de décorateurs et d'artisans qui lui auraient terminé le travail en quelques semaines. Au lieu de cela, elle allait y passer des mois, voire des années. Il aperçut le plancher fraîchement poncé de la cuisine.

— Beau travail, reconnut-il en s'accroupissant

pour passer un doigt sur le bois lisse, tandis que le petit chiot s'empressait aussitôt de lui lécher le visage.

— Je vous remercie, dit Maggie avec de l'étonnement dans la voix.

Cliff leva les yeux vers elle. Il fallait bien avouer que dès le début, il s'était comporté avec dureté à son égard. Mais il avait ses raisons. Et la première de ses raisons, comme il s'en rendait compte à présent, était l'effet qu'elle produisait sur lui.

— Pourquoi l'avez-vous fait vous-même ?

— Parce qu'il fallait le faire, rétorqua-t-elle tout en salant les steaks hachés.

— Sans doute, mais pourquoi vous ?

— C'est ma maison.

Cliff s'approcha d'elle et posa de nouveau le regard sur ses mains.

— Aviez-vous aussi poncé votre plancher en Californie ?

— Non, répondit-elle avec agacement. Combien de hamburgers voulez-vous ?

— Un seul suffira... Pourquoi tenez-vous tant à vous occuper vous-même du plancher et du papier peint ?

— Parce que c'est ma maison, répéta-t-elle.

— En Californie aussi, c'était votre maison.

— Pas comme ici.

Elle se tourna vers lui. Impatience, agacement, irritation : Cliff pouvait lire sur le visage de la jeune femme tout ce qu'elle éprouvait en cet instant.

— Ecoutez, je n'ai pas à vous donner d'explication, reprit-elle. A mes yeux, cet endroit est spécial, même après tout ce qui s'est passé.

Elle se détourna et se mit à couper de la salade avec vigueur.

— Un inspecteur est venu me voir ce matin, continua-t-elle. Bon sang, quelle épouvantable histoire ! J'ai téléphoné à Joyce et je me suis sentie si inutile, si stupide. Je n'ai rien su lui dire.

Cliff fronça les sourcils. Joyce n'avait pas mentionné ce coup de fil. Mais il fallait dire qu'elle lui avait très peu parlé.

— Il n'y a pas grand-chose à dire, dit-il sur un ton rassurant, les mains posées sur les épaules tremblantes de la jeune femme. Joyce et sa mère doivent régler cela toutes seules avec la police, et personne d'autre ne peut les aider.

— C'est ce que je me dis, affirma Maggie.

Elle se sentait soulagée d'avoir quelqu'un à qui parler, de l'avoir *lui*. Elle se tourna pour le regarder dans les yeux.

— Je sais que je ne peux rien faire, continua-t-elle, mais c'est arrivé chez moi et je me sens impliquée. Un homme a été tué devant ma maison, à l'endroit même où je comptais créer un étang, et maintenant…

— Et maintenant, l'interrompit Cliff, dix ans se sont écoulés.

— Et alors ? demanda Maggie. Mes parents aussi sont morts il y a dix ans. Le temps n'efface rien.

— Mais cet événement vous concernait directement, objecta Cliff sur un ton plus dur que nécessaire.

Maggie soupira et s'autorisa la faiblesse d'appuyer la tête contre son torse.

— Je comprends ce que ressent Joyce, murmura-t-elle. J'ai beau vouloir le contraire, je sais que tout cela me concerne aussi.

Cliff glissa les doigts dans les cheveux soyeux de la jeune femme. Ce n'était pas du désir qu'il ressentait pour elle à cet instant précis, mais plutôt une irrésistible envie de la protéger… Un sentiment totalement étranger pour lui. Il voulait aider Maggie à surmonter son chagrin.

Il la prit par les bras et plongea son regard dans le sien.

— Vous ne savez pas qui était William Morgan.

— Non, mais…

— Moi oui. C'était un homme brutal qui ne croyait ni à la compassion ni à la générosité, expliqua-t-il en se tournant vers la cuisinière pour y retourner les steaks. La moitié de la ville s'est félicitée de sa mort derrière le dos de Louella. Elle, elle l'aimait. Joyce aussi, même si elle en avait aussi très peur. La police va avoir du mal à désigner des suspects. Et de toute façon, tout le monde s'en fiche. Moi-même je le détestais, pour beaucoup de raisons.

Maggie n'aimait pas entendre Cliff parler du meurtre d'un homme avec tant de froideur et de détachement. Décidément, se dit-elle une fois de plus, ils n'avaient pas la même conception des choses.

— A cause de Joyce ? demanda-t-elle sur un ton neutre.

Cliff lui jeta un coup d'œil rapide.

— Oui, c'est une des raisons. Morgan était très porté sur la discipline, et Joyce était comme ma petite sœur. Quand j'ai surpris son père en train de la frapper à coups de ceinture, je l'ai menacé de le tuer.

Cliff avait prononcé cette dernière phrase si calmement que Maggie se figea. Elle lui lança un regard plein d'interrogations.

— Une menace qu'aurait pu formuler la moitié des habitants de Morganville, ajouta Cliff. Personne n'a pleuré lorsqu'ils ont repêché sa voiture dans le fleuve.

— Personne n'a le droit d'ôter une vie, protesta Maggie d'une voix tremblante. Ni la sienne ni celle des autres.

Brusquement, Cliff se souvint que le corps du mari de Maggie avait aussi été repêché dans un fleuve, et qu'il s'était sans doute suicidé.

— Mieux vaut ne pas faire de comparaisons, suggéra-t-il.

— Ça semble tellement évident.

— Ce qui est arrivé à Jerry Browning est un immense gâchis. Vous en sentez-vous aussi coupable ?

— Je ne me suis jamais sentie coupable, assura-t-elle avec lassitude.

— L'aimiez-vous ? demanda-t-il en la regardant fixement.

— Pas assez.

— Mais assez pour lui rester fidèle pendant six ans ?

Maggie sourit en entendant Cliff répéter ses propres paroles.

— Oui. Mais l'amour, ce n'est pas seulement une question de fidélité.

— Vous dites que vous ne vous sentez pas responsable de sa mort, dit-il en se rapprochant d'elle et en lui caressant doucement la joue.

— Responsabilité et culpabilité sont deux choses différentes.

— Non, dit-il en secouant la tête. Et ne croyez-vous pas que c'est le comble de l'égocentrisme que de se croire responsable des actions des autres ?

Maggie voulut protester, mais se ravisa.

— Peut-être avez-vous raison, lança-t-elle en faisant un effort surhumain pour garder un ton léger. Je crois que les hamburgers sont prêts. Passons à table.

7.

La cuisine embaumait de la bonne odeur de nourriture, et dehors, les gouttes de pluie tapotaient doucement contre la fenêtre. Maggie s'aperçut qu'elle n'avait jamais connu une telle tranquillité. Avec ses parents, c'était plutôt la folie : splendides demeures, fêtes extravagantes et amis excentriques. Dans sa maison de Beverly Hills, Maggie avait reproduit le même schéma. Mais ce mode de vie tenait davantage de l'habitude que d'un goût, et bientôt, elle s'en était lassée. A présent, elle ne trouvait rien de plus agréable que de dîner tranquillement dans sa cuisine en chantier, avec cet homme dont elle ne savait pratiquement rien.

Cliff semblait fort, songea-t-elle en l'observant. Et elle n'avait pas beaucoup connu d'hommes forts dans sa vie. Si : son père. Le genre d'homme à obtenir tout ce qu'il désirait, non pas grâce à sa force physique, mais grâce à sa force psychologique, sa volonté à toute épreuve. Sa mère, avec son mélange d'exubérance et d'audace, n'avait rien à lui envier. Maggie n'avait jamais vu un couple plus uni que le leur. Ses parents s'étaient aimés avec passion, dévouement et fougue. Ils n'avaient jamais été en rivalité, jamais envié le succès de l'autre. Ils se soutenaient, simplement. Peut-être était-ce là le secret de leur relation : un soutien mutuel et inconditionnel. Elle-même n'avait jamais connu cela dans son mariage et, peu à peu, elle en était venue à croire que la relation de ses parents avait été unique.

Au fil du temps, quelque chose s'était brisé entre elle et Jerry. Tandis qu'il faiblissait, elle devenait plus forte. Ils en étaient arrivés à un point où elle seule portait leur couple à bout de bras. Mais elle était restée, en souvenir de leur affection passée. Les vrais amis tiennent leurs promesses.

Elle se demanda quelle sorte d'ami ferait Cliff. Puis, elle se demanda quelle sorte d'amant il ferait.

— A quoi pensez-vous ?

La question de Cliff interrompit si brusquement ses rêveries qu'elle faillit renverser son verre. Elle n'allait tout de même pas lui avouer à quoi elle songeait...

— Je pensais…, commença-t-elle, qu'il est bien agréable de manger dans cette cuisine. La salle à manger pourra attendre encore un peu.

— Vous pensiez vraiment à ça ? demanda-t-il avec un regard malicieux.

— Plus ou moins, oui.

Rompue aux interviews et aux questions insidieuses, Maggie savait comment esquiver les sujets épineux. Elle prit la bouteille de vin et remplit le verre de Cliff.

— Ce bordeaux est un autre cadeau de mon agent. On peut même dire, passez-moi le jeu de mots, un pot-de-vin.

— Un pot-de-vin ?

— Il veut que j'abandonne mes rêves de sauvageonne et que je revienne à la civilisation.

— Il pense pouvoir vous convaincre avec un chiot et du bon vin ?

Maggie éclata de rire.

— Si je n'étais pas aussi attachée à cet endroit, il aurait peut-être réussi à me faire revenir.

— Ainsi, vous vous sentez vraiment bien ici ? demanda Cliff avec un air songeur.

Maggie reprit tout son sérieux.

— Avec le métier que vous faites, vous devriez savoir que certaines choses prennent vite racine.

— Certaines, oui, admit-il. Et d'autres ne s'acclimatent jamais vraiment à leur nouvel environnement.

Elle pianota sur le rebord de son verre, les yeux fixés sur son interlocuteur. Pourquoi tenait-il tant à la décourager ?

— Vous ne me faites pas beaucoup confiance, n'est-ce pas ?

— Peut-être, répondit Cliff en haussant les épaules. En tout cas, je m'amuse à observer vos efforts pour vous acclimater.

Maggie décida qu'il valait mieux prolonger le ton léger de la conversation. Se disputer avec Cliff lui semblait à présent une perte de temps.

— Et comment est-ce que je m'en sors, pour l'instant ?

— Mieux que je ne l'aurais imaginé, dit-il en levant son verre. Mais il est encore trop tôt pour juger.

— Etes-vous né cynique, ou avez-vous pris des leçons, Cliff ? demanda-t-elle en éclatant à nouveau de rire.

— Et vous ? Etes-vous née optimiste ?

Maggie leva les sourcils et reposa sa fourchette pour étudier attentivement le visage de Cliff. Cet homme lui plaisait, mais elle n'arrivait toujours pas à déchiffrer son regard. Parce qu'il ne se livrait pas facilement, songea-t-elle. Obtenir sa confiance ne devait pas être chose facile : il fallait l'approcher en douceur.

— Un point pour vous, dit-elle enfin, le sourire aux lèvres. Vous savez, mon agacement passé, je me suis rendu compte que j'étais contente que vous veniez ce soir. Sinon, qui sait quand j'aurais pu profiter de cette bonne bouteille ?

— Comme ça, je vous agace ? demanda Cliff avec un large sourire.

— Allons, vous le savez très bien, répondit Maggie. Vous en semblez même ravi.

Cliff but une autre gorgée. Le vin était profond, riche.

— En effet, je l'avoue.

— Est-ce seulement avec moi, ou bien agacer les gens est une spécialité chez vous ?

— Juste avec vous.

Il plissa les yeux et regarda Maggie par-dessus le bord de son verre. Elle avait relevé ses cheveux en un chignon d'où s'échappaient quelques mèches qui retombaient le long de son visage aux traits délicats. Son fard à paupières sombre accentuait la couleur de ses grands yeux frangés de cils bruns, mais ses lèvres étaient nues. C'était une femme, pensa Cliff, qui savait comment mettre ses atouts en valeur : avec subtilité, de façon à séduire un homme en brouillant la frontière entre illusion et réalité.

— J'aime vous voir réagir, avoua-t-il. Et je sais que vous n'aimez pas perdre votre sang-froid.

— Si je comprends bien, vous faites tout pour m'énerver ?

— En quelque sorte, admit-il en souriant de plus belle.

— Pourquoi ? demanda-t-elle avec un mélange d'exaspération et de gaieté dans la voix.

— Vous ne me laissez pas indifférent, dit-il d'une voix si douce que les doigts de Maggie se figèrent sur son verre. Et je n'aimerais pas savoir que ce n'est pas réciproque.

Interloquée, elle resta un instant sans bouger. Mais il n'était pas question qu'elle laisse ses émotions la submerger... Elle se leva aussitôt pour débarrasser la table.

— C'est réciproque en effet. Voudriez-vous plus de vin, du café peut-être ?

Il l'arrêta d'une main. Puis il se leva lentement et plongea son regard dans le sien. Tout à coup, Maggie eut l'impression que la cuisine avait brusquement rétréci. « Comme Alice dans le terrier du lapin, hésitant à goûter l'alléchant contenu de la petite bouteille », songea-t-elle.

Dehors, le bruit de la pluie lui paraissait soudain assourdissant.

— Je veux vous faire l'amour, dit Cliff d'une voix rauque.

Maggie dut se rappeler qu'elle était une adulte, qu'elle avait déjà séduit des hommes et qu'elle avait aussi su repousser les avances de certains.

Cette fois, pourtant, la tentation était bien trop forte…

— Nous en avons déjà parlé, murmura-t-elle.

Lorsqu'elle tenta de se dégager, Cliff resserra les doigts sur sa main.

— Oui, mais nous n'avons pas résolu ce problème.

Il lui était impossible de fuir cet homme, comprit-elle.

— Je croyais pourtant que c'était clair. Je vais faire du café, puisque vous rentrez en voiture et que je dois travailler.

Cliff la lâcha. Il lui prit les assiettes des mains et les reposa sur la table.

Les mains vides, Maggie se sentit totalement désemparée. Elle croisa les bras sur sa poitrine.

— Nous n'avons rien résolu, déclara-t-il en

enlevant une épingle de sa chevelure brune. Nous n'avons même pas commencé.

Elle soutint son regard mais recula d'un pas lorsqu'il s'avança davantage.

Cliff avait presque l'impression qu'elle se sentait traquée, et cela l'excitait étrangement.

— Je croyais pourtant m'être fait comprendre, balbutia Maggie d'une voix qu'elle voulait ferme et dédaigneuse.

Il s'approcha encore et la bloqua contre le rebord de l'évier. Il enleva une autre épingle de ses cheveux.

— Je comprends tout autre chose quand je vous touche, ou quand vous me regardez comme vous le faites en ce moment.

Le cœur de Maggie s'emballa dans sa poitrine. Elle faiblissait. Déjà, elle sentait tous ses muscles se relâcher, sa tête devenir légère… Son désir était trop fort à présent, la tentation insupportable.

— Je n'ai pas dit que je n'avais pas envie de vous, protesta-t-elle à mi-voix.

— En effet, acquiesça Cliff en enlevant la dernière épingle de ses cheveux, qui retombèrent en lourdes boucles sur ses épaules. Vous pourriez difficilement prétendre le contraire.

Maggie se raidit. Comment avait-elle pu se sentir

si détendue quelques minutes plus tôt, alors qu'à présent, elle n'était plus qu'une boule de nerfs ? Tous les muscles de son corps se contractaient tant elle cherchait à repousser l'irrésistible trouble qui l'envahissait.

— Ce que j'ai dit, reprit-elle de sa voix grave et rauque, c'est que je ne vous connaissais pas, et que vous ne me compreniez pas.

Quelque chose brilla un instant dans les yeux de Cliff. Une lueur de colère, peut-être ? Ou de désir ?

— Peu importe, murmura-t-il en prenant ses cheveux dans une main. Ce que je sais, c'est que j'ai envie de vous. Et rien qu'à vous toucher, je sais que vous voulez la même chose.

Le regard de la jeune femme s'assombrit. Pourquoi fallait-il toujours que son désir se teinte de colère, se demanda Cliff, comme si elle avait peur de sa propre faiblesse, peur de ne pouvoir la maîtriser ?

— Croyez-vous que ce soit si simple ? répondit-elle.

Il *fallait* que les choses soient simples, pensa Cliff. Pour sa propre survie, mieux valait que les choses entre eux restent purement physiques. Ils allaient faire l'amour jusqu'à l'aube, jusqu'à épuisement de leurs forces. Demain, leur désir se serait évanoui, aussi vite qu'il était venu. Il fallait le croire. Sinon… Cliff ferma un instant les yeux. Il ne voulait pas penser à l'autre éventualité.

— Pourquoi se compliquer la vie ? répondit-il enfin.

— Pourquoi, en effet ? murmura Maggie, envahie par une vague de colère et de désir mêlés.

Brusquement, la cuisine ne lui semblait plus confortable et douillette, et elle avait l'impression qu'elle allait étouffer si elle ne sortait pas tout de suite. Elle fixait de son regard embrumé les yeux calmes de Cliff, tandis que ses idées s'entrechoquaient dans son esprit.

Pourquoi fallait-il toujours qu'elle cherche le côté romantique des choses ? La petite fille avait pourtant fait place à une adulte, une femme devenue veuve, une professionnelle qui avait appris à affronter la réalité. Dans cette réalité, les gens faisaient ce qu'ils voulaient et en assumaient les conséquences. Eh bien, c'est ainsi qu'elle allait agir.

— La chambre est en haut, dit-elle avant de sortir précipitamment de la cuisine.

Interloqué, Cliff la regarda sortir. Ce qu'il avait voulu était en train de se réaliser. Pourtant, l'assentiment de Maggie était bien trop rapide, trop facile à ses yeux. Non, se dit-il en la rejoignant, ce n'était pas ce qu'il voulait. Pas comme ça.

La jeune femme était en train de gravir l'escalier. Quand elle se tourna vers lui, Cliff aperçut de la fureur dans son regard. Lorsqu'il attrapa son bras, il sentit le trouble qui la faisait vibrer. Voilà ce qu'il voulait. Pas d'assentiment neutre et indifférent : il voulait voir la tension et la rage en elle, jusqu'à ce que leur désir commun les submerge.

En silence, ils montèrent vers la chambre. La pluie tombait en lourdes gouttes sur les vitres et la terre fraîchement semée au-dehors. Ce bruit évoquait à Maggie les discrètes percussions qui accompagnaient sa chanson tout juste achevée.

L'obscurité les enveloppait, et elle dut se diriger à tâtons. Elle ne vérifia même pas que Cliff la suivait : elle sentait sa présence juste derrière elle.

« Et maintenant ? » se demanda-t-elle dans un élan de panique. Qu'était-elle en train de faire ? Pourquoi amenait-elle cet homme dans le seul endroit qu'elle considérait comme profondément intime ? Il allait prendre ce qu'il voulait avant de repartir. Mais elle ? Qu'allait-elle tirer de cette histoire ?

Pourtant, elle avait envie de lui. C'était inexplicable. Et c'était indéniable.

Elle se raidit. Heureusement qu'il faisait noir, se dit-elle. Elle ne voulait pas que Cliff lise sur son visage le doute qui s'emparait d'elle, ni son désir qui grandissait à chaque minute. L'obscurité la protégeait.

Cliff avait l'impression de pouvoir ressentir ce que Maggie éprouvait. Il fit glisser sa main sur les épaules de la jeune femme, puis le long de son dos. Il aimait la voir ainsi, tendue, légèrement réticente. Elle ne devait pas lui céder tout de suite. Il voulait la voir lutter contre ce sentiment enfoui au plus profond d'elle, qu'il ne savait nommer et qu'il ressentait de la même façon et avec la même intensité.

— Vous résistez encore, murmura-t-il.

— Oui...

Maggie sentit un frisson, non pas de peur mais de plaisir, parcourir tout son corps lorsque Cliff glissa la main sous son pull en laine. Elle pouvait voir son visage se découper dans l'obscurité, si proche du sien.

— Vous n'avez pas le choix, lui chuchota-t-il à l'oreille. Et moi non plus.

Il remonta la main le long de son dos nu, la fit passer par l'ouverture du col et enfonça les doigts dans ses cheveux. Son torse ferme se pressait contre sa poitrine. Sa voix basse était légèrement teintée de rage contenue. Elle respirait l'odeur de sa peau, elle scrutait les contours de son visage dans le noir. Il aurait pu être n'importe qui, songea-t-elle avant de sentir une autre onde de désir l'envahir. Elle devait l'assouvir, ne pas penser à la suite, ne pas penser aux remords.

— Faites-moi l'amour, dit-elle dans un souffle. Tout de suite.

A peine avait-elle prononcé ces mots que Cliff l'embrassa avec fougue. Plus de questions, simplement le feu et la puissance sourde du désir. Plus de bon sens ou de raison : seules existaient les sensations. S'ils avaient tous deux attendu ce moment, ni lui ni elle n'avaient en revanche prévu un tel bouleversement intérieur. Emportés par la fièvre du désir, ils tombèrent sur le lit. A partir de cet instant, ils laissèrent leurs sens guider leurs gestes.

Cliff la voulait nue mais pas vulnérable, douce mais pas docile. Elle se cambra contre son corps et pressa ses lèvres enflammées contre les siennes dans un baiser ardent. Il lui ôta ses vêtements avec précipitation, ne s'interrompant qu'un instant lorsque Maggie, saisie de la même frénésie, le déshabilla à son tour.

Ils jetèrent leurs vêtements à terre. Le parfum de Maggie l'envoûtait ; il venait de sa peau, de ses cheveux… Le matelas tanguait et s'enfonçait tandis qu'ils s'enlaçaient, insouciants de la pluie, du temps et du lieu. Leurs corps se cherchaient avec impatience, presque avec désespoir. Murmures suppliants, halètements et gémissements de plaisir couvrirent bientôt le martèlement de la pluie.

Maggie répondait à chaque caresse de Cliff. Voilà ce que voulait dire se consumer, elle le comprenait à présent tandis que les mains de Cliff parcouraient son corps, faisant naître des milliers de frissons sur sa peau. Elle en voulait davantage, elle était avide de ces sensations qu'elle découvrait en elle… Plus de pudeur, plus d'hésitation : elle voulait toucher, goûter, prendre tout ce qu'il lui offrait. Cliff avait un corps magnifique, conforme à ses fantasmes les plus fous. Elle savourait la fermeté de son torse, la puissance et la finesse de ses muscles.

Elle voulait qu'il lui montre qu'il n'avait pas plus qu'elle le contrôle de la situation, et qu'ils étaient tous deux victimes de leur désir. Le feu allumé un instant plus tôt par un simple regard était en train de tout dévaster. Son sang s'embrasait de désir, comme dans sa chanson, et elle savait qu'elle ne pourrait y résister longtemps.

Dans un déchaînement de volupté, ils parvinrent à l'extase ensemble. Maggie vit des tourbillons, des cyclones, de fulgurants éclairs. Elle en sentit la fureur, la vitesse, le tumulte assourdissant. Une dernière secousse parcourut son corps et son esprit, enfin apaisés.

« De l'amour ? » se demanda Maggie lorsqu'elle parvint enfin à reprendre ses esprits. Si c'était cela, faire l'amour, alors elle avait été bien naïve jusqu'ici. Comment une chose au nom si doux pouvait agir avec autant de violence sur son corps ? Elle tremblait comme si elle venait de faire une chute libre du haut d'une montagne.

Elle avait écrit des chansons d'amour pleines de passion, mais le sens de ses paroles ne lui apparaissait clairement qu'à présent.

Cet homme étendu contre elle l'avait mise au défi de vivre ses fantasmes. Avec lui, elle avait enfin apaisé les sombres pulsions qui emplissaient sa musique d'une amère mélancolie. Avec lui, tout devenait clair… Mais cela ne faisait que soulever davantage de questions. Comment avait-elle pu attendre cette nuit pendant si longtemps ? La passion pouvait-elle rester ainsi tapie au fond de l'âme jusqu'à ce que quelqu'un l'éveille brusquement ?

Maggie réfléchit au film dont elle achevait de composer la musique. Au fond, l'héroïne vivait la même histoire qu'elle… Elle menait une existence indépendante et confortable, jusqu'au jour où un homme d'un milieu totalement différent du sien entrait dans sa vie et la bouleversait à tout jamais. Si c'était bien cela qu'elle était en train de vivre, il y avait encore moyen de tout arrêter avant qu'elle ne puisse plus contrôler ses désirs et qu'elle se laisse dépasser par les événements… Dans le film, l'union des deux personnages engendrait la violence. Et Maggie pressentait que quelque chose de similaire pouvait se passer entre elle et Cliff. Ni lui ni elle ne connaissait la tempérance. Et les passions débridées, elle le savait, semaient bien souvent le désordre dans la vie des gens. Le destin l'avait-il guidée vers cette bourgade d'allure tranquille, mais à la violence sous-jacente ? Ce même destin ne l'avait-il pas poussée vers cet homme sombre et sensuel qui semblait représenter à la fois sérénité et danger ? Se sentait-elle assez forte pour affronter les conséquences de cette histoire ? Et ensuite, pensa-t-elle, le regard perdu dans l'obscurité, qu'allait-il se passer ?

Rien ne s'était déroulé comme prévu, pensa Cliff. Certes, il avait voulu de la fougue, mais qui aurait pu croire à un tel déferlement de passion ? Même la chanson de Maggie ne pouvait décrire le choc qu'il venait de recevoir. Il avait cru qu'une fois le désir assouvi, l'envie retomberait aussitôt. Et en effet, le plaisir physique n'avait jamais été aussi intense pour lui. Mais dans sa tête...

Cliff ferma les yeux pour tenter de chasser ces pensées. Impossible : il n'avait que Maggie en tête, et il savait qu'un simple contact ranimerait aussitôt le feu en lui. Il n'avait pas l'habitude de ce genre de ce sentiment, et cela le perturbait au plus haut point. Non, se dit-il, elle et lui n'avaient rien d'autre à se donner qu'un simple plaisir physique. Rien d'autre. S'il l'avait pu, il ne l'aurait plus jamais touchée...

Pourtant, il tendit le bras vers elle.

— Tu as froid, murmura-t-il en l'attirant aussitôt tout contre lui.

— Un peu.

Maggie frissonna. Comment expliquer le trouble

qu'elle ressentait en cet instant ? Et cette nouvelle montée de désir qui l'envahissait ?

— Attends, dit Cliff avant de rabattre le drap froissé sur elle et de la prendre dans ses bras. Ça va mieux ?

— Oui, répondit-elle.

Ils se turent de nouveau, ne sachant ni l'un ni l'autre comment expliquer ce qui s'était produit entre eux.

Cliff écoutait la pluie battre contre les carreaux. Ils étaient seuls au monde, pensa-t-il. Aucun voisin.

— Tu n'as pas peur de rester toute seule ici ? demanda-t-il.

— Peur ? répéta Maggie sans comprendre.

Elle ne voulait plus bouger, étendue tout contre lui, au chaud et à l'abri. Elle ne voulait pas penser au fait qu'elle allait par la suite dormir seule dans cette grande maison isolée.

Comme elle était douce ! se dit Cliff. Le frôlement de ses cheveux soyeux sur son épaule lui apportait une étrange sensation de plénitude.

— Cet endroit est vraiment loin de tout, poursuivit-il. Même les gens du coin n'aimeraient pas rester ici, surtout après ce qui s'est passé.

Maggie ferma les yeux. Non, elle ne voulait pas

penser à ça. Elle était venue ici pour s'occuper d'elle, pour affronter la réalité. Pas les fantômes.

Elle prit une longue inspiration et tenta de se dégager, mais Cliff la retint d'une main ferme.

— Tu as peur, dit-il.

— Mais non... pas vraiment.

Maggie détourna les yeux et observa la fenêtre mouillée de pluie. Pour l'instant, son plus gros problème consistait à ignorer son irrésistible envie de faire de nouveau l'amour avec lui.

— Oui, j'avoue que j'ai eu du mal à dormir depuis que..., commença-t-elle, hésitante. Personne ne sait ce qui s'est vraiment passé il y a dix ans, et j'ai une imagination assez débordante.

— Déformation professionnelle ? plaisanta Cliff en caressant le dos de la jeune femme.

— Je suppose que oui, répondit-elle en riant un peu trop nerveusement. Mais tu sais, une nuit... j'ai vraiment cru entendre quelqu'un dans la maison.

Cliff s'immobilisa, puis se recula pour mieux voir son visage.

— Dans la maison ?

— Sûrement un rêve, dit-elle en haussant les épaules. J'ai entendu le plancher du grenier grincer, puis les marches, et une porte qu'on ouvrait et qu'on refermait. Tu imagines dans quel état j'étais...

— N'as-tu pas le téléphone dans cette chambre ?

— Eh bien, si, mais...

— Pourquoi n'as-tu pas appelé la police ?

Maggie soupira et regretta aussitôt d'avoir mentionné cette histoire. Cliff lui parlait comme un grand frère qui gronde sa petite sœur étourdie.

— Parce que j'avais décroché le combiné de la cuisine pour ne pas être dérangée pendant que je travaillais, et...

Elle secoua la tête.

— De toute façon, reprit-elle, heureusement que je n'ai pas téléphoné. Car je me suis sentie bien stupide au matin.

Imagination ou pas, songea Cliff, Maggie était une femme qui vivait loin de tout, et tout le monde le savait dans la région.

— Fermes-tu la porte à clé ?

— Cliff...

— Maggie, insista-t-il en la forçant à le regarder, fermes-tu la porte à clé ?

— Non, admit-elle avec embarras. Mais le shérif est venu, et...

— Stan est venu ?

Maggie poussa un soupir d'exaspération.
— Bon sang, Cliff! Vas-tu arrêter de m'interrompre?
— Désolé. Quand Stan est-il venu?
— Le lendemain de la visite des enquêteurs. Il voulait me rassurer. Il m'a semblé très consciencieux.

Maggie n'avait plus froid à présent, tant Cliff serrait son corps contre le sien. Une poussée de désir, forte et lancinante, s'empara de nouveau d'elle.

— Oui, c'est un bon shérif, acquiesça Cliff.
— Mais...? demanda Maggie, sentant qu'il ne disait pas tout.
— Rien. Une histoire personnelle, c'est tout, murmura Cliff en se dégageant.

Aussitôt, Maggie fut de nouveau transie de froid.

— Joyce..., prononça-t-elle d'une voix blanche.

Elle voulut sortir du lit, mais le bras de Cliff la tint en place.

— Tu es très douée pour en dire peu et sous-entendre beaucoup de choses, dit-il d'une voix sèche.

— Peut-être n'avons-nous pas grand-chose à nous dire...

— Tu sais, je n'ai pas à te fournir d'explications.

— Je ne t'en demande pas, répliqua Maggie.

— Bien sûr que si !

Furieux, Cliff se redressa, entraînant Maggie avec lui. La peau laiteuse de la jeune femme brillait dans la pénombre et sa chevelure formait un voile opaque sur ses épaules veloutées. Malgré lui, malgré sa volonté farouche de protéger sa vie privée, Cliff se sentit obligé de clarifier la situation.

— Joyce est comme une sœur pour moi, expliqua-t-il à contrecœur. Lorsqu'elle a épousé Stan, c'est moi qui l'ai accompagnée à l'autel. Je suis le parrain de leur fille aînée. C'est peut-être une sorte d'amitié que tu ne comprends pas.

Bien sûr qu'elle comprenait, se dit Maggie. Elle l'avait vécu avec Jerry. Mais l'amitié qui les avait unis s'était progressivement détériorée après leur mariage, car leur union avait été une erreur.

— Si, dit-elle doucement. Mais pourquoi t'inquiètes-tu tant au sujet de Joyce ?

— Ça ne regarde que moi.

— C'est ce que je vois.

Cliff émit un juron à mi-voix.

— Ecoute, Joyce mène une vie difficile. Elle ne voulait pas rester à Morganville... Plus jeune, elle rêvait de partir étudier dans une grande ville et de devenir actrice.

— Elle voulait être actrice ?

— Oui. Un rêve de gosse, répondit-il en haussant les épaules. En tout cas, elle a laissé tomber ce projet en épousant Stan, et... elle n'est pas heureuse d'être restée ici. Elle pensait que l'argent issu de la vente persuaderait son mari de partir, mais Stan ne veut pas en entendre parler.

— Ils pourraient trouver un compromis...

— Stan ne comprend pas pourquoi elle tient tant à partir. Elle n'avait que dix-huit ans quand elle l'a épousé. Ensuite, elle a eu trois enfants en cinq ans. Elle a passé la première moitié de sa vie à obéir à son père, et la seconde à s'occuper de ses enfants et de sa mère. Une femme comme toi ne pourra jamais comprendre ça.

— Assez ! cria brusquement Maggie en se dégageant. Je ne supporte plus que tu me considères comme une fille gâtée qui n'a aucune idée de ce que les gens ressentent ou vivent.

La colère bouillait à présent dans ses veines, si vive et puissante qu'elle ne pouvait plus la retenir.

— Quel genre d'homme es-tu donc pour coucher avec une femme que tu ne respectes pas ?

Interloqué par ce brusque accès de rage, Cliff la regarda sortir du lit.

— Attends une minute !

— Non, j'ai fait assez d'erreurs comme ça ce soir, annonça-t-elle tout en ramassant ses vêtements éparpillés sur le sol. Tu as eu tout ce que tu voulais, maintenant va-t'en.

Cliff eut toutes les peines du monde à ne pas exploser de rage. Mais elle avait raison... Il était venu pour coucher avec elle, voilà tout. Il ne voulait rien d'autre et ne tenait certainement pas à s'engager plus avant. Pourtant, il sentait que ses efforts pour tenter de se convaincre lui-même restaient vains.

Il attrapa à son tour ses vêtements tout en s'efforçant de rassembler ses pensées.

— Toi et moi, nous n'en avons pas encore fini, murmura-t-il.

— Vraiment ? dit-elle en lui faisant face.

Maggie sentit les larmes lui monter aux yeux. Elle savait parfaitement ce que Cliff pensait d'elle et, pour une fois, elle allait lui faire croire qu'il avait raison.

— Nous avons fait l'amour, et c'était bon pour

tous les deux, dit-elle d'une voix qu'elle voulait légère. Ce genre d'aventure n'est pas toujours très probant. Tu es bon amant, si ça peut flatter ton ego.

Cette fois, Cliff ne put retenir la vague de colère qui montait en lui. Il l'attrapa par les deux bras et l'attira vers lui.

— Bon sang, Maggie !

— Quoi ? répliqua-t-elle. Tu es frustré de ne pas l'avoir dit à ma place ? Rentre chez toi avec tes préjugés. Je n'ai pas besoin de toi dans ma vie.

Cliff la dévisagea. Tous les mots que Maggie prononçait lui faisaient mal. S'il restait, il n'était pas sûr de pouvoir se contrôler. L'étrangler ? Il en avait bien envie. La pousser dans le lit et assouvir encore une fois ce désir qui le taraudait sans relâche ? Encore plus tentant. A la tenir ainsi dans ses bras, il ne savait plus si c'était lui qui la secouait ou si lui-même tremblait de tous ses membres. S'il restait, quelque chose de fragile, de profondément enfoui en lui, allait remonter à la surface... Il le sentait et cela le terrifiait.

Il laissa retomber ses bras le long de son corps avant de s'éloigner.

— Ferme bien ta porte à clé, cria-t-il par-dessus son épaule avant de dévaler l'escalier.

Maggie se passa les mains derrière la nuque et laissa les larmes couler le long de ses joues. Elle aurait dû verrouiller sa porte à double tour depuis longtemps…

8.

Les jours suivants, Maggie travailla d'arrache-pied. Son parquet poncé et verni fut le premier de ses projets qu'elle mena à terme. Elle ajouta trois nouveaux pans de papier peint au mur de sa chambre, dénicha un tapis pour la salle de musique et nettoya les moulures du plafond de l'entrée.

Le soir, elle travaillait à son piano jusqu'à être trop fatiguée pour distinguer les touches ou pour distinguer la mélodie. A ces moments-là, elle décrochait systématiquement le téléphone. La vie d'ermite avait du bon : cela la rendait productive, et personne ne venait perturber sa journée. Elle finissait presque par croire que cette situation lui convenait parfaitement et qu'elle n'avait besoin de rien d'autre. Peut-être en faisait-elle un peu trop, se disait-elle. Mais ce n'était certainement pas pour oublier cette nuit passée avec Cliff. Cela avait été une belle erreur, et moins elle y penserait, mieux elle se porterait.

Mais la solitude totale ne dure qu'un temps.

Maggie repeignait la fenêtre de la salle de musique lorsqu'elle entendit un bruit de moteur se rapprocher. Devait-elle ignorer cette intrusion jusqu'à ce que son visiteur-surprise se lasse d'attendre à la porte et finisse par partir ? Elle s'en sentait tout à fait capable. Puis elle reconnut la vieille Lincoln de Louella Morgan, et elle descendit pour accueillir celle-ci.

Elle semblait encore plus frêle, remarqua Maggie en regardant Louella avancer dans le jardin. Sa peau paraissait translucide sous ses cheveux gris bien coiffés, et elle donnait l'impression d'être à la fois jeune et très âgée. Immobile, respirant visiblement avec difficulté, elle regardait en direction du fossé. Lorsque Maggie la vit faire un pas en direction de la zone clôturée, elle ouvrit la porte en grand et la héla.

— Bonjour, madame Morgan.

Louella tourna le regard vers elle et sembla mettre du temps à la reconnaître. Elle leva une main tremblante vers sa chevelure grise.

— Je voulais venir, expliqua-t-elle simplement.

— Mais bien sûr, répondit Maggie en souriant avec encouragement. Entrez, je vous prie. J'allais justement faire du café.

Louella gravit les marches que Bog devait réparer dès que Maggie l'aurait appelé.

— Vous avez fait des changements, je vois.

Maggie décida d'adopter un ton enjoué.

— Oui, je refais tout de fond en comble. Mais les jardiniers travaillent plus vite que moi.

Le petit Molosse bloquait l'entrée et retroussait les babines en grognant. Maggie le poussa gentiment pour qu'il les laisse entrer.

— Il y avait déjà ce papier peint lorsque nous avons emménagé ici, observa Louella dans un murmure, en regardant autour d'elle. J'avais eu l'intention de le changer…

— Vraiment ? Vous pourriez peut-être me donner quelques idées. Je n'ai pas encore décidé par quoi le remplacer.

— Il faudrait de la couleur, dit doucement Louella. Une couleur chaude et subtile à la fois, pour que les gens se sentent bien. C'est ce que je voulais.

— Vous avez raison, c'est tout à fait ce qu'il faudrait.

Maggie aurait voulu passer le bras autour des

épaules de cette femme, lui dire qu'elle comprenait sa détresse. Mais peut-être était-ce inapproprié ?

— Une maison comme celle-ci devrait sentir le citron et les fleurs, poursuivit Louella.

— J'y veillerai, lui assura Maggie, soudain consciente de la forte odeur de peinture et de poussière.

— J'aurais aimé la voir remplie de rires d'enfants. Les enfants donnent à la maison sa personnalité, vous savez.

Louella parcourut le salon du regard, une expression d'intense concentration sur le visage. Maggie devinait qu'elle le voyait tel qu'il avait été vingt ans plus tôt.

— Vous avez des petits-enfants, n'est-ce pas ? s'enquit-elle en la guidant vers le canapé.

— Oui, les enfants de Joyce. Le benjamin est à l'école, maintenant. Le temps passe si vite quand on est jeune. Avez-vous regardé les photos ? demanda-t-elle brusquement.

— Les photos ? répéta Maggie sans comprendre, puis elle se souvint et se dirigea vers la cheminée où elle les avait posées. Oh, oui. J'y ai juste jeté un coup d'œil. J'ai été tellement occupée… Mais vos roses avaient l'air magnifique, je ne suis pas sûre d'être aussi douée que vous…

Louella prit l'enveloppe et baissa les yeux.

— Les roses ont besoin d'amour et de discipline. Comme les enfants.

Maggie décida de ne pas insister pour le café. Elle s'assit près de Louella.

— Nous pourrions les regarder ensemble.

— Ce sont de vieux clichés, répondit Louella en examinant la première photo. On peut y voir tellement de détails, si l'on regarde attentivement. Là, c'est le début du printemps. Regardez : les jacinthes sont en fleur, les jonquilles aussi.

Maggie étudia l'image en noir et blanc, mais c'était l'homme et la petite fille qui retenaient son attention plutôt que les fleurs. Lui, grand et large d'épaules, les joues creuses, le visage émacié. A côté, l'enfant portait une robe fleurie nouée à la taille par un ruban, des souliers noirs à boucle et un petit bonnet. Ce devait être Pâques. La petite Joyce arborait un grand sourire. Elle devait avoir environ quatre ans, se dit Maggie. On pouvait imaginer que toute cette dentelle et ces chaussures neuves la rendaient très fière. Quant à William Morgan, son père, il n'avait pas l'air cruel, pensa-t-elle en observant son expression impassible, mais simplement distant. Maggie réprima un frisson et reprit la parole.

— Je veux planter quelques fleurs quand tout ce chantier sera fini.

Louella ne répondit rien et regarda la photographie suivante. Cette fois, Maggie aperçut Louella jeune femme. Sa robe et sa coiffure indiquaient que la photo datait d'au moins vingt ans. Le mauvais cadrage de la photo lui fit comprendre que la petite Joyce en était sûrement l'auteur.

— Les roses, murmura Louella en les désignant sur la photo. Elles sont mortes depuis longtemps, à présent.

— Avez-vous un jardin ?

— Joyce en a un, répondit Louella tandis qu'elle passait au cliché suivant. Je m'en occupe parfois, mais ce n'est pas la même chose quand c'est le vôtre.

— En effet. Mais Joyce doit apprécier votre aide.

— Elle n'a jamais aimé la ville, dit Louella presque à elle-même. Jamais. Dommage qu'elle me ressemble davantage qu'à son père.

— Elle est très gentille, affirma Maggie. J'espère la voir plus souvent. Son mari m'a parlé d'un dîner.

— Stan est quelqu'un de bien. Il est solide. Il

l'a toujours aimée, continua Louella, un sourire triste aux lèvres. Et il est gentil avec moi.

Lorsqu'elle prit la photo suivante, Maggie vit la vieille dame se raidir. Il s'agissait de William Morgan et du jeune Stan Agee, encore adolescent. Ce cliché plus récent était en couleurs et l'on devinait que c'était l'automne à la teinte des arbres. Les deux hommes portaient une chemise en flanelle, une casquette et une veste de grosse toile. Ils avaient chacun un fusil dans la main. Autour de leur taille brillaient des sortes de petits poids métalliques, observa Maggie. Puis elle comprit : des cartouches, pas des poids. Ils devaient être à la chasse. Ils se tenaient devant le fossé, remarqua-t-elle soudain. Elle secoua la tête et regarda les arbres du fond, leurs couleurs chamarrées qu'elle tenait tant à voir de ses yeux cet automne.

— C'est Joyce qui a dû prendre cette photo, murmura Louella. Elle chassait avec son père. Il lui avait appris à tirer à douze ans. Elle détestait les armes, mais tenait tant à lui faire plaisir.

Elle fit une courte pause, puis reprit :

— William a l'air heureux sur cette photo. Il adorait chasser. Et maintenant, on découvre qu'il est mort ici, pas dans le fleuve. Il n'a jamais quitté le domaine, et quelque part, je crois que je l'ai toujours su.

— Madame Morgan, chuchota Maggie, la main posée sur celle de la vieille femme. Tout ça doit être si difficile pour vous… J'aimerais tellement vous aider.

Louella tourna la tête et posa sur Maggie un regard dénué d'expression.

— Faites votre étang, dit-elle d'une voix blanche. Plantez des fleurs. C'est mieux ainsi. Le reste, c'est du passé.

Sur ces mots, elle se leva. Ses paroles avaient davantage perturbé Maggie que ne l'aurait fait une crise de larmes.

— N'oubliez pas vos photos, lui rappela-t-elle d'une voix douce.

— Gardez-les, dit Louella en se retournant sur le seuil de la maison. Je n'en ai plus besoin.

Lorsque le bruit de la voiture se fit plus distant, Maggie resta immobile un instant, l'esprit empli de questions. Pourquoi se sentait-elle si déprimée ? Etait-ce une réaction normale ou s'était-elle laissé emporter par un excès de compassion ? Ces jours derniers, elle avait réussi à se convaincre que toute cette histoire ne la concernait pas, mais une seule visite avait réduit tous ses efforts à néant.

Elle n'avait pas ressenti que de la compassion, se souvint-elle en se frottant les épaules pour se réchauffer. Elle avait éprouvé autre chose, une sensation inquiétante, lorsque Louella avait examiné ces photos. Mais non, se dit-elle en secouant la tête. Son imagination lui jouait de nouveau des tours, voilà tout. Tout de même, elle avait aperçu quelque chose d'étrange dans le regard de cette femme lorsqu'elle avait observé le dernier cliché. On aurait pu croire qu'elle fixait un détail particulier de la photo. Mais quoi ?

Le front plissé, Maggie ramassa les photos et examina le cliché en couleurs.

William Morgan avait les cheveux plus épars, le regard plus sombre que sur la photo de Pâques. Stan Agee se tenait à ses côtés : tout juste sorti de l'adolescence, la carrure encore frêle, les cheveux mal coiffés. Jeune, il paraissait plus vulnérable, observa Maggie. Et pourtant, il tenait son fusil avec aplomb. Elle comprenait pourquoi Joyce s'était entichée de lui au point d'abandonner ses rêves de gloire et de fortune. Il était jeune, beau et avait quelque chose à la fois d'espiègle et sensuel dans le bas du visage.

Elle comprenait également pourquoi Joyce avait désespérément cherché à plaire à son père.

William Morgan fixait l'objectif d'un air imperturbable, jambes écartées, fusil dans les mains. Cliff avait évoqué un homme dur et froid. Maggie n'avait aucun mal à s'en rendre compte, mais cela n'expliquait tout de même pas le trouble de Louella devant cette photo. Elle-même se sentait à présent perturbée, et ne pouvait pas davantage se l'expliquer.

Agacée par sa sensibilité excessive, Maggie plissa les yeux pour examiner encore plus attentivement la photo. Mais un bruit de moteur la tira bientôt de sa contemplation.

« Décidément, quelle journée ! » songea-t-elle avec humeur. Elle laissa tomber les photos d'un geste brusque et se dirigea vers la fenêtre.

Lorsque le pick-up de Cliff apparut, elle fut parcourue d'un incontrôlable frisson d'excitation. « Oh non ! s'écria-t-elle intérieurement. Pas ça. » Il lui fallait rester forte. Elle n'allait certainement pas faire la même erreur deux fois. Avec détermination, elle attrapa un pinceau et se mit à peindre le mur avec vigueur. Il pouvait frapper à la porte autant qu'il le désirait, décida-t-elle, elle avait bien trop à faire pour lui ouvrir.

Quelques minutes s'écoulèrent, mais Cliff ne frappait pas à la porte. Maggie continuait de peindre en s'efforçant de ne pas penser à ce qu'il pouvait bien fabriquer dehors. Mais elle finit par s'approcher discrètement de la fenêtre. Au passage, elle frotta son pantalon sur la peinture fraîche du cadre. Avec un juron, elle s'essuya tant bien que mal.

Cliff Delaney était bien le cadet de ses soucis, mais elle n'avait pas l'intention de le laisser arpenter son domaine comme bon lui semblait. Elle avait le droit d'aller voir ce qu'il faisait là et de le chasser. Elle reposa son pinceau. S'il voulait juste voir comment l'herbe poussait, il aurait pu avoir la courtoisie de s'annoncer!

Elle ouvrit grand la porte. Cliff n'était pas penché sur les petites pousses vertes qui venaient de poindre ces derniers jours, comme elle s'y était attendue. Il ne se trouvait pas non plus près des genévriers et du phlox. Peut-être examinait-il les coronilles derrière la maison?

Frustrée de ne pas y avoir pensé plus tôt, elle se retourna vers la maison, lorsqu'un mouvement près du fossé retint son attention. L'espace d'un instant, elle fut prise d'une peur panique. Ombres menaçantes et fantômes envahirent son esprit. Puis, elle reconnut Cliff. Honteuse de sa propre réaction, elle alla vers lui d'un pas ferme.

En s'approchant, Maggie vit le saule, encore jeune et d'un beau vert tendre. Cliff enfouissait les racines au fond du trou qu'il avait creusé à coups de pioche dans le sol rocailleux. Elle sentit son ventre se nouer aussi douloureusement que lors de sa dernière visite, quand ils avaient fait l'amour.

— Qu'est-ce que tu fais ici ? demanda-t-elle en redressant fièrement le menton.

— Je plante un arbre, répondit-il sans lever les yeux.

— Je le vois bien, dit-elle avec colère. Mais je n'ai jamais demandé qu'un saule soit planté là.

— En effet. Mais je ne te le ferai pas payer.

Toujours agenouillé, Cliff se pencha en avant pour tasser la terre autour du jeune tronc. Maggie observa ses mains et songea à ce qu'elles avaient accompli sur son propre corps. Il semblait avoir le même don pour la terre que pour l'amour…

Malgré elle, Maggie sentit l'excitation s'emparer d'elle. Elle croisa les bras et s'efforça de contenir son trouble.

— Pourquoi plantes-tu un arbre que je n'ai pas acheté ?

Cliff se redressa et s'appuya avec nonchalance sur le manche de sa pioche pour étudier la jeune femme. La revoir ne soulageait en rien la tension qu'il ressentait depuis des jours. Pourtant, il devait tâcher de se contenir. Il esquissa un petit sourire.

— Certains appelleraient ça un gage de réconciliation.

Maggie ouvrit la bouche pour lui répondre, mais se tut. Elle regarda l'arbre, si jeune, si fragile et qui pourtant allait un jour dresser ses branches au-dessus de l'étang. C'était la première fois qu'elle se projetait dans l'avenir depuis la macabre découverte... Cliff avait dû comprendre que le saule lui ferait redécouvrir toute la beauté et la sérénité du lieu. Soudain, Maggie se rendit compte que sa colère s'était évanouie.

— Un gage de réconciliation, répéta-t-elle en caressant une des feuilles délicates. C'est donc ça ?

La froideur de son ton ne pouvait dissimuler la chaleur de son regard, remarqua Cliff. Il se demanda combien d'hommes elle avait foudroyés avec ses yeux magnifiques. Il enfonça la pioche à ses pieds et inclina la tête sur le côté.

— Peut-être bien, répondit-il. M'offrirais-tu quelque chose de frais à boire ?

Il était venu s'excuser, se dit Maggie. Vu son

caractère bien trempé, ce geste devait lui coûter beaucoup. Elle devait à son tour faire un effort.

— Peut-être, répondit-elle sur un ton léger, avant de repartir vers la maison.

Un sourire se dessina sur ses lèvres quand elle entendit Cliff la suivre.

— Tes hommes ont fait un excellent travail, continua-t-elle sans s'arrêter. J'ai hâte de découvrir ce que les trucs sur le talus vont donner.

— Ce sont des coronilles, expliqua Cliff avant de s'arrêter pour examiner ces dernières, comme Maggie s'y était attendue. Elles devraient sortir d'ici quatre à cinq jours et recouvrir tout le talus d'ici la fin de l'été.

Il s'interrompit, mit les mains dans ses poches arrière et examina la jeune femme.

— Tu as réussi à travailler ?

Maggie haussa les sourcils.

— Un peu. Mais la maison me prend beaucoup de temps.

— Tu as lu les journaux ?

— Non, répondit-elle, étonnée. Pourquoi ?

Cliff haussa les épaules et tourna la poignée de la porte.

— Il y avait un grand article sur la découverte du corps de William Morgan sur son ancien domaine.

Un domaine, continua-t-il tandis que Maggie le suivait dans la cuisine, récemment acquis par une célèbre musicienne.

Maggie se raidit brusquement.

— Ils ont cité mon nom ?

— Bien sûr. Plusieurs fois.

— Bon sang, tout ce que je voulais éviter, murmura-t-elle en s'écroulant dans un fauteuil avant de jeter à Cliff un regard interrogateur. Il s'agissait de la gazette du coin, j'espère ?

Cliff alla se servir lui-même dans le réfrigérateur avant de lui répondre :

— Morganville n'a pas de gazette. J'ai lu ces articles dans le *Frederick Post* et le *Herald Mail*. D'ailleurs, si tu n'avais pas débranché ton téléphone, ça n'arrêterait pas de sonner…

Cliff s'interrompit, songeur. Ces dernières vingt-quatre heures, il avait lui-même essayé de la joindre une bonne dizaine de fois, sans succès. Il avait hésité entre la colère et l'inquiétude chaque fois qu'il était tombé sur la ligne occupée. Quel genre de femme laissait son téléphone coupé aussi longtemps ? Une femme qui ne voulait rien avoir à faire avec le monde extérieur ? Ou qui s'en cachait ? Il porta la bouteille à ses lèvres et but une longue gorgée avant de désigner le téléphone.

— C'est comme ça que tu fuis tes problèmes ?

Piquée au vif, Maggie se leva et replaça d'un geste sec le combiné sur son socle.

— Je n'ai pas besoin de fuir quoi que ce soit. D'ailleurs, tu as toi-même dit que cette histoire ne me concernait en rien.

— C'est vrai, admit-il en la fixant. Mais peut-être fuis-tu autre chose ? Essaies-tu de m'éviter ?

Maggie se dirigea à grands pas vers l'évier et se mit à frotter ses mains pour les débarrasser des dernières traces de peinture.

— Certainement pas, rétorqua-t-elle sèchement. Comme je te l'ai dit, j'ai eu beaucoup de travail.

— Au point de ne pas pouvoir répondre au téléphone ?

— Les appels me dérangent, en effet. Et si tu es d'humeur belliqueuse, Cliff, tu ferais mieux de reprendre ton gage de réconciliation et…

La sonnerie du téléphone retentit derrière elle et Maggie ne put terminer sa phrase que par un juron. Mais Cliff fut plus rapide qu'elle et décrocha le combiné. Il observa l'expression interloquée, puis furieuse de la jeune femme. Ses sautes d'humeur lui avaient manqué, constata-t-il en réprimant un sourire. Tout comme lui avait manqué l'affolante sensualité de son parfum...

— Allô ! Non, désolé, mais Mlle Fitzgerald n'est pas disponible pour le moment, annonça-t-il avant de raccrocher.

Maggie s'essuya les mains sur son jean et le dévisagea d'un air ulcéré.

— Je peux filtrer mes appels toute seule, merci bien. Si j'ai besoin d'une secrétaire, je te ferai signe.

Cliff but une nouvelle gorgée.

— Je t'épargne simplement des soucis supplémentaires.

— Je n'ai pas besoin que tu t'occupes de moi, répliqua-t-elle, furieuse. Ce sont mes soucis, et j'en fais ce que je veux !

Il partit d'un grand rire, mais avant que Maggie ne puisse lui dire le fond de sa pensée, le téléphone sonna de nouveau.

— Tu n'as pas intérêt à recommencer, dit-elle d'un ton menaçant en poussant Cliff pour répondre elle-même. Allô !

— Bon sang, Maggie, tu as encore laissé ton téléphone débranché !

Elle laissa échapper un soupir d'exaspération : elle aurait encore préféré parler à un journaliste...

— Bonjour, C.J. Comment vas-tu ?
— A ton avis ?

Maggie posa une main sur le combiné et lança un regard sévère à Cliff.

— Tu n'as pas besoin de rester, chuchota-t-elle.

Cliff sourit et but une autre gorgée avant de s'asseoir confortablement dans un fauteuil.

— Maggie ! cria la voix de C.J à l'autre bout du fil. A qui parles-tu ?

— A personne, mentit-elle, en tournant le dos à Cliff.

— Ça fait vingt-quatre heures que je fais des pieds et des mains pour te joindre, Maggie ! C'est vraiment irresponsable de laisser ton téléphone décroché.

— Je l'ai fait exprès, figure-toi.

— Si tu n'avais pas répondu cette fois-ci, je t'aurais envoyé un télégramme. Je ne sais même pas s'il serait parvenu jusqu'à ton coin perdu. Peux-tu me dire ce que tu deviens ?

— J'ai beaucoup travaillé, répondit Maggie du bout des lèvres. Et si j'ai débranché le téléphone, c'est que je ne tiens pas à être déconcentrée. Je te rappelle que je suis venue ici pour qu'on me laisse en paix. Une paix que j'attends toujours…

— Belle mentalité, commenta C.J en attrapant une boîte de calmants dans son tiroir. Tout le monde s'inquiète pour toi, tu sais ?

— Je ne vois pas pourquoi. Je vais bien ! insista-t-elle d'une voix lasse.

— Tu m'en as tout l'air…

Maggie s'efforçait de se contenir. C.J savait la provoquer, et elle ne tenait vraiment pas à perdre son calme.

— Désolée, C.J, mais je suis fatiguée qu'on critique mon choix.

— Je ne te critique pas, marmonna son agent en avalant un cachet. Je m'inquiète, c'est tout. Bon sang, Maggie, comment veux-tu qu'on garde son sang-froid en lisant ce qui t'arrive dans les journaux ?

Maggie se figea et sans réfléchir, se tourna vers Cliff. Celui-ci la scrutait intensément, les doigts serrés autour de la bouteille.

— Qu'as-tu lu ? demanda-t-elle d'une voix blanche.

— Qu'on a trouvé un homme, ou du moins ce qu'il en reste, enterré sur ton terrain. Mon Dieu, Maggie, j'ai failli avoir une crise cardiaque en lisant ça. Et puis, je ne pouvais pas te joindre, alors…

— Je suis désolée. A vrai dire, je n'imaginais pas qu'on puisse en parler dans la presse, pas jusqu'à Los Angeles, du moins.

— Tu comptais vraiment me cacher cet événement ?

Maggie sourit au ton offusqué de son ami.

— Oui, mais j'aurais appelé pour t'en parler si j'avais su que les nouvelles iraient si loin.

— Si loin ? répéta-t-il sur un ton incrédule. Maggie, n'importe quelle histoire te concernant fait aussitôt le tour de la planète. Tu devrais le savoir…

Du bout des doigts, Maggie se frotta lentement les tempes.

— C'est vrai. Alors, tu comprends mieux pourquoi j'ai tellement envie de m'éloigner.

— Tu ne pourras jamais échapper à l'attention des médias. Où que tu vives.

— Apparemment non, soupira-t-elle.

C.J se passa la main sur son ventre noué et se demanda si un verre d'eau gazeuse lui ferait du bien. Un whisky lui semblait une bien meilleure idée.

— Je n'ai pas lu les journaux, continua Maggie. Mais je suis sûre que toute cette histoire a été exagérée.

— Exagérée ? hurla C.J, si bien que Maggie dut éloigner le combiné de son oreille. Tu es tombée sur des os humains, oui ou non ?

Maggie fit une moue de dégoût et dut se concentrer pour garder une voix posée.

— Pas vraiment, répondit-elle. C'est le chien qui les a déterrés. La police est immédiatement venue pour enquêter. Je suis restée en dehors de tout ça.

Du coin de l'œil, elle aperçut Cliff hausser les sourcils en entendant sa dernière phrase.

— L'article dit que cet homme a été assassiné et enterré à quelques mètres à peine de ta maison.

— Ça fait dix ans, C.J, expliqua-t-elle, une main posée sur son front à présent douloureux.

— Maggie, reviens à la maison.

Elle ferma les yeux. Le ton suppliant de son agent la faisait toujours fondre.

— C.J, c'est ici, ma maison.

— Comment veux-tu que j'arrive à dormir la nuit quand je t'imagine toute seule au milieu de nulle part ? Tu es une des femmes les plus célèbres, les plus riches et les plus talentueuses de ta génération, et tu vis dans un désert !

— Je peux vivre où bon me semble.

A son ton et à sa façon de s'exprimer, Maggie

sentait que son ami s'inquiétait sincèrement pour elle. Elle baissa le regard vers le chiot assoupi, releva les yeux et vit que Cliff la dévisageait toujours.

Elle sourit et prit une voix rassurante.

— Molosse veille sur moi. Je ne pourrais être davantage en sécurité.

— Tu ferais mieux d'engager un garde du corps.

Le rire de Maggie fusa.

— Arrête de jouer au grand frère ! Un garde du corps est bien la dernière chose dont j'aie besoin. Je vais bien, j'ai fini ma partition, j'ai encore des tas d'idées pour de nouvelles chansons et je songe même à écrire une comédie musicale. Parle-moi plutôt de ma partition. Qu'en as-tu pensé ?

— Tu sais qu'elle est parfaite, murmura C.J. C'est probablement ton meilleur morceau à ce jour.

— Encore ! supplia-t-elle en riant. Complimente-moi encore : mon ego est en manque.

C.J soupira. Il se savait vaincu.

— Les producteurs l'ont écouté, et ils sont ravis. Ils aimeraient que tu viennes superviser l'enregistrement.

— Pas question, dit-elle sur un ton catégorique.

— On serait bien venus jusqu'à toi, mais Hicksville n'est pas équipé d'un studio d'enregistrement, expliqua C.J, non sans ironie.

— Le village s'appelle Morganville, corrigea Maggie. De toute façon, vous n'avez pas besoin de moi pour enregistrer.

— Ils veulent que tu interprètes la chanson principale.

— Quoi ? dit-elle en se raidissant.

— Ecoute-moi bien avant de refuser, prévint C.J sur un ton plein de diplomatie. Je sais que tu as toujours refusé d'interpréter tes propres morceaux, et je n'ai jamais insisté pour que tu le fasses. Mais cette fois, tu devrais réfléchir. Maggie, cette chanson, c'est du tonnerre ! Personne mieux que toi ne pourrait lui donner toute sa signification. On avait tous envie de prendre une douche froide après l'avoir écoutée.

Maggie rit, mais sans savoir quoi penser de cette proposition.

— J'ai en tête une demi-douzaine de musiciens qui pourraient l'interpréter, tu sais. Vous n'avez pas besoin de moi.

— Ils pourraient l'interpréter, je te l'accorde, mais pas aussi bien que toi. Cette chanson a besoin de toi, Maggie. Réfléchis-y.

Pas question de refuser tout de suite, se dit-elle. Elle avait suffisamment agacé son agent pour aujourd'hui.

— D'accord, j'y penserai.

— Donne-moi ta réponse d'ici une semaine.

— C.J...

— O.K., O.K., deux semaines.

— Entendu. Et encore désolée pour le téléphone.

— Tu pourrais au moins t'acheter un de ces horribles répondeurs.

— Peut-être. Prends soin de toi, C.J.

— Tu devrais suivre ton propre conseil.

— C'est ce que je fais. Au revoir.

Maggie raccrocha et exhala un long soupir.

— C'est comme si je venais de me faire gronder par le proviseur de l'école.

Cliff l'observa attraper un torchon bien plié, le rouler en boule et le reposer.

— Tu sembles savoir comment t'y prendre avec lui.

— Oui, à force de persévérance.

— S'inquiète-t-il toujours autant?

— Toujours. La nouvelle est parvenue jusqu'en Californie, et comme il n'arrivait pas à me joindre...

Elle ne finit pas sa phrase et regarda d'un air soucieux vers la fenêtre.

— Tu es tendue, observa Cliff.

Maggie reprit le torchon et le laissa tomber sur le rebord de l'évier.

— Non.

— Si. Je le vois bien.

Il se leva et s'approcha d'elle. Puis il posa une main sur son épaule.

— Je le sens, ajouta-t-il.

Le contact de ses doigts sur sa peau fit tressaillir Maggie, qui tourna lentement la tête.

— Ne fais pas ça.

Cette fois, Cliff posa ses deux mains sur ses épaules, puis commença à masser la jeune femme. Essayait-il de la calmer, ou bien de se calmer lui-même ? se demanda-t-il.

— Tu ne veux pas que je te touche ? J'ai du mal à me retenir...

Prête à défaillir, Maggie lui prit les poignets.

— Eh bien, fais un effort, exigea-t-elle en faisant mine de le repousser.

— J'ai déjà fait beaucoup d'efforts ces derniers jours, répondit-il tout en continuant d'exercer de délicieuses pressions sur les épaules de Maggie, qui sentait tous ses membres se relâcher. Mais j'ai compris que tous ces efforts pouvaient être mieux employés à te faire l'amour.

Maggie retint son souffle. La tête commençait à lui tourner et sa respiration se faisait plus rapide.

— Nous n'avons rien à faire ensemble, lança-t-elle.

— Tu sais comme moi que ce n'est pas vrai, murmura Cliff, la tête penchée vers elle, si bien que ses lèvres vinrent effleurer ses tempes brûlantes.

Maggie ne put réprimer un soupir de volupté. Voilà ce qu'elle désirait, et rien d'autre. Pourtant, il lui fallait lutter.

— Le sexe n'est pas…

— Le sexe est un aspect nécessaire et agréable de la vie, intervint Cliff avant de s'emparer doucement de ses lèvres.

Maggie frissonna de tout son être. Cet homme savait exactement comment la séduire, pensa-t-elle, l'esprit de plus en plus confus. Toute résistance était vaine à présent : elle sentait son corps s'amollir, se soumettre aux caresses de Cliff. Des flammes de désir la consumaient.

— Nous allons faire l'amour, mais il n'y aura rien d'autre entre nous, murmura-t-elle.

Cliff ne savait si ce dernier commentaire tenait davantage de la question que de l'affirmation, mais cela lui convenait parfaitement. Il ne désirait pas s'amouracher pour le reste de sa vie d'une femme qu'il ne comprenait pas. S'il ne s'agissait que d'une pulsion sexuelle, il était prêt à la satisfaire. Son envie d'elle n'impliquait rien de plus. Et lorsqu'elle se laissait faire ainsi, qu'elle était entre ses bras, pourquoi penser aux conséquences ?

— Laisse-toi aller, chuchota-t-il contre ses lèvres. Je veux sentir la chaleur de ta peau sous mes doigts, les battements de ton cœur.

Elle voulait tout lui donner, pensa Maggie, en proie au vertige. Du moment qu'il restait ainsi contre elle, que ses lèvres continuaient leur exploration sensuelle et insistante... Cliff lui enleva son T-shirt puis caressa sa poitrine de bas en haut, un mouvement qui donna envie à Maggie de crier d'extase. Puis il s'empara de ses seins.

Elle sentait sa tête résonner des battements de son propre cœur. Elle se souvenait de chaque centimètre de son corps nu... Il sentait le grand air, la terre, et cette odeur l'enivrait.

Ils retournaient à l'état sauvage, comme le terrain qui les avait rapprochés, comme les bois qui les entouraient. Maggie savait que leur désir recelait un danger, certes, mais surtout du plaisir et de l'émerveillement. Alors, elle abandonna toute tentative de résistance et se laissa complètement aller.

— Maintenant, murmura-t-elle d'une voix rauque. Je te veux maintenant.

Sans réfléchir davantage, ils s'allongèrent à même le plancher. Leur lutte pour se déshabiller ne fit qu'ajouter à leur excitation. Ils s'enlacèrent enfin, consumés par une passion brûlante.

Lorsque la sonnerie du téléphone retentit, ni l'un ni l'autre ne l'entendirent. Frissons, gémissements, passion : il n'y avait rien d'autre. Avec de plus en plus de frénésie, ils recherchaient les caresses de l'autre. Sous eux, le sol était dur et doux à la fois. Ils y roulèrent comme s'il se fût agi d'un édredon de plume. Le soleil s'infiltrait par la fenêtre et répandait ses rayons sur leurs corps nus.

Enfin, ils s'abandonnèrent à l'ardeur de leur désir.

L'heure, l'endroit n'avaient plus aucune importance. Cliff chercha la bouche de Maggie et y posa ses lèvres. Son envie de la posséder, complètement, le submergeait. Il empoigna ses hanches et la hissa sur lui, sa peau laiteuse venant frotter délicieusement contre la sienne. Il la sentit trembler, tout comme il sentait, dans son propre corps, le flux de passion réduire à néant ses dernières tentatives pour garder le contrôle. Quand il la pénétra, Maggie se cambra de plaisir.

Puis le rythme se fit de plus en plus rapide, les entraînant tous deux vers les sommets de la jouissance.

A travers ses paupières mi-closes, Cliff la vit frissonner au moment ultime. Il fut alors emporté avec elle dans le tourbillon de leur danse du feu.

9.

Cliff ouvrit les yeux. Combien d'heures s'étaient écoulées ? Il ne pouvait le dire. Il essaya de le deviner en observant la position du soleil par la fenêtre, en vain. Une sensation de bien-être engourdissait tous ses membres. Il tourna la tête vers Maggie, endormie à ses côtés. Comme dans un rêve, quelques détails lui revinrent à la mémoire. Il se souvint d'avoir porté la jeune femme dans la chambre, où ils s'étaient tous deux laissés tomber sur le lit. Enlacés, ils avaient ensuite sombré dans un profond sommeil.

Sur le sol de la cuisine... Cliff se passa la main sur le visage, oscillant entre satisfaction et étonnement. Il lui avait fait l'amour sur le sol de la cuisine, comme un adolescent dominé par son désir. Il aurait dû être davantage maître de ses actions... Pourtant, il ne l'avait pas été les deux fois où il lui avait fait l'amour. Et rien ne disait qu'il agirait autrement à l'avenir : Maggie semblait détenir un étrange pouvoir qui le déstabilisait profondément.

Il repoussa quelques boucles du visage de la jeune femme toujours assoupie pour mieux l'observer. Cette habitude qu'il avait de la dévorer du regard ne semblait pas vouloir l'abandonner. Du reste, à la voir si tranquille et apaisée, il éprouvait un étrange besoin de la protéger. Or, jamais aucune femme n'avait éveillé de telles sensations chez lui. Et cette pensée ne manquait pas de le perturber.

Quand elle dormait, elle avait l'air fragile, menue. Mais lorsqu'il la prenait dans ses bras, elle semblait invulnérable.

Qui était donc cette Maggie Fitzgerald ? se demanda-t-il tandis qu'il dessinait du bout des doigts le contour de sa bouche. Elle n'avait pas une beauté parfaite, pourtant, son visage pouvait hanter un homme à tout jamais. Il savait qu'elle pouvait faire preuve de gentillesse ou de compassion et qu'elle était capable de gérer seule les problèmes.

Cliff la serra doucement contre lui. Elle murmura quelque chose mais ne se réveilla pas. Bien sûr, il savait qu'elle n'avait rien à voir avec ce qui s'était passé ici dix ans plus tôt, et Morganville était une bourgade tranquille, mais il ne pouvait s'empêcher de frissonner à l'idée de la savoir seule dans cette grande maison isolée. Sous la tranquillité se cachait parfois une incontrôlable agitation... Lui-même avait pu le constater ces deux dernières semaines.

Dire que le meurtrier de William Morgan vivait en toute liberté depuis dix ans. Cette personne arpentait sans doute les rues du centre-ville, bavardait devant la banque, allait encourager les joueurs de basket... Cette idée lui faisait froid dans le dos. Car cette personne ferait sûrement tout pour continuer cette vie sans histoire. Et puis, ne disait-on pas qu'un meurtrier revenait toujours sur les lieux de son crime ? C'était peut-être un cliché, mais...

Maggie ne trouva personne à ses côtés lorsqu'elle s'éveilla. Etait-ce le matin ? se demanda-t-elle, l'esprit confus. Elle remua dans le lit et leva les mains pour repousser les cheveux qui balayaient ses joues. Elle sentit alors dans son corps la suave torpeur qui engourdit souvent les membres après l'amour. Cela acheva de la réveiller. Non, il n'y avait personne d'autre qu'elle dans la pièce.

Avait-elle rêvé ? Non. Lorsqu'elle toucha les draps,

elle remarqua qu'ils étaient encore tièdes. Et les oreillers portaient encore l'odeur de Cliff.

Ils avaient fait l'amour à même le sol, dans la cuisine, se souvint-elle soudain. Elle se rappela aussi qu'il l'avait portée dans ses bras jusqu'à la chambre, avec des gestes tendres et attentifs, comme il l'aurait fait pour un objet précieux. Ce souvenir la fit sourire.

Mais il était parti, sans rien dire.

« Allons, Maggie, se réprimanda-t-elle. Ne sois pas bête. » Depuis le début, elle savait pertinemment que le désir les avait poussés à agir ainsi, pas l'amour. De toute façon, ce dernier n'apportait que du malheur. Seules les femmes faibles et naïves tombaient amoureuses. N'avait-elle pas toujours tout fait pour ne jamais s'engager dans ce piège ?

Cliff ne l'aimait pas, et elle ne l'aimait pas. Maggie se mordit la lèvre. Non, se répéta-t-elle, elle ne l'aimait pas. Elle ne pouvait se le permettre.

C'était un homme intransigeant, même si elle avait maintenant aperçu un aspect plus doux de sa personnalité. Il se montrait intolérant, impatient et bien souvent impoli. Une femme n'avait aucun intérêt à s'enticher d'un homme pareil. Et puis, Cliff lui avait bien fait comprendre qu'il ne désirait que son corps, rien d'autre. Par deux fois, elle avait décidé de s'offrir à lui, et n'avait par conséquent aucun regret à avoir. Même s'il était parti sans un mot...

Maggie se pressa les mains sur les yeux, repoussant l'idée que, sans le vouloir, elle lui avait déjà donné davantage que son corps.

C'est alors qu'elle entendit le bruit. Un grincement discret juste au-dessus de sa tête. Lentement, elle baissa les bras et se tint sans bouger. Lorsqu'elle perçut un second grincement, la panique l'envahit d'un coup. Elle était bien réveillée, c'était l'après-midi, et les bruits venaient du grenier, pas de son imagination. Tremblante, elle s'efforça de sortir sans bruit de son lit et elle enfila un T-shirt. Cette fois, elle n'allait pas rester sans rien faire tandis que quelqu'un explorait sa maison ! Elle allait découvrir qui était cette personne et ce qu'elle voulait. D'un geste décidé, elle s'empara du tisonnier et se glissa dans le couloir.

L'escalier menant au grenier se trouvait à sa droite. Lorsqu'elle vit que la porte en haut des marches était ouverte, elle fut de nouveau saisie d'effroi. Cette porte était demeurée fermée depuis son emménagement. Frissonnant de peur mais déterminée, elle serra plus fort son arme improvisée et gravit lentement les marches.

Sur le seuil, Maggie s'immobilisa : derrière la porte, elle percevait un faible mouvement... Elle ouvrit d'un coup sec.

— Bon sang ! Tu pourrais blesser quelqu'un avec ça !

Elle bondit en arrière et se cogna contre le chambranle de la porte.

— Qu'est-ce que tu fais ici ? demanda-t-elle à Cliff qui la regardait d'un air sévère.

— J'inspectais les lieux, c'est tout. Quand es-tu montée ici pour la dernière fois ?

Maggie laissa échapper un long soupir de soulagement.

— Je ne suis jamais montée. Ce n'est pas vraiment sur ma liste des choses urgentes à faire.

Cliff hocha la tête et jeta un regard circulaire autour de lui.

— Eh bien, quelqu'un y est venu récemment, en tout cas.

Maggie observa la pièce elle aussi. Comme elle l'avait imaginé, il n'y avait là que poussière et toiles d'araignées. Le plafond mansardé était juste assez haut pour que Cliff puisse se tenir debout au milieu. Dans un coin, elle vit un vieux fauteuil à bascule qui, nota-t-elle, pourrait s'avérer joli une fois restauré. Il y avait également un canapé hors d'usage, deux lampes sans abat-jour et une grosse malle.

— On dirait pourtant que personne n'est venu ici depuis des lustres, objecta-t-elle.

— Regarde un peu, rectifia Cliff.

Il se dirigea vers la malle et grimaça devant la couche de poussière qui la recouvrait. Maggie le suivit, pieds nus.

— Et après? demanda-t-elle. Joyce m'a dit qu'elle avait laissé des choses ici dont elle ne voulait plus. Je lui ai dit que ça ne me dérangeait pas, et que je m'en débarrasserais le moment venu.

— On dirait que quelqu'un est venu récupérer quelque chose, dit Cliff, accroupi devant la malle.

Agacée et la gorge irritée par la poussière, Maggie se pencha vers l'endroit qu'il désignait. Alors, elle l'aperçut. Juste à côté de la serrure, on pouvait voir l'empreinte légère de doigts.

— Mais…, balbutia-t-elle.

En la voyant avancer la main vers l'empreinte, Cliff l'arrêta aussitôt.

— A ta place, je n'y toucherais pas.

— Quelqu'un est venu ici, murmura-t-elle en s'efforçant de garder son calme. Mais pourquoi ?

— Bonne question, dit Cliff en se redressant, la main de Maggie toujours dans la sienne. Je crois qu'on devrait demander au shérif ce qu'il en pense.

— Crois-tu que ça puisse avoir un rapport avec l'autre… chose ?

Maggie parlait d'une voix calme, mais Cliff sentait qu'elle était affolée.

— Ça m'étonnerait qu'il s'agisse d'une simple coïncidence, commenta-t-il.

— En effet, je vais appeler le shérif, dit-elle en se redressant.

— Laisse-moi faire.

Elle s'arrêta sur le seuil et lui jeta un regard courroucé.

— C'est ma maison.

— Je sais, acquiesça-t-il, avant de s'approcher et de poser les mains sur les hanches de la jeune femme. Mais si j'aime te regarder te promener à moitié nue, je ne suis pas sûr que Stan puisse rester concentré.

— Très amusant.

— Tu es belle.

Maggie écarquilla les yeux de surprise tandis

que Cliff se penchait vers elle pour l'embrasser avec une tendresse inattendue. Lorsqu'il releva la tête, elle ne put prononcer une parole ou effectuer le moindre geste.

— Je vais téléphoner au shérif, annonça Cliff d'une voix grave. Toi, enfile un pantalon.

Sans attendre sa réponse, il dévala l'escalier et la laissa seule, incapable de bouger. Désorientée, Maggie porta une main à ses lèvres. Ce baiser, songea-t-elle, était si inattendu... Et il était aussi difficile à expliquer que tout ce qui se passait entre eux en ce moment. Mais elle devait se ressaisir. Elle abandonna le tisonnier contre le mur du grenier avant de redescendre dans sa chambre. Qui aurait cru que Cliff pouvait embrasser comme ça ? Avec autant de douceur, de délicatesse ? L'espace d'un instant, elle avait cru sentir son cœur s'arrêter de battre, ses poumons se vider de leur air. Ce baiser si différent avait provoqué en elle une réaction totalement nouvelle. Et à présent, constata-t-elle avec panique, elle était tout entière à sa merci.

Face à son désir passionné, parfois même agressif, elle pouvait réagir avec la même énergie. Ils étaient alors égaux : si elle s'abandonnait, il en faisait de même. Elle répondait à la passion par la passion, au feu par le feu. Mais comment se comporter devant tant de douceur ? Que ferait-elle s'il l'embrassait de nouveau de la sorte ? Et combien de temps allait-elle attendre pour qu'il recommence ? Une femme pouvait tomber éperdument amoureuse d'un homme qui embrassait ainsi.

Maggie secoua la tête. *Certaines* femmes, rectifia-t-elle en enfilant à toute vitesse son pantalon. Mais pas elle. Non, elle n'allait pas tomber amoureuse de Cliff. Ce n'était pas un homme pour elle. Lui, tout ce qu'il voulait, c'était...

— Maggie !

La voix qui lui parvint du bas des marches la fit sursauter.

— Oui, répondit-elle tout en observant son expression effarouchée dans le miroir de la coiffeuse.

— Stan arrive.

— Très bien, je descends.

« Dans une minute, ajouta-t-elle silencieusement. Dans une minute. » Elle fit quelques pas hésitants, comme si ses jambes étaient en coton, et s'assit sur le lit.

Si elle était en train de tomber amoureuse, mieux valait se l'avouer tout de suite, lorsqu'il était encore temps d'intervenir. Encore temps ? Peut-être qu'il était trop tard depuis le premier jour de leur rencontre. Et maintenant, que faire ? Elle s'était laissé séduire par un homme qu'elle connaissait à peine, qu'elle avait toutes les peines du monde à comprendre et qui ne lui laissait envisager rien de très prometteur. Lui, il ne la comprenait visiblement pas et ne cherchait pas à faire changer les choses.

Pourtant, il avait planté un saule dans son jardin... Peut-être la comprenait-il mieux qu'ils ne l'imaginaient tous deux ? Bien entendu, il ne pouvait pas se passer quelque chose de sérieux entre eux, se dit-elle aussitôt. Ils vivaient sur deux planètes tellement différentes ! Mais pour le moment, elle n'avait pas d'autre choix que de suivre ce que lui dictait son cœur, en espérant que son esprit saurait faire la part des choses.

En se dirigeant vers l'escalier, Maggie se souvint que *jamais* son esprit n'avait réussi une telle chose...

En bas, tout semblait calme, mais dès qu'elle atteignit la dernière marche, elle sentit une bonne odeur de café. Elle resta un moment sans bouger, ne sachant si cela lui plaisait ou non de voir Cliff investir les lieux. Incapable de décider, elle se rendit dans la cuisine.

— Tu veux un café ? demanda Cliff lorsqu'il la vit.

Il se tenait nonchalamment appuyé contre le bar, dans sa position habituelle, une tasse de café fumant dans la main.

Maggie leva les sourcils.

— Puisque tu me le proposes. Tu as su trouver tout ce dont tu avais besoin ?

Il ignora son ton sarcastique et attrapa une tasse dans le placard.

— Oui. Tu n'as pas pris de déjeuner.

— Je déjeune rarement, répondit-elle en s'approchant pour se verser son café elle-même.

— Moi si, dit-il simplement.

Son naturel frisait l'arrogance, pensa Maggie en l'observant ouvrir le réfrigérateur et examiner son contenu.

— Fais comme chez toi, marmonna-t-elle avant de se brûler la langue avec le café.

— Tu devrais apprendre à faire des réserves, lui suggéra Cliff. En hiver, ce n'est pas rare de se retrouver bloqué par la neige pendant plus d'une semaine.

— Merci du conseil.

— Tu manges vraiment ça ? demanda-t-il en désignant un pot de yaourt au soja.

— Oui, figure-toi que j'aime ça.

Elle fit mine de refermer la porte du réfrigérateur sur sa main, mais Cliff la retira juste à temps, non sans avoir auparavant attrapé une cuisse de poulet.

— Je te signale que tu es en train de manger mon dîner, Cliff.

— Tu en veux un morceau ?

Avec un grand sourire, il lui tendit le poulet, et Maggie dut se concentrer pour ne pas rire.

— Non merci.

— C'est drôle, reprit Cliff d'un air songeur. Cette cuisine semble chaque fois m'ouvrir l'appétit.

Maggie se sentit troublée. Ils se tenaient exactement à l'endroit où ils avaient fait passionnément l'amour quelques heures plus tôt. Si Cliff cherchait à l'émouvoir, il avait gagné. Et s'il cherchait à lui faire oublier ce qu'ils avaient découvert dans le grenier, il avait gagné aussi.

D'un air décidé, elle s'avança vers lui et posa la main sur son torse. Il était temps de lui rendre la pareille, décida-t-elle.

— Après tout, je crois bien que j'ai faim moi aussi, lui murmura-t-elle avant de se hisser sur la pointe des pieds et d'effleurer ses lèvres.

Cliff en resta interdit. Depuis le début, c'était lui

qui menait le jeu de la séduction. Mais à présent ? Cette femme lui coupait le souffle. Son seul parfum suffisait à le mettre en émoi. Lorsqu'elle le dévisageait ainsi, le regard entendu, les lèvres entrouvertes, il ne voulait plus qu'une seule chose : la posséder. Elle et aucune autre femme. Il la désirait avec une force que rien n'aurait pu atténuer. Et cela le terrifiait, tout simplement.

— Maggie, chuchota-t-il d'une voix émue.

Il leva la main pour l'attirer à lui, mais les aboiements du chiot leur signalèrent qu'une voiture approchait de la maison. Cliff laissa retomber sa main.

— C'est sûrement Stan.
— Tu as raison, dit-elle avec un regard déçu.
— Tu ferais mieux d'aller ouvrir.
— D'accord, dit-elle sans le quitter des yeux. Tu viens ?
— Oui, donne-moi une minute.

Cliff attendit qu'elle soit sortie, puis laissa échapper un long soupir. Ce moment d'intimité l'avait rendu mal à l'aise. Pourquoi ? Il n'aurait su le dire, mais il n'aimait pas cela. L'appétit coupé, il délaissa le poulet pour sa tasse de café. Lorsque ses mains eurent fini de trembler, il en but le contenu d'une traite.

※
※ ※

Eh bien, beaucoup de choses demandaient à être analysées, se disait Maggie en se dirigeant vers la porte. Le shérif lui rendait de nouveau visite, Cliff se tenait bouche bée dans la cuisine comme si la foudre l'avait frappé, et elle-même se sentait dans un étrange état d'excitation. Qu'allait-il se passer ensuite ? Qui aurait cru qu'emménager à la campagne provoquerait autant de bouleversements dans sa vie ?

— Bonjour, mademoiselle Fitzgerald.

— Bonjour, Stan, salua Maggie en attrapant le chiot sous son bras pour le faire taire.

— Une vraie terreur, ce chien, plaisanta le shérif, la main tendue pour laisser le chien le renifler. Cliff m'a appelé... Il paraît que quelqu'un est venu fouiner chez vous ?

— C'est la seule explication plausible, en effet, dit-elle en se débattant avec le chiot indiscipliné. Apparemment, quelqu'un est monté au grenier... Sans doute la semaine dernière.

— La semaine dernière ? répéta Stan, la main posée négligemment sur la crosse de son arme. Pourquoi n'avez-vous pas appelé avant ?

Honteuse, Maggie reposa le chien à terre et lui

donna une petite tape sur le derrière qui le fit déguerpir vers la salle de musique.

— Je me suis réveillée dans la nuit et j'ai entendu du bruit. Sur le moment, j'avoue, j'ai paniqué, mais le matin... Le matin, j'ai cru que j'avais rêvé, et j'ai fini par oublier toute cette histoire.

Stan écoutait, opinant du chef en guise d'encouragement.

— Ensuite, reprit Maggie, j'en ai parlé à Cliff... euh... ce matin, et il est monté au grenier.

— Je vois.

En effet, elle eut soudain l'impression que le shérif devinait très bien ce qui s'était passé entre elle et Cliff.

— Salut, Stan, lança ce dernier d'un air parfaitement calme. Merci d'être passé.

« C'est moi qui aurais dû dire ça », pensa Maggie. Mais déjà, les deux hommes discutaient sans plus se soucier d'elle.

— C'est mon boulot, répondit Stan. Et toi aussi, tu fais du beau travail avec ce terrain.

— Oui, ça prend forme.

Stan esquissa un petit sourire en coin.

— Tu aimes toujours autant relever les défis.

Cliff le connaissait assez bien pour savoir qu'il faisait allusion à Maggie autant qu'au terrain.

— Je m'ennuierais, sinon, répondit-il en lui rendant son sourire.

— J'ai cru comprendre que tu avais trouvé quelque chose dans le grenier ?

— Oui. La preuve que quelqu'un est venu y chercher quelque chose.

— Il faut que j'y jette un œil.

— Suivez-moi, intervint Maggie en jetant à Cliff un regard éloquent.

Lorsqu'ils arrivèrent dans le grenier, Stan aperçut le tisonnier posé contre le mur.

— Quelqu'un pourrait trébucher, observa-t-il.

— Oh, je l'ai oublié là, s'empressa-t-elle de répondre, ignorant le sourire espiègle de Cliff.

— On pourrait croire que personne n'est venu ici depuis des années, remarqua Stan qui ôtait de son visage une toile d'araignée.

— Je n'y suis jamais montée avant aujourd'hui, répondit Maggie tout en suivant d'un regard anxieux une grosse araignée noire qui grimpait le long du mur.

Elle n'ajouta pas qu'elle s'était bien gardée de monter au grenier de peur d'y croiser un insecte, comme cette araignée hideuse, ou une souris.

— J'ai eu tellement de choses à faire dans la

maison, dit-elle avant de s'éloigner discrètement du mur.

— Il n'y a pas grand-chose, par ici, commenta Stan. Avec Joyce, on a pris ce qui nous intéressait quand elle a hérité. Louella avait déjà emporté ses affaires.

Il se tourna vers Maggie.

— Si vous n'êtes jamais venue ici, comment savez-vous qu'il manque quelque chose ?

— Nous avons repéré ça, répondit Maggie en marchant sur le plancher poussiéreux vers la malle.

Elle s'accroupit et montra l'empreinte de doigts laissée sur la serrure. Elle pouvait sentir l'aftershave bon marché de Stan, penché au-dessus d'elle. Une bouffée de nostalgie s'empara d'elle au souvenir du chauffeur de sa mère qui portait le même parfum. Aussitôt, Maggie sut qu'elle avait confiance en cet homme.

— Bizarre, murmura Stan en prenant garde de ne pas effacer les empreintes. L'avez-vous ouverte ?

— Non, on ne l'a même pas touchée, expliqua Cliff derrière lui.

Stan acquiesça et avança la main machinalement vers l'emplacement exact de l'empreinte, avant de s'arrêter juste à temps. Il se contenta de soulever avec précaution le loquet.

— On dirait que quelqu'un a ouvert ce coffre. Mais il est fermé à clé. Impossible de savoir ce qu'on y a mis ou s'il existe une clé... Peut-être que Joyce le saura, ou plus certainement Louella. Mais tout de même..., dit-il en secouant la tête, je ne vois pas ce qu'on pourrait venir chercher dans ce vieux coffre, surtout au moment où la maison est de nouveau occupée, après dix ans sans personne. Etes-vous bien sûre que rien ne manque en bas ?

— Oui, enfin... je crois. Presque tout ce que j'ai apporté ici se trouve encore emballé dans des cartons.

— Vous devriez vérifier, quand même.

— Vous avez raison.

Maggie descendit au premier étage, espérant soudain que quelque chose manquerait dans ses affaires. Comme cela, elle pourrait comprendre ce qui s'était passé : un simple cambriolage.

Suivie des deux hommes, elle alla dans sa chambre et vérifia d'abord que tous ses bijoux s'y trouvaient. Dans la chambre adjacente s'empilaient des cartons. Au premier coup d'œil, elle vit que personne ne les avait ouverts.

— Tout est là, confirma-t-elle. Il y a encore des

cartons en bas et des tableaux que je dois faire encadrer.

— Allons voir ça.

Maggie obéit au shérif et se dirigea vers le rez-de-chaussée.

— Je n'aime pas ça, chuchota Cliff à l'oreille de Stan. Je suis sûr qu'il ne manque rien.

— La seule explication serait un cambriolage.

— Pas quand on découvre un cadavre à quelques mètres d'ici.

— Je sais, soupira Stan en observant Maggie descendre devant lui. Des fois, il faut admettre qu'il n'y a pas d'explication.

— Vas-tu en parler à Joyce ?

— Je vais sûrement devoir, oui, dit Stan en s'arrêtant au bas des marches, la main posée sur la nuque, comme pour y apaiser une certaine tension. Mais Joyce s'est montrée forte, plus forte que je ne l'aurais cru. Je sais que quand on s'est mariés, beaucoup ont pensé que je voulais son héritage.

— Pas tout le monde, Stan.

Celui-ci haussa les épaules.

— De toute façon, toutes ces rumeurs se sont tassées quand je suis devenu shérif. Mais parfois, je me demande si Joyce a pensé la même chose.

— Elle me l'aurait dit, déclara Cliff d'un ton sec.

Stan eut un petit rire et se tourna vers lui.

— Tu as raison.

Maggie réapparut dans le couloir.

— Rien ne manque dans la salle de musique. J'ai quelques affaires dans le salon, mais...

— On ferait mieux de tout vérifier, l'interrompit Stan avant d'aller vers le salon, où il remarqua les pinceaux et les pots de peinture près de la fenêtre. Vous repeignez ?

— Oui, je voulais finir toutes les plinthes aujourd'hui, répondit-elle d'un air absent, mais Mme Morgan est venue me rendre visite, et...

— Louella ? la coupa Stan, le front plissé.

— Oui, mais elle n'est pas restée longtemps, assura Maggie en voyant son air contrarié. Nous avons juste regardé quelques photos qu'elle m'avait apportées.

Elle se baissa et prit le tas de photos sur le canapé.

— D'ailleurs, je voulais te les montrer, Cliff. J'aimerais que tu m'expliques comment obtenir un tel massif de roses.

Encadrée par les deux hommes, Maggie se mit à leur montrer les clichés.

— De toute évidence, Louella avait la main verte, murmura-t-elle. Je ne suis pas sûre d'avoir le même talent.

— Elle a toujours adoré cet endroit, dit Stan. Elle…

Il s'interrompit, les yeux fixés sur la photographie en couleur le montrant avec William Morgan.

— J'avais oublié que cette photo existait, reprit-il après un moment. Joyce l'a prise le jour de l'ouverture de la chasse au cerf.

— Louella m'a dit que Joyce chassait.

— Oui, intervint Cliff. Parce que son père y tenait. Morgan adorait les armes à feu.

« Et c'est une arme à feu qui l'a tué », pensa Maggie avec un frisson. Elle reposa les photos.

— Rien ne manque, apparemment, Stan.

Ce dernier posa de nouveau les yeux sur les photos.

— Bon, je vais vérifier que les portes et les fenêtres n'ont pas été forcées.

— Vérifiez toujours, dit Maggie avec un soupir gêné, mais je ne sais pas si j'avais fermé à clé, et au moins une ou deux fenêtres ont dû rester ouvertes.

Stan eut le regard que les parents adressent aux enfants quand ils ont fait une bêtise.

— Je vais de toute façon jeter un œil un peu partout. On ne sait jamais.

Lorsqu'il sortit, la jeune femme se laissa tomber sur le canapé sans rien dire. Pour se donner le temps de réfléchir, Cliff alla devant la cheminée et remonta le mécanisme de l'horloge qui s'y trouvait. La tension dans la pièce était palpable.

Maggie soupira. Pourquoi quelqu'un irait fouiller dans un coffre oublié depuis une décennie ? Pourquoi Cliff s'était-il trouvé précisément là au moment de cette découverte, tout comme il avait été là lors de l'exhumation des ossements ? Pourquoi était-elle tombée amoureuse de lui ? Le feu qui brûlait entre eux allait-il s'éteindre un jour ?

— Il ne semble pas y avoir eu d'effraction, annonça Stan quand il revint. Bien, je retourne en ville rédiger un rapport, mais je ne peux rien vous promettre. Je vous conseille de bien fermer à clé et de faire installer des verrous plus sûrs.

— Je vais rester ici quelques jours, annonça soudain Cliff.

Stupéfaits, Stan et Maggie le dévisagèrent sans rien dire. Pourtant, Cliff continua comme s'il n'avait pas remarqué la réaction de ses deux interlocuteurs.

— Maggie ne doit pas rester seule, même si je

pense que la personne qui est venue ici a trouvé ce qu'elle désirait.

— Entendu, dit Stan en se grattant le menton pour dissimuler un sourire naissant. Je connais le chemin, ne vous dérangez pas.

Maggie ne se leva même pas pour saluer le shérif qui partait. Elle attendit que la porte se referme derrière lui pour demander à Cliff :

— Tu n'es pas sérieux ?

— Bon, d'abord, il va falloir faire des courses. On ne peut pas survivre avec les maigres provisions que tu as dans ta cuisine.

— Je ne t'ai pas demandé de rester. J'en ai assez de devoir te rappeler à qui appartient cette maison !

— Je le sais parfaitement.

— Et maintenant, Stan est au courant ! Autant faire une annonce générale dans la gazette, pour nous deux...

Cliff lui sourit.

— Mets tes chaussures, nous allons en ville.

— Je ne vais pas en ville, et tu ne restes pas ici.

Cliff se déplaça si vite que Maggie n'eut pas le temps de reculer. Des deux mains, il lui attrapa fermement les bras.

— Je ne te laisse pas toute seule ici avant qu'on ait compris exactement ce qui s'est passé.

— Je te l'ai déjà dit : je peux me débrouiller toute seule.

— Peut-être, mais je préfère ne pas tenter l'expérience. Je reste, un point c'est tout.

Maggie le toisa longuement. A vrai dire, elle ne tenait pas du tout à se retrouver seule. A vrai dire, elle avait envie de lui, peut-être même trop... Et pourtant, c'était lui qui insistait, songeait-elle tandis qu'elle sentait ses nerfs se calmer peu à peu. Peut-être tenait-il davantage à elle qu'il ne voulait l'admettre ? Peut-être était-il temps pour elle de voir où tout cela pouvait mener ?

— Si je t'autorise à rester..., commença-t-elle.

— Je reste.

— Si je t'autorise, insista-t-elle sur un ton sévère, tu dois préparer le dîner ce soir.

Cliff leva les sourcils et relâcha son étreinte.

— Vu tes talents culinaires, je crois que c'est plus raisonnable, en effet.

Maggie ignora la pique et acquiesça.

— Très bien. Je vais mettre mes chaussures.

— Plus tard...

Sans même avoir le temps de réfléchir à ce

qui se passait, ils se retrouvèrent allongés sur le canapé.

— Nous avons toute la journée, murmura Cliff.

10.

Comble de l'ironie, au moment où Maggie commençait à s'habituer à la vie en solitaire, voilà que quelqu'un s'installait chez elle ! Cliff s'était imposé de manière discrète, sans bouleverser son quotidien. Il semblait doué d'un sens inné de l'organisation, une qualité que Maggie avait toujours admirée.

Il partait tôt, à une heure bien trop matinale pour se lever, selon Maggie. Il se préparait rapidement et sortait sans la réveiller. Parfois, lorsqu'elle descendait — bien plus tard — dans la cuisine, les yeux encore ensommeillés, elle trouvait un mot griffonné près de la cafetière.

« Tu as encore décroché le téléphone », indiquait-il. Ou « Plus de lait ! J'en prendrai en rentrant ».

Mais on ne pouvait pas vraiment considérer ces mots comme des lettres d'amour. Un homme comme Cliff n'allait assurément pas livrer ses sentiments sur le papier, comme Maggie l'aurait pourtant souhaité. Et cela ne faisait que les opposer davantage.

De toute façon, elle n'avait aucune preuve que Cliff ressentait quelque chose pour elle, autre chose que de l'impatience et même, parfois, un léger agacement. A certains moments, pourtant, elle avait l'impression qu'il se montrait plus tendre... Mais il ne se comportait pas vraiment comme un petit ami. Jamais de fleurs. Mais il avait quand même planté un saule pour elle... Jamais de douces paroles susurrées à son oreille, mais elle décelait parfois dans son regard une étincelle révélatrice. Ce n'était pas un poète ni un romantique, mais ce regard, ce long regard intense, en disait bien plus long que bien des discours.

Peut-être commençait-elle à le comprendre, malgré tout ? Et plus elle le comprenait, plus il lui était difficile de résister à l'amour qui grandissait en elle. Cliff n'était pas du genre à se laisser amadouer. Elle, au contraire, se laissait emporter par ses sentiments...

Elle n'habitait dans la maison que depuis un mois, mais elle commençait déjà à s'habituer à la façon de vivre des gens du cru : à peine faisait-elle le moindre geste que tout le monde était au courant.

Elle savait que les gens se faisaient toutes sortes d'idées sur elle, et seules quelques rares personnes pouvaient influencer l'opinion générale. Cliff en faisait partie, elle le savait. Encore aurait-il fallu qu'il se préoccupe de l'opinion des autres... Stan Agee et l'employée de la poste avaient également toute sa confiance, ainsi que Bog, qui, comme elle l'avait rapidement découvert, était une personne d'influence dans la petite ville.

L'opinion des habitants de Morganville évoluait certes moins rapidement qu'à Los Angeles, mais il fallait se méfier. A Los Angeles, les gens la considéraient comme une reine. Ici, on la prenait pour une étrangère. Sa réputation ne tenait qu'à un fil, et jusqu'à présent, elle avait eu la chance d'avoir les bonnes personnes de son côté.

Mais vu la vitesse à laquelle se répandaient les rumeurs, elle n'en revenait pas d'avoir accepté que Cliff vienne habiter avec elle.

Non, il *n'habitait* pas avec elle, se dit Maggie, tout en étalant de la colle sur le sol de la salle de bains fraîchement décapé. Il *restait* avec elle. A ses yeux, cela faisait une sacrée différence. Il n'avait pas emménagé, il n'avait apporté avec lui aucune valise, et n'avait jamais évoqué la durée de son séjour. Elle avait un peu l'impression d'héberger un invité sans avoir à le divertir ou à l'impressionner.

En fait, il était devenu son garde du corps. Et la nuit, lorsque le soleil disparaissait derrière les bois endormis, elle lui offrait son corps. Il prenait sa passion, sa faim, son désir. Un jour, peut-être accepterait-il ses sentiments, tout aussi brûlants ? Elle sentait qu'il avait fini par la comprendre aussi bien qu'elle le comprenait. Sans cela, et sans le respect qu'ils avaient l'un pour l'autre, émotion et désir se seraient déjà évanouis.

Maggie posa un autre carreau de faïence, puis recula pour juger de l'ensemble. Les tons gris donnaient à la pièce une ambiance rustique, où toutes les combinaisons de couleurs restaient possibles. Rien dans la décoration de sa maison ne devait être trop rigide ou trop ordonné, et elle tenait à effectuer l'intégralité des travaux d'aménagements.

A la vue des six carreaux de céramique qu'elle avait mis en place, Maggie sourit. Elle s'améliorait peu à peu, même si les pauvres petites fleurs plantées les premiers jours avaient définitivement rendu l'âme !

Satisfaite de son travail, elle hésita un instant sur la prochaine tâche à accomplir. Un des murs de la chambre attendait toujours son papier peint, et il faudrait ensuite se décider pour la couleur des rideaux. Ocre, chocolat, crème... « Des tons sobres », songea-t-elle. Dans le passé, elle avait toujours fait appel à des décorateurs ; à présent, si elle faisait une erreur, elle ne pourrait s'en prendre qu'à elle-même.

Elle rit tout haut et attrapa une nouvelle boîte de carreaux, pestant lorsqu'elle s'égratigna le doigt sur un des angles. « C'est le prix à payer pour vouloir bricoler soi-même », se dit-elle avant d'aller nettoyer sa plaie sous l'eau du robinet. Allons, mieux valait abandonner le carrelage pour l'instant, et passer au papier peint.

Lorsque Molosse se mit à aboyer, Maggie sut aussitôt que ce projet n'aboutirait encore pas aujourd'hui. Avec résignation, elle ferma le robinet et entendit alors le bruit d'un véhicule qui approchait. Elle regarda derrière les volets fermés de la fenêtre et aperçut l'inspecteur Reiker aborder le dernier virage du sentier. Pourquoi revenait-il ? se demanda-t-elle, soudain soucieuse. Y avait-il du nouveau ?

Reiker descendit de voiture. Il n'alla pas tout de suite sonner mais emprunta le chemin dallé que l'équipe de Cliff avait fini cette semaine. Quand il fut au bout, sans se retourner vers la maison, il regarda dans le fossé. Avec des gestes lents, il sortit une cigarette de sa poche et l'alluma. Pendant plusieurs minutes, il se tint immobile, à fumer et à observer la terre et les cailloux comme s'ils allaient lui souffler la réponse de l'énigme. Puis, il se tourna brusquement et regarda la fenêtre derrière laquelle Maggie se tenait.

Elle lui fit un petit signe de la main, auquel il répondit avant de se diriger lentement vers la maison.

— Bonjour, inspecteur.

— Bonjour, mademoiselle, dit-il en jetant son mégot dans les broussailles près du fossé. Votre domaine prend forme.

— Merci.

Maggie observait son interlocuteur avec attention.

— J'ai remarqué que vous aviez planté un saule, là-bas, reprit Reiker. Un peu de patience, et vous pourrez bientôt faire votre étang.

— Cela signifie-t-il que l'enquête touche à sa fin ?

Reiker se gratta le menton, l'air embarrassé.

— Je ne dirais pas ça, mais on y travaille.

Elle retint un gémissement de désespoir.

— Allez-vous procéder à de nouvelles fouilles ?

— Non. On a déjà fouillé deux fois. Mais je dois dire que je n'aime pas les questions sans réponses. Cette histoire date de dix ans, et cela joue contre nous.

Maggie s'efforçait de ne pas céder à l'exaspération. Etait-ce une simple visite de courtoisie ou voulait-il lui dire quelque chose de précis ? Elle se souvint combien il avait semblé mal à l'aise lorsqu'il lui avait demandé un autographe. La dernière chose dont elle avait besoin en ce moment, c'était d'un fan.

— Inspecteur, en quoi puis-je vous aider ?

— Je me demandais si vous aviez eu de la visite, dernièrement.

— Une visite ?

— Le meurtre a eu lieu ici, mademoiselle. Et plus on creuse, plus on trouve de personnes ayant eu des raisons de tuer Morgan. Beaucoup d'entre elles vivent encore ici.

Maggie croisa les bras sur sa poitrine.

— Si vous essayez de me mettre mal à l'aise, c'est gagné.

— Non, pas du tout, protesta Reiker. Je veux simplement vous tenir informée.

Il sembla hésiter un instant, avant de poursuivre.

— Nous avons découvert que Morgan avait retiré vingt-cinq mille dollars sur son compte le jour de sa disparition. On a retrouvé sa voiture, son corps, mais l'argent… envolé.

« Vingt-cinq mille dollars », se répéta Maggie. Une somme rondelette, et encore plus il y a dix ans.

— Pensez-vous que l'argent ait motivé ce meurtre ?

— L'argent est toujours un motif de meurtre. Nous interrogeons du monde, mais tout ça prend du temps. Jusqu'ici, personne ne s'est risqué à étaler une telle fortune aux yeux de tous.

Reiker s'apprêta à prendre une nouvelle cigarette, puis sembla changer d'avis.

— J'ai imaginé un ou deux scénarios possibles…, poursuivit-il.

Maggie voulut sourire pour montrer à Reiker qu'elle lui accordait toute son attention, mais sa migraine naissante l'en empêcha.

— Voulez-vous me les exposer ? demanda-t-elle simplement.

— Celui qui a tué Morgan est assez intelligent pour avoir brouillé les pistes. Le meurtrier savait que la possession d'une telle somme ne passerait pas inaperçue dans une ville comme la nôtre. Peut-être a-t-il paniqué et s'est-il débarrassé de l'argent ? Ou bien décidé de le cacher pendant un bon moment, le temps que les rumeurs se calment.

— Dix ans, c'est vraiment long…

— Certains font preuve de plus de patience que d'autres, répondit Reiker en haussant les épaules. Enfin, ce n'est qu'une hypothèse.

Maggie réfléchissait. Le grenier, la malle, l'empreinte de doigts…

— L'autre nuit, commença-t-elle avant de s'interrompre.

— Que s'est-il passé, l'autre nuit ? demanda aussitôt l'inspecteur.

C'était stupide de lui cacher cela, pensa Maggie avec culpabilité. Mais en parlant, elle s'impliquait définitivement dans cette histoire. Exactement ce qu'elle avait voulu éviter jusqu'ici. Mais après tout, c'était lui qui était chargé de l'enquête.

— Eh bien, il semblerait que quelqu'un soit venu dans mon grenier pour y prendre quelque chose… dans une vieille malle. Je ne m'en suis rendu compte que quelques jours plus tard, et j'ai immédiatement prévenu le shérif.

— Vous avez bien fait, assura Reiker en levant

les yeux vers la lucarne du grenier. A-t-il trouvé quelque chose ?

— Pas vraiment. Stan a déniché la clé, ou plutôt, Joyce a retrouvé la clé quelque part. Il est revenu ouvrir la malle, mais elle était vide.

— Me permettriez-vous d'y jeter un œil ?

Maggie hésita. Elle avait envie que tout cela prenne fin, et pourtant, chaque action qu'elle faisait semblait l'engager plus avant dans cette histoire.

— Bien sûr, répondit-elle. Suivez-moi. Mais je ne vois pas l'intérêt de cacher de l'argent dans le grenier, et d'attendre que la maison soit de nouveau habitée pour venir le récupérer.

— Vous avez acheté cet endroit dès sa mise en vente, lui rappela l'inspecteur.

— Oui, mais j'ai mis presque un mois avant d'y emménager.

— J'ai entendu dire que Mme Agee avait hésité avant de vendre. Son mari n'y tenait pas du tout.

— On entend beaucoup de choses, par ici.

Il lui adressa le même sourire gêné que lorsqu'il lui avait demandé un autographe.

— C'est mon travail de me renseigner.

Maggie ne répondit pas.

— Voilà, c'est ici, annonça-t-elle en entrant dans le grenier. J'ajoute que rien n'a été volé dans le reste de la maison.

— Comment sont-ils entrés ? demanda Reiker en pénétrant à son tour dans la pièce.

— Je ne sais pas, murmura Maggie. Je n'avais pas fermé à clé.

— Vous le faites, maintenant ? s'enquit-il en lui jetant un coup d'œil.

— Oui.

— C'est bien.

Il alla directement devant la malle, s'accroupit et étudia la serrure. L'empreinte était à présent recouverte de poussière.

— Vous m'avez dit que Mme Agee avait la clé ?

— Oui, mais peut-être était-ce un double. Apparemment, cette malle appartenait aux derniers locataires, un couple âgé. La femme l'a laissée ici après la mort de son mari. Il existerait deux clés, mais Joyce n'a pu en trouver qu'une.

— Je vois, murmura Reiker.

Il ouvrit la malle et regarda à l'intérieur, tout comme il avait regardé dans le fossé. Vides, à présent, tous les deux.

— Inspecteur, vous ne pensez tout de même pas que cela ait un rapport avec votre enquête ?

— Je n'aime pas les coïncidences, répliqua-t-il. Vous me dites que le shérif enquête ?

— Oui.

— Je lui parlerai avant de rentrer. Vingt-cinq mille dollars, ça ne prend pas de place, observa-t-il. Et c'est une grande malle.

— Je ne comprends pas pourquoi quelqu'un aurait caché cette somme dans une malle pendant dix ans.

— Les gens sont bizarres, répondit l'inspecteur en se redressant avec difficulté. Mais bien sûr, ce n'est qu'une hypothèse. Une autre consisterait à penser que la maîtresse de Morgan s'est sauvée avec l'argent.

— Sa maîtresse ? répéta Maggie sans comprendre.

— Alice Delaney, expliqua Reiker. Elle et Morgan ont été amants pendant cinq ou six ans. Vous savez, j'en ai appris des choses en parlant avec les gens d'ici…

— Delaney ? prononça lentement Maggie, espérant qu'elle avait mal entendu.

— C'est exact. D'ailleurs, c'est son fils qui s'occupe de votre terrain. Les coïncidences…, répéta-t-il, songeur. Dans mon travail, j'en vois beaucoup.

Maggie fit en sorte de paraître calme lorsqu'ils redescendirent du grenier. Elle accepta poliment les compliments de l'inspecteur lorsqu'il la félicita pour sa musique. Peut-être même sourit-elle quand, enfin, elle referma la porte derrière lui. Mais lorsqu'elle fut seule, elle sentit son sang se glacer dans ses veines et dut aussitôt s'asseoir.

La mère de Cliff avait été la maîtresse de Morgan pendant des années. Puis elle avait disparu, juste après la mort de son amant ? Cliff devait savoir ça. Tout le monde devait le savoir au village, pensa-t-elle en se couvrant le visage de ses mains. Dans quel piège était-elle tombée ? Et comment allait-elle s'en sortir ?

Peut-être commençait-il à devenir fou, mais Cliff avait l'impression qu'en conduisant le long de l'allée qui menait chez Maggie, il rentrait chez lui. Etant donné le mépris qu'il ressentait pour William Morgan, jamais il n'aurait pensé considérer un jour cette maison comme la sienne. Mais il n'aurait pas davantage pu imaginer que la nouvelle propriétaire des lieux allait le troubler à ce point… Cliff sentait qu'il n'avait plus aucune maîtrise sur les événements. Bien sûr, c'était lui qui avait décidé de rester avec elle, et ce serait lui qui déciderait de partir… au moment voulu. Il éprouvait le besoin de se dire qu'il *pouvait* partir, qu'il *allait* repartir.

Et pourtant, lorsque Maggie riait, toute la maison en était réchauffée. Lorsqu'elle se mettait en colère, les murs tremblaient. Et lorsqu'elle chantait et travaillait à son piano, le soir, au moment où les bois s'étaient faits silencieux et que la lune montait dans le ciel noir… Elle fredonnait des airs, essayait des notes et des paroles tout en composant. Pendant ce temps-là, Cliff se sentait progressivement envahi d'un irrépressible désir pour elle. Comment pouvait-elle être aussi concentrée, heure après heure, jour après jour, comment pouvait-elle jouer avec autant de passion et d'émotion ?

C'était une question de discipline, se disait Cliff. Le comble, pour une femme qui passait son temps à sauter d'un projet à un autre dans cette grande maison poussiéreuse ! Elle laissait les murs à moitié enduits, les plafonds à moitié peints. Caisses et cartons s'empilaient çà et là, la plupart n'ayant même pas été ouverts. Des rouleaux de papier peint jonchaient le sol. Sans doute ces travaux ne l'amuseraient-ils qu'un temps, avant qu'elle ne se lasse et trouve un nouvel endroit pour laisser libre cours à sa créativité.

Elle ne ressemblait à personne. Chose étrange, Cliff se rendait compte qu'il commençait à la comprendre. Certes, il lui aurait été facile de continuer à la considérer comme la star hollywoodienne qui avait racheté une maison en ruine sur un coup de tête ou simplement pour faire parler d'elle. Mais il avait vite compris qu'elle avait acheté cette demeure pour la seule et simple raison qu'elle l'aimait.

Oui, elle pouvait se montrer capricieuse. Elle avait tendance à donner des ordres avec un peu trop de facilité. Et lorsqu'elle n'obtenait pas ce qu'elle voulait, elle se braquait et devenait maussade. Cliff sourit. On pouvait dire exactement la même chose de lui, non ?

Et puis, la jeune femme avait eu du cran en ne prenant pas ses jambes à son cou après l'horrible découverte. Au contraire, même, elle semblait avoir pris ses marques. Il devait l'admettre, si elle décidait de rester pour de bon à Morganville, il serait le dernier à l'en empêcher. Rentrer chaque soir auprès d'une femme qui le faisait rire, enrager et vibrer de désir, c'était à présent une chose à laquelle il n'aurait renoncé pour rien au monde.

Cliff parcourut les derniers mètres qui le séparaient de la maison, et se gara au bout de l'allée. Le phlox bourgeonnait sur le talus. Le gazon laissait apparaître ses timides pousses vertes dans la terre brune. Au milieu, les pétunias de Maggie faisaient comme une tache de couleur. Tous deux s'étaient énormément investis dans ce terrain, songea Cliff. Et il pressentait que ce lien qui s'était ainsi tissé entre eux risquait d'être très difficile à briser.

A peine eut-il mis un pied hors de sa camionnette qu'il eut envie d'elle. Il avait envie de sentir son parfum, la douceur de sa peau. Il le savait, rien de ce qu'il ferait ne pourrait changer cela.

Sur le perron, Cliff fronça les sourcils. Pas de musique. Pourtant, Maggie jouait toujours du piano à cette heure de la journée. Quand il rentrait plus tôt, il congédiait son équipe et travaillait lui-même au jardin : à 17 heures précises, la musique commençait et ne s'arrêtait jamais avant au moins une heure, voire plus. Cliff regarda sa montre : 17 h 35. Interdit, il tourna la poignée de la porte.

Evidemment, elle n'était pas verrouillée, notat-il avec agacement. Le matin même, il lui avait laissé un mot pour la prévenir que son équipe ne viendrait pas aujourd'hui, et qu'elle ferait donc mieux de fermer à clé. Cette femme était désespérante, se lamenta-t-il intérieurement. Pourquoi ne se rendait-elle pas compte à quel point elle se trouvait isolée, ici ?

Cliff pénétra dans la maison. C'était calme. Bien trop calme, à son goût. Son agacement fit bientôt place à l'inquiétude. Pas de trace de Molosse. Une étrange sensation de vide semblait avoir envahi la maison. Son instinct lui disait que personne n'était là, mais Cliff inspecta quand même les pièces les unes après les autres, tout en appelant Maggie. Les murs lui renvoyaient l'écho de sa voix angoissée.

« Où diable était-elle ? » se demanda-t-il tout en grimpant quatre à quatre les marches de l'escalier. Il refusait de l'admettre et pourtant, il était complètement paniqué. Chaque jour, il s'assurait que les hommes de son équipe, ou du moins une partie, restaient sur place jusqu'à son retour : il ne voulait pas la laisser seule. Mais aujourd'hui, exceptionnellement, il avait manqué à la règle. Et elle avait disparu.

— Maggie ! cria-t-il un peu plus fort.

Il fouilla frénétiquement le premier étage, sans

vraiment savoir ce qu'il craignait ou espérait trouver. Jamais auparavant il n'avait ressenti une angoisse aussi violente.

Une paire de chaussures trônait sur le tapis de la chambre. Un chemisier pendait négligemment sur le dossier d'une chaise. Les boucles d'oreilles qu'il l'avait vue enlever la veille se trouvaient toujours sur la coiffeuse, à côté d'une brosse en argent gravée aux initiales de sa mère. Son parfum emplissait la pièce, comme toujours.

Lorsqu'il vit le nouveau carrelage de la salle de bains, il s'efforça de se calmer. Maggie semblait avoir encore entrepris un de ses projets sans queue ni tête. « Mais où donc était-elle ? »

Ses pensées se figèrent. Dans le lavabo, trois gouttes de sang se détachaient sur la porcelaine immaculée. La panique l'envahit aussitôt et il sentit son visage se vider de ses couleurs.

Soudain, dehors, quelque part, il entendit Molosse aboyer furieusement.

Cliff dévala l'escalier et sortit par la porte arrière. Mains dans les poches, tête baissée, Maggie sortait lentement des bois, Molosse sautillant joyeusement à ses pieds.

Il l'observa avancer tandis qu'un mélange de peur et de soulagement engourdissait son esprit.

Il courut vers elle et cria son prénom. Quand il l'eut rejointe, il l'enlaça et la serra avec force contre lui, les yeux fermés pour mieux sentir contre lui la chaleur de son corps. Dieu soit loué, elle était saine et sauve...

Cliff était trop submergé par ses émotions pour s'apercevoir que Maggie ne réagissait pas et restait de marbre. Il enfonça le visage dans la douceur soyeuse de ses cheveux.

— Où étais-tu passée ? demanda-t-il d'une voix rauque.

Maggie regardait fixement par-dessus l'épaule de Cliff en direction de la maison. Voilà donc l'homme qu'elle croyait comprendre... Voilà l'homme qu'elle avait commencé à aimer.

— Je suis partie me promener.

— Seule ? demanda Cliff avec inquiétude, sans desserrer son étreinte. Tu es partie seule ?

Tout en elle était froid, remarqua-t-il enfin. Sa peau, son ton, son regard.

— Oui. C'est mon terrain, et j'ai le droit de m'y promener seule si j'en ai envie.

Cliff faillit lui reprocher de ne pas avoir laissé un mot pour le prévenir, mais se retint à temps.

— Il y avait du sang dans le lavabo de la salle de bains, déclara-t-il simplement.

— Je me suis blessé le doigt en posant le carrelage.

— D'habitude, tu joues du piano à cette heure-là.

— Je n'aime pas la routine. Si tu veux qu'une gentille petite femme t'attende sagement à la maison quand tu rentres du travail, trouve-toi quelqu'un d'autre.

Sur ces mots, elle se dégagea et partit en direction de la maison. Rassuré de l'avoir retrouvée vivante, mais déconcerté par son attitude, Cliff la suivit dans la cuisine où Maggie se versait un verre. Du whisky, nota-t-il. Une première. Il remarqua que Maggie était livide, que ses épaules étaient raides.

— Qu'est-ce qui s'est passé ? demanda-t-il en se tenant à quelques pas.

Maggie remua son verre avant de boire. Le whisky était trop tiède à son goût, trop fort, mais elle reprit une gorgée.

— Rien.

La cuisine lui semblant soudain trop petite, elle prit son verre et sortit dehors. L'air était chaud et doux sur sa peau. Il n'y avait pas de murs ou de plafond pour l'étouffer. Elle fit quelques pas et alla s'asseoir sur le gazon fraîchement semé. Elle s'imagina assise là, l'été, à lire dans le silence de l'après-midi jusqu'à la tombée de la nuit. Son regard se perdit vers la cime des arbres.

— Maggie, vas-tu me dire ce qui se passe ? demanda Cliff qui l'avait suivie.

— Je suis de mauvaise humeur, expliqua-t-elle d'une voix sèche. C'est normal pour une star, non ?

Cliff s'évertua à garder son calme et s'assit à côté d'elle. D'une main, il lui prit le menton et attendit qu'elle veuille bien soutenir son regard.

— Parle-moi.

Maggie soupira. Il faudrait finir par tout lui raconter, mais qu'allait-il se passer ensuite ? Elle l'ignorait et ne pouvait s'empêcher de craindre ce moment.

Elle dégagea son menton.

— L'inspecteur Reiker est venu, répondit-elle avec réticence.

— Qu'est-ce qu'il voulait ?

Maggie haussa les épaules et but une nouvelle gorgée de whisky.

— Il n'aime pas les énigmes, et cette affaire en est remplie. Il semblerait que Morgan ait retiré vingt-cinq mille dollars de son compte le jour de son assassinat.

— Vingt-cinq mille ?

Cliff semblait réellement surpris, observa Maggie. Elle connaissait si bien cette expression, ce regard songeur, soucieux qui montrait qu'il était en train de passer en revue tous les détails de l'affaire. Mais comment pouvait-elle être sûre de quoi que ce soit, à présent ?

— On n'a jamais retrouvé l'argent. Reiker pense que le meurtrier l'a caché et a patiemment attendu que les gens oublient toute cette histoire.

Les yeux de Cliff se rétrécirent. Il tourna la tête et regarda en direction de la maison.

— Il l'aurait caché ici ?

— Il y a des chances, oui.

— Dix ans, il faut en avoir de la patience, murmura-t-il. Lui as-tu parlé de la malle dans le grenier ?

— Oui, il est monté la voir.

Il lui effleura l'épaule du bout des doigts, avec une infinie douceur. Voulait-il ainsi lui signifier qu'elle pouvait compter sur son soutien ? Pouvait-elle le croire ?

— Maggie, tu as l'air bouleversée. Tu ne me dis pas tout.

— En effet, admit-elle d'une voix calme, les yeux à présent plongés dans les siens. Reiker m'a raconté que la maîtresse de Morgan avait disparu juste après sa mort.

Maggie sentit la main de Cliff se resserrer brusquement sur son épaule. Quand il parla, sa voix était pleine de colère.

— Elle n'était pas sa maîtresse ! Ma mère a peut-être été assez naïve pour tomber amoureuse d'un homme comme Morgan et pour coucher avec lui, mais elle n'a jamais été sa maîtresse.

— Pourquoi ne me l'as-tu pas dit ? s'écria Maggie. Pourquoi as-tu attendu que je le découvre par moi-même ?

— Cela n'a rien à voir avec toi ou avec les événements de ces dernières semaines, répliqua-t-il d'une voix forte, avant de se lever.

— Pourtant, tu m'as dit que tu ne croyais pas aux coïncidences, fit remarquer Maggie d'une voix douce.

Cliff regarda Maggie dans les yeux. Devant la force et la beauté du regard de la jeune femme, il se sentit forcé d'expliquer ce dont il n'avait jamais parlé à quiconque auparavant.

— Après la mort de mon père, commença-t-il, ma mère s'est retrouvée seule et très vulnérable. Morgan a su comment tirer partie de cette situation... A l'époque, je vivais près de Washington. Mais si j'avais su ce qui se passait, j'aurais peut-être pu éviter tout ça. Morgan a exploité la faiblesse de ma mère. Lorsque j'ai appris qu'ils avaient une liaison, j'ai voulu le tuer...

Il avait prononcé ces paroles d'une voix froide et calme. Maggie sentit sa gorge se nouer.

— Mais elle était déjà trop amoureuse pour pouvoir agir, continua Cliff. Elle n'était pas la seule d'ailleurs... Louella et ma mère ont été amies des années durant, mais ça n'a rien changé. Lorsqu'ils ont retrouvé la voiture de Morgan dans le fleuve, ma mère a sombré dans le désespoir.

Cliff s'interrompit. Ressasser le passé lui était douloureux, mais les yeux bruns de Maggie semblaient insister pour qu'il continue.

— Ma mère n'a pas disparu... Elle est venue me voir. Elle était paniquée, et pour la première fois depuis le début de sa liaison avec Morgan, elle y voyait clair. Tout le monde ne réagit pas de la même façon devant un drame. Elle, elle a décidé de couper les ponts avec Morganville. Tout le monde savait pour elle et Morgan, et elle ne voulait plus être l'objet des ragots... Elle vit toujours à Washington, et je ne veux surtout pas qu'on la mêle à cette histoire.

Se montrait-il toujours aussi protecteur envers

les femmes de sa vie ? se demanda Maggie. Joyce, sa mère... Et elle ? Qu'était-elle pour lui ?

— Cliff, je comprends ce que tu ressens. Ma mère comptait plus que tout au monde pour moi aussi. Mais il n'y a rien que tu puisses faire. Les policiers cherchent à recoller tous les morceaux de l'énigme, et ta mère fait obligatoirement partie de celle-ci.

Cliff prit une longue inspiration. Maggie était préoccupée par autre chose, comprit-il soudain. Il se rassit à côté d'elle et contint le tremblement de sa main lorsqu'il la posa sur son épaule.

— Tu te demandes si j'ai joué un rôle dans cette histoire, c'est ça ?

— Arrête ! s'écria-t-elle d'une voix suppliante.

Elle tenta de se relever, mais Cliff la retint.

— J'aurais tout à fait pu éliminer Morgan pour mettre un terme à la relation destructive qu'il entretenait avec ma mère.

— Tu le détestais...

— C'est vrai.

Maggie ne détourna pas le regard. Elle voulait lire la vérité dans les yeux de Cliff. L'innocence, ou la culpabilité...

— Non, murmura-t-elle soudain en se serrant contre lui. Non, je te connais trop.

Cliff se sentit enveloppé tout entier par la chaleur du corps de Maggie, par la confiance qu'elle acceptait de lui donner.

— Tu en es sûre ?

— Oui, j'ai eu si peur, répondit-elle d'une voix à peine perceptible. Mais maintenant, tu es là.

Maggie ferma les yeux et respira avec délices l'odeur familière de Cliff. Il était bien réel, à ses côtés et, aussi longtemps qu'elle pourrait le retenir, il était à elle et elle seule.

Cliff se sentit de nouveau envahi par un trouble étrange. Il enfouit les mains dans la chevelure bouclée de la jeune femme.

— C'est normal de douter parfois des gens, tu sais.

— Mais je veux te faire confiance, insista-t-elle.

Maggie aurait voulu être seule au monde avec lui. Les autres ne comptaient plus. Elle prit son visage dans ses mains et l'attira vers ses lèvres.

Mais au lieu d'une étreinte passionnée et brûlante, il lui donna le plus doux et le plus tendre des baisers. Médusée, Maggie se recula et le dévisagea d'un air surpris. Pendant un long instant, elle se perdit dans les profondeurs de son regard. Puis, sans un mot, il se pencha de nouveau vers elle.

Sans la quitter des yeux, Cliff dessina lentement, du bout des doigts, le contour de son visage. Ce visage qui, se dit-il, le comblait tant qu'il ne voulait plus en voir d'autres. Doucement, il suivit les courbes de ses lèvres. Les seules lèvres qu'il voulait désormais connaître. Avec une douceur qu'il n'avait montrée à aucune autre femme, il l'allongea sur le sol. Son corps était le seul qu'il souhaitait posséder.

La douceur de Cliff étourdissait Maggie. Il l'embrassait si tendrement qu'elle sentait tous ses membres ployer sous l'intensité de ce baiser. Sous elle, l'herbe était fraîche. Le soleil brillait au-dessus d'eux... Submergée par ses émotions, Maggie ferma les paupières et laissa Cliff couvrir son visage de baisers.

Jamais aucun homme ne l'avait touchée ainsi. Il la caressait comme si elle était faite de porcelaine fragile. Il l'embrassait comme s'il goûtait la plus rare des friandises. Et elle sentit que ce n'était pas la passion qui s'emparait peu à peu de son esprit confus, mais bien l'amour...

— Cliff...

Elle aurait pu lui avouer tout cela, mais il s'empara de nouveau de ses lèvres avec une douceur qui la laissa sans voix.

Cliff n'avait jamais ressenti autant de plaisir à embrasser une femme. Le temps semblait comme arrêté, suspendu au-dessus de leurs deux corps étendus dans la fraîcheur de l'herbe printanière. Les pommettes de Maggie se coloraient d'un rose délicat, et le soleil éclairait sa chevelure de mille lueurs. Quel homme aurait pu résister à ce regard ? se demanda-t-il. Ses yeux lui disaient qu'elle lui appartenait, aussi clairement que l'eussent fait des mots. Elle s'abandonnait à lui. Avec lenteur, il posa les mains sur son corps.

Il la déshabilla tandis que ses baisers plongeaient Maggie dans un océan de plaisir. Lorsqu'elle fut nue, il observa comment le soleil illuminait sa peau nacrée. Il sentit la souplesse de son corps lorsque, dans un soupir, elle tendit les bras pour l'aider à se déshabiller à son tour.

Etrangement, Cliff n'éprouvait pas l'envie urgente, primitive, que Maggie faisait naître d'ordinaire en lui. Pour la première fois, elle éveillait en lui des émotions plus tendres, qui étaient enfouies au plus profond de lui-même.

Doucement, il se pencha vers ses seins. Il entendait son cœur s'emballer dans sa poitrine, tandis que sa langue explorait les douces courbes. Lorsqu'il saisit entre ses lèvres une des pointes tendues, il entendit la jeune femme émettre un soupir affolé.

Maggie glissa la main dans les cheveux épais de Cliff, et se laissa porter par les vagues de sensation qui montaient en elle.

Cliff continuait avec délices son exploration. Le corps de Maggie était une île qu'il lui fallait découvrir et admirer avant de la conquérir. Avec une infinie lenteur, il fit descendre ses lèvres chaudes et ses mains le long de son corps, suspendant un instant ses caresses lorsqu'il la sentait frissonner de plaisir. Il savait qu'elle se trouvait à présent plongée dans un monde régi par la passion, où les flammes du désir venaient la frôler de toute part. Il n'avait qu'une envie : la maintenir à cet endroit, durant des heures, des jours ou des années.

Il descendit le long de ses cuisses minces, d'un blanc d'ivoire, au creux desquelles il descendait lentement, très lentement.

Maggie avait oublié l'endroit où elle se trouvait. A travers ses paupières mi-closes, elle ne percevait que des visions brumeuses. Elle sentait, oh oui, elle sentait chaque caresse de ses mains, chaque frôlement de ses lèvres brûlantes. Elle entendait de doux murmures, des soupirs, qui pouvaient venir aussi bien d'elle que de Cliff. Tout avait disparu autour d'elle. Lentement, inexorablement, elle sentait la douceur de ses lèvres l'emmener vers le plaisir. L'extase allait l'emporter.

Cliff perçut aussitôt le changement en elle. Il entendit son souffle s'accélérer, ses gémissements se faire plus pressants. Il prenait tout son temps... Il voulait lui donner tout le plaisir du monde.

Maggie se cambra brusquement, saisie par l'intensité soudaine de son plaisir. Elle se soumettait avec délices à la caresse de plus en plus rapide, de plus en plus profonde.

C'était tout ce que Cliff voulait, la mener vers les cimes du plaisir. Il s'interrompit un instant, transporté à l'idée qu'il pouvait la combler tout entière. Lui seul savait éveiller les sensations qui naissaient dans le corps enfiévré de Maggie. Lui et lui seul.

Enivré par cette pensée, Cliff se glissa en elle et la prit avec une tendresse qu'il fit durer, encore et encore.

11.

Samedi matin

Maggie restait étendue, entre sommeil et éveil, sans nulle intention de se lever. Le bras de Cliff était posé sur son ventre et son souffle chaud lui caressait les joues. Paupières closes, elle se blottit tout contre lui, envahie par une sensuelle paresse.

Si dès le début, il lui avait montré combien il pouvait se montrer tendre, elle n'aurait eu aucun scrupule à tomber amoureuse. Ainsi, quel soulagement de lui découvrir une telle douceur, alors même qu'elle avait tant lutté contre ses sentiments ! Elle se sentait rassurée, confortée dans son amour.

Les discours menteurs et enjôleurs, très peu pour elle. Elle voulait Cliff, comme il était. Il aurait fallu être folle pour vouloir changer un homme capable à la fois d'une telle passion et d'une telle douceur. Elle, en tout cas, n'était pas folle, se dit-elle avec un petit sourire satisfait.

— Pourquoi souris-tu ?

Maggie ouvrit les yeux et découvrit le visage de Cliff à quelques centimètres du sien. A son expression, elle devina qu'il devait être réveillé depuis un certain temps. Elle cligna des yeux, s'efforçant de chasser ses délicieuses pensées, et sourit de nouveau.

— Je me sens bien, répondit-elle en s'approchant davantage. Je me sens bien avec toi.

Cliff glissa la main le long de son dos, vers ses hanches et ses cuisses. Lui aussi se sentait bien, songea-t-il.

— Tu es si douce, murmura-t-il.

Il se demanda comment il avait pu vivre toutes ces années sans connaître la douceur de cette peau nue, chaude et souple sous ses doigts. Il ne percevait plus aucune tension en Maggie, pas le moindre petit signe de la nervosité qu'il avait si bien appris à déceler chez elle. Mieux valait qu'elle reste ainsi, calme et détendue, le plus longtemps possible, songea-t-il. Les événements qui s'étaient déroulés dans sa propriété l'avaient fortement perturbée, et il ne souhaitait qu'une chose : l'aider à surmonter ce moment difficile.

Il s'approcha à son tour, basculant presque tout son poids sur Maggie, qui émit un petit cri de protestation.

— Vas-tu préparer le petit déjeuner ? demanda-t-il avec une lueur de malice dans le regard.

— Je croyais que j'étais mauvaise cuisinière...

— J'ai décidé d'être tolérant, ce matin.

— Vraiment ? dit-elle en haussant les sourcils. J'en ai de la chance !

Il se mit à rire tandis que Maggie l'embrassait dans le cou. La jeune femme remonta le long de son cou, là où la barbe naissante de Cliff lui chatouillait agréablement les lèvres.

— Tu es sûr ?

— Certain. Je suis prêt à déguster du bacon mou et des œufs trop cuits.

Maggie soupira et ferma de nouveau les paupières. Elle voulait conserver à tout jamais ce moment dans sa mémoire, pouvoir s'en souvenir dès qu'elle voudrait se sentir bien.

— Moi, je n'aime que le bacon croustillant, et je n'aime pas du tout les œufs.

— Ça te ferait pourtant du bien d'en manger, affirma Cliff tandis qu'il mordillait l'oreille de

Maggie et que sa main descendait le long de son dos. Un peu de graisse ne te ferait pas de mal.

— Serait-ce un reproche ?

— Non, non, affirma-t-il tandis que ses doigts glissaient vers ses seins. Mais il faut avouer que tu n'es pas bien grosse. Tu pourrais faire trois vrais repas par jour et un peu d'exercice.

— Personne n'a besoin de trois repas par jour, protesta-t-elle sur un ton boudeur. Quant au sport…

— Tu aimes danser ?

— Oui, mais je…

— Tu n'es pas très musclée, l'interrompit-il en tâtant son bras. As-tu de l'endurance, au moins ?

Maggie lui décocha un regard espiègle.

— Tu devrais le savoir.

Cliff partit d'un grand rire, puis posa ses lèvres sur les siennes.

— Tu as déjà participé à une contredanse ? demanda-t-il.

— Une contre quoi ?

— C'est bien ce que je pensais, soupira Cliff en secouant la tête avec un regard faussement apitoyé.

Maggie fronça les sourcils.

— C'est comme le quadrille ?

Cliff sourit. Il était temps d'apprendre deux ou trois choses à cette jeune femme, décida-t-il. Il l'aida à se rasseoir et admira un instant ses boucles soyeuses qui recouvraient ses épaules.

— Pas tout à fait. Le quadrille est plus formel et réglementé que la contredanse. Mais cela s'exécute tout de même sur de la musique folklorique et il y a également un meneur.

Maggie caressait d'un doigt distrait le torse puissant de Cliff.

— Un pas à gauche, deux pas à droite, et ainsi de suite ?

Cliff frissonna sous la légère caresse de la jeune femme. Avait-elle conscience de l'effet qu'elle produisait sur lui ? A voir la façon dont elle souriait avec malice, elle le savait parfaitement.

— Oui, entre autres.

Elle inclina la tête sur le côté.

— Tout ça m'a l'air passionnant, mais pourquoi perdre du temps à bavarder quand on pourrait s'embrasser ?

En guise de réponse, Cliff lui donna un long baiser brûlant qui la laissa muette de ravissement.

— Parce que…, murmura-t-il contre ses lèvres, je veux aller danser avec toi.

Maggie poussa un soupir de satisfaction. Elle sentait avec délices l'excitation monter en elle.

— Où et quand ?

— Ce soir, dans le parc à l'extérieur de la ville.

— Ce soir ? répéta-t-elle. Danser dans le parc ?

— C'est la coutume, assura-t-il tandis qu'elle s'étendait de nouveau, offerte à ses caresses. Une sorte de festival de printemps, si tu veux. Il y aura toute la ville. On va danser jusqu'à minuit, puis il y aura un souper, et ensuite...

Il s'interrompit et prit un de ses seins dans sa paume, se délectant du regard enfiévré de la jeune femme lorsqu'il passa le bout du doigt sur la pointe.

— Les plus courageux continueront à danser jusqu'à l'aube.

Maggie se cambra sous la caresse.

— Jusqu'à l'aube ?

— J'imagine que ce ne sera pas la première fois pour toi.

Lorsque le corps de Maggie se contracta, Cliff comprit qu'il avait dû la vexer. Mais non, hors de question de se quereller maintenant, décida-t-il. D'ailleurs, comment avaient-ils pu se disputer avant ? Il s'étendit à côté d'elle et la prit dans ses bras avec tendresse.

— Nous pourrions regarder le soleil se lever, lui murmura-t-il au creux de l'oreille. Et les étoiles disparaître...

Maggie se laissait choyer avec un plaisir infini, mais ne savait que répondre à cette étrange invitation.

— Tu ne m'en as jamais parlé avant.

— Je ne pensais pas que les danses folkloriques et les soupers champêtres t'intéressaient. Mais manifestement, j'avais tort.

En entendant Cliff s'excuser, Maggie sourit et lui décocha un regard taquin.

— Alors, c'est une vraie invitation ?

Cliff esquissa un petit sourire. Il aimait le regard de Maggie, à la fois charmeur et plein de défi.

— On dirait bien, oui.

— Alors, j'accepte avec plaisir.

— Parfait, conclut-il en enroulant une boucle brune entre ses doigts. Bon, et ce petit déjeuner ?

Maggie sourit de plus belle.

— Plus tard.

*
* *

Sans savoir vraiment à quoi s'attendre, Maggie se réjouissait de cette soirée à venir, où elle pourrait enfin s'échapper de la maison et voir du monde. Ces dernières semaines, elle s'était prouvé à elle-même qu'elle pouvait subvenir à ses propres besoins de manière parfaitement autonome. Elle savait à présent gérer les petites tâches du quotidien, chose dont elle n'avait jamais eu auparavant à se préoccuper. Mais elle avait aussi appris qu'il n'était pas nécessaire de s'isoler complètement des autres.

Non, elle ne savait vraiment pas à quoi s'attendre. Il s'agissait sans doute d'une charmante petite fête pittoresque, avec un orchestre amateur et de l'orangeade tiède dans des gobelets en plastique. Rien de bien spectaculaire, en somme.

Toutefois, l'embouteillage qui encombrait la route tortueuse menant au parc ne manqua pas de la surprendre. Elle avait imaginé les gens venir à pied depuis le bourg. Lorsqu'elle en fit part à Cliff, celui-ci haussa les épaules et gara son pick-up derrière une camionnette jaune.

— Penses-tu ! Ils viennent de tout le comté, et même de Washington et de Pennsylvanie.

— Vraiment ?

Avec une moue dubitative, Maggie descendit du véhicule et inspira longuement l'air calme et tiède du crépuscule. Sans doute une nuit de pleine lune, songea-t-elle. Elle se demanda si la municipalité avait volontairement choisi cette date-là ou s'il s'agissait d'une simple coïncidence. Dans les deux cas, la fête n'en serait que plus belle.

Elle glissa sa main dans celle de Cliff et commença à gravir la colline à ses côtés.

A l'ouest, le soleil disparaissait derrière les montagnes. Par le passé, elle l'avait déjà vu s'enfoncer dans l'océan avec des couleurs extraordinaires, et admiré ses dernières lueurs se refléter dans la neige immaculée des Alpes. Elle avait observé le désert s'empourprer au crépuscule et les villes scintiller à la tombée du jour. Mais en cet instant, devant ces strates de mauve et d'or qui s'étiraient à l'horizon, Maggie sentait naître en elle une profonde émotion. Une émotion nouvelle. C'était idiot, sans aucun doute, mais elle avait vraiment le sentiment de faire partie de ces lieux, d'être plus que jamais en osmose avec cette nuit, ce paysage. Prise d'une soudaine impulsion, elle noua les bras autour du cou de Cliff.

Ce dernier rit et la prit par la taille.

— Qu'est-ce qui se passe ?

— Je me sens bien, répondit-elle, comme elle l'avait déjà dit ce matin.

Soudain, le silence fut brusquement rompu par une musique assourdissante. Maggie reconnut chaque instrument : violon, banjo, guitare, piano. Elle fut aussitôt parcourue d'un frisson d'excitation.

— C'est fabuleux ! s'écria-t-elle. Absolument fabuleux. Vite, je dois les voir !

Elle attrapa la main de Cliff et franchit les derniers mètres qui les séparaient du parc au pas de course. Ce qu'elle vit en premier fut la foule. Deux cents, peut-être trois cents personnes s'entassaient sous un grand chapiteau. Puis elle vit qu'ils formaient des rangs. Six, non, huit, jugeat-elle après un calcul rapide. Les hommes face aux femmes, et ainsi de suite. Ils se mouvaient en rythme selon un système qui semblait à la fois fluide et complexe.

Certaines femmes portaient des jupes évasées qui virevoltaient lorsqu'elles se balançaient dans un sens ou dans l'autre. D'autres portaient des jeans. Quelques danseurs étaient chaussés de baskets, mais la plupart portaient des souliers noirs à l'ancienne, avec lacets et gros talons. D'autres encore arboraient des sortes de chaussons orientaux attachés par une lanière. Mais bien plus que les chaussures, ce qui primait avant tout, semblait-il, c'était la danse.

Les jupons tournoyaient, les talons frappaient le sol et les rires fusaient de toutes parts.

Devant l'orchestre, sur une petite scène de bois, une femme dirigeait les manœuvres d'une voix chantante et haut perchée. Maggie ne comprenait pas une seule des paroles qu'elle prononçait, mais le rythme, ça oui, elle le comprenait : elle brûlait d'envie de se lancer sur la piste.

— Comment font-ils pour savoir quoi faire? cria-t-elle à Cliff par-dessus la musique. Comment peuvent-ils entendre ce qu'elle dit?

— Ce sont toujours les mêmes mouvements qui se répètent, expliqua-t-il. Une fois que tu as compris l'enchaînement, tu n'as même plus besoin de la meneuse. Elle est surtout là pour le folklore.

Maggie essaya donc de suivre du regard l'enchaînement des pas. D'abord, elle ne parvint à distinguer qu'une succession de mouvements confus, puis elle commença à déceler un motif récurrent. Concentrée sur le rythme, elle s'efforça d'observer un seul couple pour voir si elle pouvait anticiper leurs mouvements. Pendant qu'elle se concentrait lui parvenait aux narines le parfum capiteux des fleurs disposées tout autour du chapiteau.

Alors que le jour mourait doucement, on alluma les guirlandes de loupiotes, tendues au-dessus de la piste. Maggie sentait le sol vibrer sous ses pieds, si bien qu'elle avait l'impression de danser elle aussi. Le bras de Cliff fermement passé autour de sa taille, elle regardait le spectacle d'un regard avide, pour ne rien rater de cette nouvelle et fascinante expérience. Elle reconnut l'employée de la poste. Cette femme d'un certain âge, à l'apparence plutôt sévère, tournoyait comme un derviche avec des airs de midinette.

La séduction semblait jouer un rôle important, remarqua Maggie qui étudiait à présent le visage des danseurs. Les regards se croisaient, on échangeait des sourires et des hochements de tête entendus : une véritable parade amoureuse. Et après tout, la danse n'avait-elle pas toujours été cela ?

Cliff n'aurait jamais pensé que Maggie pourrait être aussi fascinée par ce spectacle. Et l'idée qu'il le lui avait offert le remplissait de joie. La jeune femme avait le visage empourpré, son corps semblait porté par le rythme et ses yeux se posaient partout à la fois. Pour lui, comprit-il, elle n'était plus une enfant de stars, mais simplement Maggie, une femme qu'il tenait dans ses bras et qu'il allait faire danser jusqu'au bout de la nuit.

Lorsque la musique s'arrêta, Maggie joignit ses applaudissements enthousiastes à ceux de la foule.

Hilare, elle renversa la tête en arrière et prit la main de Cliff.

— Il faut absolument que j'essaye la prochaine danse, même si je dois me ridiculiser.

— Concentre-toi simplement sur les instructions et suis la musique, conseilla-t-il tandis que les rangées de danseurs se formaient de nouveau. Ils font toujours un enchaînement complet avant que ne commence la musique.

Maggie tendit l'oreille lorsque la meneuse expliqua le prochain enchaînement. La plupart des termes lui étaient totalement étrangers, mais en les associant mentalement aux enchaînements des danseurs, elle parvint à les mémoriser.

Elle ne prêta pas attention aux regards curieux qui se posaient sur elle. Après tout, ces gens avaient tout à fait le droit de l'observer, décida-t-elle. Elle participait pour la première fois à une activité du village, et l'homme qui l'accompagnait était connu de tous.

— Celle-ci s'appelle *Un whisky au réveil*, cria la meneuse. Si vous avez déjà tenté l'expérience, vous saurez que ce n'est pas aussi bon pour vous que la danse.

Elle tapa du pied sur l'estrade. Un, deux, trois… Et la musique démarra.

Les pas étaient rapides et complexes. Maggie eut à peine le temps de les enregistrer que déjà elle se laissait emporter par les mouvements autour d'elle. A droite, puis à gauche, on prend la main gauche de son partenaire, et on fait deux tours sur soi. Une révérence, et on recommence.

La première fois que Cliff la fit tourner, Maggie sentit l'air lui fouetter le visage et partit d'un grand rire.

— Regarde mes yeux, lui conseilla-t-il. Sans ça, tu vas perdre l'équilibre et tomber.

— C'est formidable ! s'écria-t-elle. Oups !

Elle manqua le pas suivant, faillit trébucher puis s'aligna rapidement sur les autres danseurs.

Le chaos ambiant et la foule ne la dérangeaient pas le moins du monde. Les épaules se frottaient, les pieds s'emmêlaient, on lui agrippait la taille et de parfaits inconnus la faisaient virevolter, et pourtant, elle adorait cela. Les adolescents dansaient avec leur grand-mère, et les robes de dentelle des femmes se mêlaient joyeusement aux jeans des hommes. Tout le monde avait le droit de participer, et Maggie remarqua même que les femmes choisissaient aussi souvent que les hommes leurs partenaires. Il n'y avait pas de règles strictes ni de discrimination.

Peu à peu, elle nota avec un plaisir non dissimulé que ses pas devenaient de plus en plus précis et instinctifs. Elle pouvait désormais se concentrer davantage sur la musique que sur les enchaînements. Elle comprenait à présent pourquoi les gens dansaient avec tant d'entrain. Un tel rythme ne pouvait laisser personne indifférent. Tandis que Cliff la reprenait par la taille et lui faisait faire de grands cercles, elle sentit qu'elle pourrait danser ainsi pendant des heures.

— Voilà, c'est fini, annonça-t-il en riant tandis qu'elle restait agrippée à sa taille.

— Déjà ? demanda-t-elle, hors d'haleine, une pointe de déception dans la voix. C'était merveilleux, mais trop court. On recommence quand ?

— Quand tu veux.

— Maintenant, décida-t-elle avant de lui attraper la main et de se glisser dans la rangée qui se formait de nouveau.

Maggie donnait l'impression d'avoir dansé la contredanse toute sa vie, observa Cliff. Mais il n'y avait là rien de surprenant : ne l'avait-elle pas surpris plus d'une fois ? Pourtant, pour d'autres choses, il avait vu juste. Ainsi, la jeune femme possédait une élégance trop naturelle pour être ignorée. Quand elle bricolait en salopette ou quand elle restait étendue nue dans ses bras, une sorte de grâce émanait d'elle et la distinguait des autres femmes qu'il avait connues. Il avait d'abord cru que cette différence l'attirait autant qu'elle le repoussait, sans pouvoir se l'expliquer. A présent, tandis que Maggie, si belle, dansait face à lui, il ne comprenait pas davantage pourquoi il ressentait un trouble croissant.

C'étaient les circonstances, voilà tout, se dit-il avant de se retourner en cadence avec les autres danseurs. Depuis le début de leur rencontre, leur relation s'était révélée compliquée. Voilà sans doute pourquoi il se sentait troublé rien qu'en la regardant, rien qu'en pensant à elle.

A vivre avec elle ces derniers jours, il avait compris que, sans qu'il l'ait su jusqu'alors, quelque chose lui avait manqué toute sa vie. Pourquoi était-il gêné de ressentir autant de plaisir à se réveiller à ses côtés chaque matin, et à retourner à la maison le soir pour la trouver devant son piano ? Parce qu'il devait à tout prix se rappeler combien ils étaient différents et incompatibles. Mais lorsqu'elle virevoltait ainsi dans ses bras, riant à gorge déployée, il oubliait tout.

Les premières danses s'enchaînèrent dans un tourbillon de couleurs et de musique. Maggie se sentait si libre ! Elle n'avait pas ressenti une telle liberté et une telle légèreté depuis des semaines. Certes, elle avait dansé dans des clubs à la mode avec d'autres stars, fréquenté les salles de bal royal, mais une chose était sûre : elle ne s'était jamais autant amusée que ce soir, dans cette fête sans prétention.

Alors qu'elle se retournait vers son nouveau partenaire de danse, elle se retrouva face à Stan Agee. Sans son insigne ni son arme, il aurait pu passer pour un beau sportif dans la fleur de l'âge. Mais pour une raison que Maggie ne put s'expliquer, elle se figea au contact de sa main sur la sienne.

— Content de vous voir ici, mademoiselle.

Maggie tenta d'ignorer cette étrange impression et lui adressa un sourire. Elle posa la main sur l'épaule du shérif, qui l'entraîna dans la danse. Elle sentait l'odeur de son eau de Cologne bon marché, mais cela ne la rassura pas pour autant.

— Vous apprenez vite, dit Stan.

— Merci. C'est tellement amusant, j'ai l'impression d'avoir fait ça toute ma vie !

Du coin de l'œil, elle vit Cliff danser avec Joyce. Cette vision ne fit rien pour apaiser sa nervosité.

— Réservez-moi la prochaine danse, lui demanda Stan avant de la lâcher.

Dès qu'il posa les mains sur sa taille, Cliff sentit combien la jeune femme était tendue.

— Qu'y a-t-il ?

— Rien.

Ce n'était rien, se répéta Maggie. Mais une question taraudait soudain son esprit : se pouvait-il qu'un de ces danseurs fût un assassin ? Comment le savoir ? Il pouvait s'agir de n'importe qui : l'agent immobilier qui lui avait vendu la maison, le boucher qui lui avait préparé des côtes de porc la veille, l'employée des postes, le banquier ? Impossible de le deviner.

Les pensées s'entrechoquaient dans son esprit. Soudain, elle croisa le regard de l'inspecteur Reiker qui se tenait sur le côté de la piste, à observer. Pourquoi se trouvait-il là ? se demanda-t-elle, alors que Cliff la faisait tournoyer de plus belle. Que venait-il faire ? La protéger, peut-être ? Mais de quoi ?

Cliff la prit dans ses bras, et elle se laissa de nouveau emporter par le tourbillon de la danse tandis que les questions se bousculaient dans sa tête. Cliff ne lui avait-il pas dit qu'on venait de loin pour assister à cette fête ? Qui sait, Reiker était peut-être un amateur de contredanse ? Non, il lui semblait bien plus probable qu'il voulait assister à cette réunion pour observer tout le monde. Maggie frissonna. Après tout, c'était son travail, se rappela-t-elle. Mais comme elle aurait aimé qu'il parte !

Ensuite, elle aperçut Louella qui semblait flotter parmi tous ces danseurs. Avec ses gestes dignes, tout en retenue, elle était à la fois charmante et troublante à regarder. Charmante, songea Maggie, parce qu'elle dégageait la grâce d'une danseuse-née. Et troublante, parce qu'elle semblait cacher quelque chose derrière toute cette retenue.

Mais elle se laissait emporter par son imagination, voilà tout, se dit Maggie. Pourtant, cette sensation angoissante ne voulait pas disparaître. Quelqu'un l'observait, elle le sentait. Reiker ? Stan Agee, Joyce, Louella ? Tout le monde, pensa-t-elle. Ils se connaissaient tous et avaient tous connu William Morgan. Elle n'était qu'une intruse qui avait découvert un meurtre vieux de dix ans. Logiquement, quelqu'un devait lui en vouloir rien que pour ça. Peut-être que tous ces gens lui en voulaient...

Brusquement, la musique lui parut trop forte, les pas trop rapides et l'air trop chargé de parfums.

Sans savoir comment, elle se retrouva dans les bras courts et velus de Bog qui la faisait pivoter avec frénésie.

— Vous êtes bonne danseuse, mademoiselle Maggie, lui lança-t-il avec un grand sourire édenté. Une sacrée bonne danseuse, ma foi !

Elle baissa le regard vers son agréable visage ridé et sourit à son tour. Elle était ridicule. Personne ne lui en voulait. Comment pouvait-elle imaginer cela ? Elle n'avait absolument rien à voir dans cette vieille histoire. Et il était temps qu'elle arrête de se faire des idées.

— J'adore les pirouettes, cria-t-elle à Bog. Je pourrais tourner ainsi pendant des heures.

Bog partit d'un grand rire gouailleur et rendit sa liberté à Maggie. La musique reprit de plus belle mais ne semblait plus aussi forte à ses oreilles. Le tempo s'accéléra, mais elle aurait pu danser encore plus vite.

La danse finie, elle se retrouva devant Cliff et passa les mains à son cou en riant.

Cliff fut soulagé de voir qu'elle paraissait plus détendue. Il lui prit le bras et l'éloigna de la piste de danse.

— Je vais me chercher une bière, annonça-t-il.

— Ça me va aussi.

— Tu en veux vraiment une ?

Au ton étonné de Cliff, Maggie haussa les sourcils.

— N'en ai-je pas le droit ?

Il haussa les épaules et tendit un billet à l'homme en salopette derrière le comptoir de bois.

— Tu n'es pas du genre à boire de la bière, c'est tout.

— Tu juges les gens trop vite, rétorqua Maggie tandis qu'on leur servait deux gobelets en plastique.

— Peut-être, admit Cliff. Tu t'amuses ?

— Oui !

Elle rit. La bière était tiède mais la désaltéra. Déjà, ses pieds la démangeaient. L'orchestre comptait une mandoline à présent, nota-t-elle. Elle en aimait le timbre doux et désuet.

— Je savais que tu aimerais la musique, lui dit Cliff en s'appuyant contre le mur de façon à mieux la voir. Mais je ne m'attendais pas à te voir si enthousiaste.

Maggie posa son gobelet et lui adressa un sourire forcé.

— Arrête un peu de me prendre pour une petite chose délicate ou pour une diva de Hollywood,

Cliff! Je suis Maggie Fitzgerald et j'écris de la musique.

Ils se regardèrent pendant un long moment sans rien dire, tandis que la musique vibrait autour d'eux.

— Je crois savoir qui tu es, affirma-t-il en lui caressant la joue du bout du doigt. Je crois connaître Maggie Fitzgerald, et j'en suis ému, crois-moi.

Maggie sentit une vague de chaleur monter en elle.

— Trinquons, proposa-t-elle gaiement. A notre entente?

Cliff lui prit le menton avec douceur avant de lui donner un baiser.

— D'accord. A notre entente.

— Mademoiselle Fitzgerald?

Maggie fit volte-face et aperçut un jeune homme d'une vingtaine d'années, qui tournait et retournait son chapeau de feutre dans ses mains d'un air embarrassé.

Jusqu'à cet instant, elle avait tellement été absorbée par Cliff qu'elle n'avait pas entendu la musique s'arrêter. Son regard s'illumina, et elle fit un sourire éblouissant au jeune homme.

— Vous êtes le pianiste! Vous êtes merveilleux! s'écria-t-elle.

Déjà nerveux, le jeune homme sembla perdre complètement ses moyens.

— Je... merci, balbutia-t-il, avec un regard empli d'admiration.

Maggie ne semblait pas le moins du monde consciente de l'effet qu'elle produisait chez les hommes, observa Cliff. Il sirotait sa bière et regardait le jeune pianiste tenter de retrouver son souffle.

— Quand j'ai entendu que vous étiez ici, je n'ai pas voulu le croire.

— Je vis à Morganville, répondit-elle simplement.

A la façon dont elle prononça cette phrase, si naturellement, Cliff posa de nouveau les yeux sur elle. Oui, elle l'avait déjà dit auparavant, à de nombreuses reprises et sur tous les tons. Mais il se rendait compte qu'il ne l'avait jamais vraiment écoutée. Elle vivait ici, car elle l'avait décidé. Et elle comptait bien y rester. Pour la première fois, il la croyait.

— Mademoiselle..., reprit le pianiste avec un air ravi et inquiet à la fois. Je voulais juste vous dire que nous étions tous contents de vous avoir ici. On ne veut pas vous forcer, mais si vous aviez envie de jouer quelque chose, ce que vous voulez...

— Vous me demandez de jouer ?

Le jeune homme hésita.

— Eh bien, si vous le souhaitez…

— Mais je ne connais aucune de vos chansons, répondit-elle en buvant une dernière gorgée de bière. Et si j'improvisais, vous me suivriez ?

— Vous voulez rire ? dit le jeune homme, bouche bée.

Maggie rit et tendit son gobelet à Cliff.

— Tiens, garde-moi ça.

Cliff secoua la tête et s'appuya de nouveau contre le mur, suivant du regard Maggie qui se dirigeait vers la scène. Cette fâcheuse habitude qu'elle avait de donner des ordres, pensa-t-il. Ce trait de caractère lui allait bien, après tout.

Maggie joua pendant une heure. Jouer de la musique lui plaisait tout autant que de danser. Le défi d'interpréter des airs totalement nouveaux l'amusait au plus haut point, et dès le deuxième morceau, elle décida qu'elle allait écrire une chanson dans ce style-là.

Du haut de la scène, elle pouvait voir l'ensemble des danseurs. Elle aperçut de nouveau Louella, accompagnée de Stan. Par réflexe, elle chercha

Joyce dans la foule, et la trouva face à Cliff. Sans même y penser, elle porta alors le regard vers la gauche, et vit Reiker, adossé contre un poteau, en train d'observer les danseurs en fumant.

Qui ? se demanda Maggie. Qui surveillait-il ? Elle ne pouvait le deviner, tant les rangs de danseurs se mélangeaient sans cesse. Une chose était sûre, cependant : il semblait plus particulièrement concentré sur Stan qui dansait avec Louella, et sur Cliff qui dansait avec Joyce.

S'il pensait que l'un d'entre eux était le meurtrier, il n'en laissait rien paraître. Le regard froid et calme de l'inspecteur faisait frissonner Maggie. Elle décida de se concentrer sur sa musique.

— Je suis vexé qu'un pianiste m'ait volé ma partenaire, lui dit Cliff lorsqu'elle s'arrêta enfin de jouer.

Elle lui lança un regard ironique.

— Tu n'avais pas l'air d'en manquer.

— Un homme seul constitue une proie vulnérable, par ici, affirma-t-il avant de lui prendre la main pour l'aider à se lever. Tu as faim ?

— Il est déjà minuit ? dit-elle. Je meurs de faim.

Ils se servirent copieusement au buffet, malgré la faible lumière qui les empêchait de savoir ce qu'ils mettaient exactement dans leurs assiettes. Assis sur l'herbe, sous un arbre, ils discutèrent tranquillement avec les gens qui s'arrêtaient devant eux. C'était si facile, songea Maggie. L'amour de la musique avait réuni tous ces gens ici. De nouveau, elle ressentit cette impression de camaraderie et de convivialité.

Paisiblement, elle étudia la foule du regard.

— Je ne vois plus Louella.

— Stan a dû la ramener chez elle, dit Cliff entre deux bouchées.

Maggie acquiesça et avala un morceau de ce qui se révéla être une salade de poulet.

— Mademoiselle Fitzgerald ?

Elle reposa sa fourchette d'un air agacé alors que l'inspecteur Reiker s'accroupissait à côté d'elle.

— Bonsoir, inspecteur.

— Bravo pour la musique, dit-il avec un grand sourire qui la radoucit aussitôt. J'écoute vos chansons depuis des années, mais je ne pensais jamais vous voir jouer un jour.

— Je suis ravie que ça vous ait plu. Mais je ne vous ai pas vu danser.

— Moi ? dit-il d'une voix soudain un peu timide. Non, je ne danse pas. C'est ma femme qui aime ça.

Maggie se détendit. L'explication de sa présence était donc toute simple.

— Quand on aime la musique, on aime danser, non ?

— J'aimerais pouvoir danser, mais mes pieds ne suivent pas.

Il s'interrompit et posa le regard sur Cliff.

— Je voulais vous remercier pour votre coopération. Ça va sûrement nous aider à démêler un peu ce sac de nœuds.

— A votre service, répondit Cliff d'un ton froid. Le plus vite sera le mieux.

Reiker approuva d'un signe de tête puis se releva avec effort.

— J'espère que vous allez rejouer avant le lever du jour, mademoiselle. C'est un vrai plaisir de vous écouter.

Lorsqu'il fut parti, Maggie émit un petit soupir.

— J'ai honte de me sentir si mal à l'aise en sa présence. Il ne fait que son travail, dit-elle en se remettant à manger, tandis que Cliff restait silencieux. Qu'a-t-il voulu dire par coopération ?

— J'ai appelé ma mère. Elle arrive lundi pour faire une déposition.

— Je vois. Ça doit être difficile pour elle.

— Non, répondit-il en haussant les épaules. Ça s'est passé il y a dix ans. Tout ça est fini pour elle comme pour nous. Ou presque.

Maggie ferma les paupières et frissonna. Non, elle ne voulait pas y penser. Pas ce soir.

— Danse avec moi, implora-t-elle lorsqu'elle entendit les musiciens se remettre à jouer. L'aube est encore loin.

Maggie se sentait infatigable, même après que la lune fut montée dans le ciel étoilé. La musique et les pas lui donnaient l'énergie dont elle avait besoin pour continuer. Certains danseurs étaient rentrés chez eux, d'autres devenaient encore plus enjoués avec les heures. La musique s'enchaînait sans jamais s'arrêter.

Lorsque le ciel commença à pâlir, il ne restait plus qu'une cinquantaine de danseurs. Il y avait quelque chose de mystique, de puissant, à regarder le soleil se lever derrière les montagnes au loin, tandis que la musique emplissait l'air. Quand la lumière de l'aube se fit plus vive, on annonça la dernière valse.

Cliff enlaça Maggie et la fit tournoyer. Il sentait l'énergie qui émanait d'elle, une force vive, excitante. Après une telle soirée, elle dormirait sûrement pendant des heures et des heures, songea-t-il.

Maggie suivait tous ses mouvements, le corps serré contre le sien. Son cœur battait régulièrement et ses cheveux souples flottaient au vent. Il regarda les couleurs de l'aube se répandre à l'est des montagnes. Alors, Maggie releva la tête et lui sourit.

Stupéfait, le souffle coupé, Cliff comprit à ce moment précis qu'il l'aimait.

12.

Maggie ne remarqua pas l'attitude soudain distante de Cliff, tant elle était pleine de musique et de danse.

— C'est déjà la fin ! Je pourrais encore danser des heures.

— Vraiment ? Je parie que tu dormiras avant même qu'on arrive à la maison.

Cliff prenait bien garde de ne pas la toucher. Etait-il en train de devenir fou ? se demanda-t-il. Comment pouvait-il tomber amoureux d'une femme qui passait des heures à bricoler, qui donnait des ordres à tout va, qui portait des dessous de soie sous son jean ? Il était fou, c'était la seule explication.

Il observa la jeune femme à la dérobée. Elle était forte et courageuse, contrairement à ce qu'auraient pu laisser croire les traits fins et délicats de son visage, son corps menu. La musique qu'elle écrivait évoquait autant le péché que la vertu. Il comprenait maintenant que s'il n'avait cessé de combattre son attirance pour Maggie, et ce depuis leur première rencontre, c'était parce qu'il avait su qu'elle était capable de hanter pour toujours ses pensées.

Il l'aida à monter dans la camionnette et la laissa appuyer la tête sur son épaule. Elle avait fait ce geste avec un naturel déconcertant. Et, à bien y réfléchir, il n'y avait en effet rien de plus naturel, songea-t-il en passant le bras autour d'elle pour l'attirer plus près.

Maggie sentait la fatigue engourdir ses membres. L'énergie qui l'habitait quelques minutes plus tôt était bel et bien partie. A présent, elle devait lutter pour garder les yeux ouverts.

— Je ne me souviens pas de m'être amusée comme ça depuis longtemps.

— Tu as la tête encore pleine de musique, n'est-ce pas ?

Maggie leva les yeux vers lui.

— Je crois que tu commences à me comprendre.

— Un peu.

— C'est déjà pas mal, dit-elle avant de bâiller. C'était amusant de jouer ce soir. Tu sais, j'ai toujours évité les concerts, de peur d'être trop comparée à mes parents. Mais ce soir...

Cliff fronça les sourcils. Il n'aimait pas la tournure que prenait la conversation.

— Tu penses te produire en concert de façon régulière ?

— Non, non, pas comme ça. Je l'aurais fait depuis longtemps, si je l'avais voulu. Mais j'ai décidé d'accepter la proposition de C.J et d'interpréter la chanson de *La Danse du feu*. C'est un compromis : je l'enregistre, mais je ne la chante pas devant un public. Et puis, je tiens particulièrement à cette chanson.

— Tu as décidé ça ce soir ?

— J'y songeais depuis un certain temps. C'est trop idiot de toujours coller à ses principes, tout ça pour se retenir de faire quelque chose qui nous tient à cœur.

Maggie s'interrompit. Le sommeil rendait ses pensées confuses. Elle vit que Cliff s'engageait dans l'allée de chez elle, puis reprit :

— Je partirai à Los Angeles le temps d'enregistrer la chanson. Cela va faire plaisir à C.J ! Il va tenter de me retenir là-bas par tous les moyens possibles, dit-elle en riant.

Cliff sentit un vent de panique souffler dans ses

veines. Il arrêta la camionnette sur le bas-côté et enclencha le frein à main.

— Je veux t'épouser.

— Pardon ?

A moitié endormie, Maggie secoua la tête, certaine d'avoir mal entendu.

— Je veux t'épouser, répéta Cliff en la prenant cette fois par les épaules. On va se marier avant que tu ailles en Californie.

Stupéfaite, Maggie dévisagea Cliff comme s'il avait perdu la tête.

— Je dois être soûle, dit-elle très lentement. J'ai cru t'entendre dire que tu voulais m'épouser.

— C'est bien ce que j'ai dit.

Cliff plongea son regard dans le sien. Il ne voulait plus la perdre, pas alors qu'il avait enfin pris conscience de son amour pour elle. Son calme habituel et sa raison l'avaient déserté, et une seule chose comptait : il était hors de question de la laisser partir sans obtenir la garantie qu'elle lui revienne. Il ne pouvait plus vivre sans elle.

— Tu n'iras pas en Californie avant de m'avoir épousé.

Maggie s'efforça de rassembler ses pensées et eut un mouvement de recul.

— Tu parles de deux choses différentes : l'une

concerne ma vie professionnelle, l'autre ma vie tout court.

Frustré de la voir si calme, Cliff la ramena contre lui.

— A partir de maintenant, je m'occupe de toi.

Maggie écarquilla les yeux. Ce discours lui était bien trop familier...

— Non, je n'ai pas besoin que quelqu'un s'occupe de moi. C'est trop de responsabilité, de culpabilité aussi. J'ai déjà donné.

— Mais ça n'a rien à voir! s'écria Cliff. Je te dis juste que nous allons nous marier.

— Certainement pas! Tu n'as pas à me donner des ordres!

Elle le repoussa d'un geste brusque. Son regard qui, un instant plus tôt, était embrumé de sommeil lançait à présent des éclairs.

— Jerry m'a imposé le mariage, reprit-elle, et j'ai accepté car je croyais bien faire. C'était mon meilleur ami. Il m'avait aidée à surmonter la mort de mes parents et à me remettre à écrire. Il voulait s'occuper de moi, et je l'ai laissé faire, jusqu'à ce que les choses se gâtent pour lui, et qu'il ne puisse même plus s'occuper de lui-même. Je n'ai pas pu l'aider, c'était trop tard. Je ne veux plus de ça, Cliff.

— Notre histoire n'a rien à voir avec ton premier mariage, répliqua-t-il. Je sais très bien que tu peux t'occuper de toi toute seule. Mais tu vas m'épouser quand même.

Maggie plissa les yeux, cherchant à contenir tant bien que mal la colère qui montait en elle.

— Pourquoi ?

— Parce que je te le dis.

— Mauvaise réponse, lança-t-elle sur un ton sec avant de sortir du pick-up en claquant la porte. Va faire un tour pour te changer les idées. Et d'ailleurs, fais ce que tu veux. Moi, je vais me coucher.

Elle tourna les talons et gravit les marches branlantes du perron. Alors qu'elle tournait la poignée de la porte, elle entendit le véhicule de Cliff s'éloigner. « Laisse-le partir, se dit-elle pour s'efforcer de ne pas courir après lui. Hors de question que tu te fasses manipuler de la sorte. » Lorsqu'un homme exigeait d'une femme qu'elle l'épouse, il méritait d'obtenir ce genre de réponse, voilà tout. Son orgueil avait dû en prendre un coup, songea-t-elle avec un plaisir amer tandis qu'elle ouvrait la porte. Mais aussi, quelle mouche l'avait piqué de parler mariage comme ça, comme s'il s'agissait d'un marché entre eux ? S'il la voulait vraiment pour femme, il devait faire mieux que ça.

Je t'aime. Maggie appuya la tête contre la porte et se retint de ne pas fondre en larmes. Ces trois mots auraient amplement suffi. Vraiment, elle avait eu tort de croire qu'il la comprenait. Il en était encore bien loin.

Pourquoi Molosse n'aboyait-il pas ? se demanda-t-elle avec mauvaise humeur, en refermant la porte derrière elle. Quel piètre chien de garde !

Agacée, elle se dirigea vers l'escalier avec l'idée de se faire couler un bon bain chaud, puis de sombrer dans un sommeil bien mérité. Soudain, une odeur lui parvint aux narines. De la cire chaude, nota Maggie avec étonnement. Et un parfum de rose ? Etrange. Certes, elle avait une imagination débordante, mais pas assez pour sentir des odeurs inexistantes. Elle se dirigea vers le salon et s'arrêta net sur le seuil.

Louella se tenait assise bien droite sur une chaise. Elle avait croisé les mains sur ses genoux et portait la même robe gris souris que plus tôt, au bal. Elle avait le visage si pâle que les ombres sous ses yeux semblaient des bleus, et elle regardait en direction de Maggie sans vraiment la voir. Sur la table, près d'elle, des bougies finissaient de se consumer. Leurs mèches émergeaient tout juste de la cire chaude qui se répandait dans la base du bougeoir. Un vase rempli de roses fraîches était posé à côté, si bien que la brise qui s'infiltrait par la fenêtre ouverte répandait leur parfum dans toute la pièce.

Le choc passé, Maggie tenta de remettre un peu d'ordre dans ses idées. Elle avait bien vu que Louella n'avait pas toute sa tête, et ce depuis le début. Elle devait prendre soin de ne pas la brusquer, songea-t-elle alors qu'elle s'approchait d'elle comme s'il s'était agi d'un oisillon blessé.

— Madame Morgan, chuchota-t-elle.

Puis, lentement, elle posa une main sur son épaule.

— J'ai toujours aimé la lueur des bougies, dit Louella d'une voix très calme. C'est tellement plus joli qu'une lampe. J'en allume souvent, le soir.

— C'est très agréable, acquiesça Maggie, à présent agenouillée à côté de la vieille dame. Mais il fait jour, vous savez.

— Oui, répondit Louella, le regard perdu derrière la fenêtre baignée de lumière. J'aime bien rester ainsi la nuit. J'écoute les bruits. La forêt est pleine de musique la nuit.

Si elle avait suivi ce que lui dictait sa raison, Maggie aurait dû se contenter de ramener Louella chez elle, sans poser de questions, sans chercher à comprendre. Mais elle n'écoutait plus sa raison. Il lui fallait éclaircir certains points.

— Vous venez ici la nuit, madame Morgan ?

— Parfois, je viens en voiture, répondit celle-ci sur un ton rêveur. Parfois, lorsque la nuit est claire et chaude, je viens à pied. Je marchais beaucoup, plus jeune. Joyce aussi adorait gambader dans les bois quand elle était enfant.

Maggie se passa la langue sur les lèvres.

— Vous venez souvent, la nuit ? insista-t-elle.

— Je sais que je ne devrais pas. Joyce n'arrête pas de me le rappeler. Mais…

Louella soupira, puis esquissa un petit sourire triste.

— Elle a Stan, reprit-elle. C'est un bon mari. Ils s'occupent bien l'un de l'autre. C'est ça le mariage, vous savez : s'aimer et s'occuper l'un de l'autre.

Maggie acquiesça dans un murmure et observa les mains de son interlocutrice s'agiter de plus en plus sur ses genoux.

— William n'était pas affectueux. Ce n'était pas sa faute, il était juste ainsi. Mais je voulais que Joyce ait quelqu'un de tendre, comme Stan.

Louella se tut et ferma les yeux. Maggie percevait son souffle court, comme si elle s'était soudain assoupie. Elle décida d'appeler Joyce et Stan et voulut se relever, lorsque Louella agrippa sa main.

— Je l'ai suivi ici ce soir-là, chuchota-t-elle, le regard à présent fixé sur Maggie, qui sentit sa gorge se serrer.

— Suivi qui ?

— Je ne voulais pas qu'il se passe quelque chose de fâcheux. Joyce l'aimait tellement.

Maggie lutta pour conserver une voix calme.

— Vous avez suivi votre mari ?

— William était là, répondit Louella. Il avait l'argent. Je savais qu'il allait faire une bêtise et que personne ne le lui reprocherait parce qu'il était trop puissant. Je devais l'arrêter.

Elle agrippa de plus belle la main de Maggie, avant de la relâcher et de baisser soudain la tête.

— Evidemment, il ne pouvait pas être enseveli avec l'argent. Non. S'ils le déterraient, ils ne devaient pas trouver l'argent. Alors, je l'ai caché.

— Ici, interrompit Maggie. Dans le grenier.

— Dans la vieille malle. Ensuite, j'ai oublié cette histoire, continua Louella, dont la fatigue perçait à présent dans la voix. Je m'en suis souvenue il y a quelques semaines, lorsqu'ils ont déblayé le fossé. Je suis revenue prendre l'argent et je l'ai brûlé, comme j'aurais dû le faire il y a dix ans.

Maggie posa le regard sur la main qui reposait mollement dans la sienne. Elle paraissait si fragile, avec ses veines bleues qui striaient sa peau diaphane. Cette main pouvait-elle vraiment appuyer sur une détente, transpercer un homme d'une balle ? Elle leva les yeux vers le visage de Louella et s'aperçut qu'elle s'était endormie.

Que faire, à présent ? se demanda-t-elle en reposant avec douceur la main de la vieille dame sur ses genoux. Appeler la police ? Maggie observa la frêle silhouette qui dormait dans le fauteuil. Non, elle ne pouvait pas faire cela. Elle ne pouvait pas se montrer si insensible. Il fallait appeler Joyce.

Elle décrocha le téléphone et demanda son numéro aux renseignements. Mais personne ne répondit chez les Agee.

Maggie soupira et jeta un coup d'œil par-dessus son épaule. Louella dormait toujours dans le salon. Il ne restait plus qu'une chose à faire : prévenir l'inspecteur Reiker, décida-t-elle à contrecœur. Mais elle ne parvint pas non plus à le joindre et laissa un message à sa secrétaire.

Maggie revint dans le salon et se figea, saisie d'effroi, tandis qu'une ombre avançait vers elle.

— Oh! Vous m'avez fait peur! s'écria-t-elle.

— Désolé, dit Stan qui regardait sa belle-mère avec inquiétude. Je suis entré par la porte de derrière. Le chien dort profondément dans la cuisine. Louella a dû lui donner un somnifère pour être plus tranquille.

— Ah bon?

Maggie fit mine de se diriger vers la cuisine, mais Stan l'arrêta d'un geste.

— Non, il va bien. Il sera juste un peu sonné au réveil.

— Shérif… Stan, dit-elle dans l'espoir de le mettre à l'aise. J'allais justement vous appeler. Je crois que Louella a passé la nuit ici.

— Je suis navré, lui répondit-il avec un regard las. Elle va de mal en pis depuis que cette histoire a commencé… Mais nous refusons de la mettre en maison de retraite.

— Vous avez raison, dit doucement Maggie en lui touchant le bras. Mais elle m'a dit qu'elle se promenait la nuit, et…

Elle se tut et fit quelques pas dans la pièce. Fallait-il lui raconter ce que Louella avait avoué? C'était son beau-fils, mais c'était aussi le shérif.

L'insigne et l'arme qu'il portait étaient là pour le lui rappeler.

— J'ai entendu ce qu'elle vous a dit, Maggie.

Celle-ci se retourna, le regard plein de compassion et d'inquiétude.

— Que pouvons-nous faire pour elle ? Elle est si fragile ! Comment pourrions-nous la punir pour une histoire si ancienne ? Mais si elle a tué...

— Je n'en sais rien, avoua Stan en se frottant la nuque. Ce qu'elle vous a raconté n'est pas forcément vrai.

— Mais ça semble pourtant logique, insista Maggie. Elle était au courant pour la somme d'argent. Elle l'a cachée et s'est forcée à oublier tout ça.

Elle secoua la tête d'un air désespéré. Partagée entre des sentiments contradictoires, elle se couvrit le visage des deux mains avant de reprendre :

— Ça expliquerait mon cambriolage... Mais elle a besoin d'aide, pas d'une arrestation ou d'un procès. Il faut la soigner.

Le soulagement se lut soudain sur le visage de Stan.

— Oui, Joyce et moi allons lui trouver le meilleur médecin qui soit.

Maggie ne parvenait pas à contrôler le tremblement de ses mains. Elle les posa à plat sur la table.

— Elle vous adore, murmura-t-elle. Elle dit toujours du bien de vous, de votre amour pour Joyce. Je crois qu'elle ferait n'importe quoi pour que vous soyez heureux.

Tandis qu'elle parlait, son regard tomba sur la photo en couleurs de William Morgan et de Stan, près du fossé. Tout allait pouvoir rentrer dans l'ordre, à présent, songea-t-elle. Louella avait suffisamment souffert comme cela...

Soudain, elle fronça les sourcils et regarda le cliché de plus près. A cet instant, lui revinrent à la mémoire les paroles de Reiker : « Nous avons trouvé une bague. Une vieille bague incrustée de brillants et finement ciselée. Il y a une heure, Joyce Agee l'a reconnue comme étant celle de son père. »

Mais sur la photo, ce n'était pas William Morgan qui portait la bague, mais Stan.

Elle releva la tête. Stan n'eut même pas besoin d'apercevoir la photo près de la main de la jeune femme. Il l'avait déjà vue. Il savait.

— Vous n'auriez pas dû vous mêler de tout ça, Maggie.

Elle n'eut pas le temps de réfléchir. Agir, vite.

Elle se précipita vers la porte d'entrée. Pris de court, Stan mit quelques secondes à se lancer à sa poursuite.

Mais sous les mains de Maggie, les gonds rouillés de la porte refusaient de céder. Elle jura, furieuse de n'avoir pas réglé ce problème plus tôt. Alors qu'elle s'acharnait sur la poignée, elle sentit la main de Stan se refermer sur son épaule.

— Ne faites pas ça, dit-il d'une voix basse et fatiguée. Je ne veux pas vous faire de mal, mais je ne peux pas vous laisser partir comme ça.

Dos à la porte, Maggie le dévisagea. Elle était seule avec un assassin. Seule, se répéta-t-elle intérieurement, sans compter cette pauvre vieille dame qui avait couvert le meurtre de cet homme pendant si longtemps. Maggie vit la main de Stan se poser sur son arme.

— Allons nous asseoir, dit-il.

Cliff but sa seconde tasse de café. Il aurait préféré un bon whisky. Jamais il ne s'était autant ridiculisé devant une femme. Il avala le breuvage amer et posa lourdement les coudes sur le comptoir du café où il s'était arrêté. L'odeur d'œufs frits et de saucisses ne lui faisait même pas envie.

Comment avait-il pu se tromper à ce point ? se demanda-t-il. Quel genre de femme pouvait réagir favorablement à une demande en mariage aussi agressive ? Maggie l'avait congédié sans autre forme de procès, et, avec le recul, il la comprenait parfaitement.

Sans compter qu'il ne faisait pas partie du monde élégant dans lequel elle évoluait en Californie, songea-t-il. Or, il n'allait certainement pas modifier son comportement pour lui plaire, tout comme il ne voulait pas la voir changer pour lui. Pourtant, en décidant de venir vivre ici avant même de le connaître, c'était comme si elle avait jeté un pont entre leurs deux univers.

Oui, elle l'avait bel et bien décidé, se dit-il en jurant tout haut. Elle avait *choisi* de vivre ici, et il n'avait jamais vu personne s'adapter aussi rapidement à la vie de la campagne. Pourquoi avait-il paniqué à l'idée de la voir partir à Los Angeles ? Elle allait revenir. Pour sa maison, pour son terrain qui lui importaient autant qu'à lui. Après tout, c'était grâce à eux qu'ils s'étaient rencontrés.

Oui, elle allait revenir, se répéta-t-il. Et il fallait être idiot pour penser que le mariage lui garantissait son retour. Maggie ne supportait pas de se faire forcer la main, et de toute façon, elle comptait rester ici. Voilà pourquoi il l'aimait.

C'est ce qu'il aurait dû lui dire, pensa-t-il en repoussant sa tasse de café froid. Il aurait dû trouver les mots pour lui dire qu'il l'aimait depuis des semaines et que, lorsque le soleil s'était levé ce matin, répandant sa lumière sur son visage dont la beauté le bouleversait, il l'avait enfin compris.

Il se redressa et regarda sa montre. Cela faisait une heure qu'il avait laissé Maggie chez elle. Il jeta quelques pièces de monnaie sur le comptoir et se mit à siffloter.

Il continuait à siffloter en traversant la ville au volant de sa camionnette lorsque Joyce apparut au détour d'une rue et lui fit de grands signes du bras.

— Ho ! Cliff !

Il arrêta aussitôt le véhicule au milieu de la chaussée et descendit à la hâte.

— Quoi ? Que se passe-t-il ? Ce sont tes enfants ?

— Non, non !

Joyce s'efforça de retrouver son calme et agrippa le bras de Cliff. Elle avait conservé sa tenue de bal, mais sa belle coiffure était à présent défaite et ses mèches balayaient son visage affolé.

— C'est ma mère, annonça-t-elle enfin. Elle n'est pas rentrée de la nuit, et Stan est introuvable.

— On va retrouver Louella, assura Cliff en lissant ses cheveux comme il le faisait depuis qu'elle était enfant. Elle n'a sans doute pas réussi à dormir et elle est partie faire un tour. Avec toute cette agitation hier…

— Cliff, reprit-elle en serrant son bras, je crois qu'elle est retournée à la vieille maison. Je suis prête à le parier… je… ça ne serait pas la première fois.

— Maggie est chez elle, dit-il d'une voix douce. Elle va s'occuper d'elle.

— Ma mère va de plus en plus mal, continua Joyce avec des sanglots dans la voix. Oh, Cliff, je pensais vraiment bien agir, tu sais ?

— De quoi parles-tu ?

— J'ai menti à la police. J'ai menti sans y réfléchir, et je n'hésiterais pas à recommencer, s'il le fallait.

Elle pressa ses mains contre ses yeux lourds de fatigue, puis laissa retomber ses bras. Lorsqu'elle posa de nouveau le regard sur Cliff, son visage était dénué de toute expression.

— Je sais qui a tué mon père. Je le sais depuis

des semaines, mais maman… il semblerait qu'elle l'ait toujours su.

— Monte, ordonna Cliff. Tu continueras à me raconter dans la voiture.

Cliff ne pensait plus qu'à une seule chose, à présent : Maggie était seule dans sa maison au milieu des bois.

Le dos douloureusement contracté, Maggie s'assit dans un des fauteuils du salon. Seuls ses yeux bougeaient tandis qu'elle observait Stan faire les cent pas devant elle. Il lui avait dit qu'il ne la blesserait pas, et elle voulait le croire. Mais il avait déjà tué une fois et s'il fallait recommencer, il n'hésiterait sans doute pas.

— Je n'ai jamais voulu que Joyce vende la maison, disait-il sans cesser d'arpenter la pièce. Jamais. Je me fichais de son argent, ou plutôt de celui de son père. Mais elle a profité de mon absence pour faire la transaction.

Sa nervosité ne faisait rien pour calmer Maggie.

— Joyce a menti à la police à propos de la bague.

Maggie s'humecta les lèvres.

— Elle vous aime.

— Elle ignorait tout, je ne le lui avais jamais avoué. Mais quand j'ai finalement sauté le pas, elle m'a soutenu.

Il reprit son va-et-vient. Seul le bruit de ses semelles contre le parquet venait troubler le silence.

— Je ne l'ai pas assassiné, annonça-t-il d'une voix neutre, le regard empli de fatigue. C'était un accident.

De toutes ses forces, Maggie voulait croire à cette explication.

— Vous devez vous rendre à la police, vous saurez leur expliquer…

— Expliquer quoi ? l'interrompit-il. Que j'ai tué et enterré un homme, puis que j'ai jeté sa voiture dans le fleuve ?

Il s'arrêta, frotta énergiquement son visage, puis continua.

— J'avais à peine vingt ans. Joyce et moi étions amoureux depuis deux ans. Morgan avait décrété qu'il était hors de question que sa fille me fréquente. Alors, nous nous voyions en secret. Lorsqu'elle est tombée enceinte, il a fallu avouer.

Il s'appuya contre la fenêtre et regarda Maggie.

— Il a semblé prendre la chose avec philosophie… Nous aurions dû savoir qu'il cachait son jeu. Mais nous étions si soulagés, si excités à l'idée de nous marier et de fonder une famille, que nous n'avons pas fait attention. Il nous a demandé de garder le secret quelques semaines, le temps qu'il organise le mariage.

Maggie se souvint de l'expression sévère de Morgan sur la photo.

— Mais il n'a rien organisé, du moins pas notre mariage. Non. Nous étions si amoureux que nous avions oublié de quoi il était capable. Un jour, il m'a dit qu'il avait un problème avec des taupes sur son terrain. Moi, j'étais prêt à lui rendre tous les services du monde pour obtenir sa confiance. Je lui ai dit que j'amènerais mon fusil après le travail et que je m'en occuperais.

Maggie frissonna quand elle vit Stan poser de nouveau la main sur son arme.

— Il faisait nuit quand il est arrivé ici. Je ne m'attendais pas à le voir. Lorsqu'il est sorti de sa voiture, je me souviens d'avoir pensé qu'il ressemblait à un croque-mort, habillé tout en noir. Il portait une petite boîte en fer qu'il a posée sur une souche d'arbre près de la fosse. Oh, il n'a pas perdu de temps… Il m'a tout de suite dit qu'il ne laisserait jamais un bon à rien comme moi épouser sa fille, et qu'il allait l'envoyer ailleurs, en Suède ou autre part. Elle accoucherait de l'enfant et le ferait adopter. Moi, il voulait acheter mon silence. Il m'a dit qu'il avait vingt-cinq mille dollars pour moi dans la boîte, et que je devais disparaître.

Ainsi, cette somme d'argent avait servi à un odieux chantage, se dit Maggie. Morgan pensait que l'argent pouvait tout acheter.

— Je me suis énervé. Je refusais de croire qu'il m'ordonnait d'abandonner tout ce qui m'était cher, continua Stan en essuyant du revers de la main la sueur sur son visage. Il pensait vraiment pouvoir me faire changer d'avis. Je lui ai crié qu'il n'allait pas m'enlever Joyce et notre enfant, que nous allions partir et que nous n'avions pas besoin de son sale argent. Lui, il s'est contenté d'ouvrir la boîte et de montrer tous ces billets, comme pour me tenter. Je les ai fait tous tomber par terre d'un geste rageur.

Stan respirait difficilement maintenant. Il semblait revivre la scène, avec sa colère, son désespoir. Maggie sentit la pitié se mêler à sa peur.

— Morgan n'a pas perdu son calme. Il s'est juste penché pour ramasser les billets. Il pensait que j'en voulais davantage ! Il ne comprenait vraiment rien, il en était incapable... Lorsqu'il a compris que je n'accepterais pas son offre, il a pris calmement mon fusil. A ce moment-là, j'ai su qu'il n'hésiterait pas à me tuer. Moi, je pensais juste à Joyce et à notre bébé. J'ai voulu lui prendre le fusil des mains, et nous avons commencé à lutter...

Stan haletait à présent, le regard affolé. Maggie imaginait le combat entre l'homme mûr et le jeune garçon, aussi clairement que s'il se fût déroulé sous ses yeux. Elle les ferma. Elle revit la scène de son film où le désespoir menait inexorablement à la violence. Mais là, il s'agissait de faits réels, et aucune musique n'accompagnait ce drame.

— Il était costaud, reprit Stan en se passant de nouveau une main sur le visage. Je savais qu'il allait me tuer si je ne m'emparais pas de ce fusil. Je me suis débrouillé je ne sais comment pour le récupérer, et puis j'ai trébuché. Je m'en souviendrai toujours, c'était comme un cauchemar. J'ai trébuché, et le coup est parti.

Maggie visualisait parfaitement la scène. Partagée entre la sympathie et la peur, elle osa pourtant dire d'une voix tremblante :

— Mais c'était un accident, vous avez agi pour vous protéger.

Stan secoua la tête et laissa retomber ses mains

le long de ses hanches. Près de son arme..., nota Maggie avec un frisson d'angoisse.

— J'étais jeune, sans argent, je venais de tuer la personne la plus influente de la ville et il y avait vingt-cinq mille dollars dans une boîte près du corps. Qui m'aurait cru ? Je l'ai enterré avec l'argent dans la fosse, et j'ai envoyé sa voiture dans le fleuve.

— Louella..., commença Maggie.

— Je ne savais pas qu'elle m'avait suivi. J'imagine qu'elle connaissait son mari mieux que personne et qu'elle savait qu'il n'allait pas me laisser épouser leur fille. Elle a tout vu. Si j'avais su qu'elle était là, les choses se seraient sûrement déroulées autrement. Maintenant, je comprends pourquoi elle ne s'est jamais remise de la mort de son mari... Elle avait assisté à son meurtre. Elle a déterré l'argent, elle l'a caché dans la maison, croyant me protéger pendant toutes ces années...

— Et Joyce ?

— Joyce n'a pas su avant la semaine dernière, affirma Stan en tirant sur son col comme s'il était trop étroit. Mais comprenez-moi, je l'aime depuis l'enfance. J'aurais fait n'importe quoi pour elle. Je pensais qu'en lui avouant ce qui s'était passé, les menaces de son père, son chantage, elle n'aurait pas cru à l'accident. Depuis ce jour, j'ai toujours essayé de me rattraper. Je me suis consacré à la justice, à la ville. J'ai voulu être le meilleur père et le meilleur mari du monde.

Il ramassa la photo et la froissa d'une main.

— Satanée photo ! Et cette bague ! J'étais tellement effondré que je n'ai pas tout de suite remarqué que je l'avais perdue, dit-il en se frottant la tempe. Elle appartenait à mon grand-père. Dix ans plus tard, on la déterre avec Morgan ! Savez-vous ce que j'ai éprouvé quand Joyce a soutenu qu'il s'agissait de la bague de son père ? Elle savait que c'était la mienne, mais elle m'a couvert. Elle ne m'a jamais posé de questions, et quand je lui ai tout dit, elle m'a cru. Je vivais avec ce secret depuis si longtemps…

Maggie sentait son cœur battre dans ses oreilles. Stan semblait si nerveux qu'elle s'attendait à le voir exploser d'une minute à l'autre.

— C'est fini, à présent, dit-elle très doucement. Les gens vous respectent, ils vous connaissent. Louella a tout vu, elle pourra témoigner en votre faveur.

— Louella est au bord de la dépression nerveuse. Qui sait si elle sera capable de dire quelque chose de cohérent au moment où j'aurai besoin d'elle ?

dit-il en dévisageant Maggie avec une expression tourmentée sur le visage. Je dois penser à Joyce, à ma famille, à ma réputation. Il y a tellement de choses en jeu, tellement de choses à protéger.

Maggie vit sa main se placer sur la crosse de son revolver.

La voiture de Cliff s'engagea dans le sentier à toute vitesse, faisant crisser ses roues sur le gravier. Ce que lui avait raconté Joyce, hors d'haleine, lui avait fait comprendre une chose grave : Maggie se retrouvait mêlée à une sombre histoire dissimulée depuis des années et qui menaçait à présent d'éclater au grand jour. Et lui, il avait osé la laisser seule chez elle ! Alors qu'il approchait du dernier virage, un homme apparut sur le sentier et lui barra le passage. Cliff jura et sortit en trombe du véhicule.

— Bonjour, monsieur Delaney, dit Reiker. Madame Agee...

— Où est Maggie ? cria Cliff, qui aurait forcé le passage si Reiker ne l'avait pas arrêté d'une poigne étonnamment forte.

— Elle est à l'intérieur. Pour le moment, elle va bien. Faisons en sorte qu'elle le reste.

— J'y vais.

— Pas encore, ordonna Reiker en lui adressant un regard sévère, avant de se tourner vers Joyce. Votre mère est là-bas. Elle va bien, elle est endormie. Votre mari est avec elle.

— Stan...

Joyce regarda vers la maison et fit un pas en avant.

— Je les surveille depuis un certain temps. Votre mari a tout raconté à Mlle Fitzgerald.

Le sang de Cliff se glaça dans ses veines.

— Bon sang, pourquoi n'êtes-vous pas allé la secourir ?

— Nous allons la sortir de là. Nous allons tous les sortir de là. Mais il faut y aller doucement.

— Comment savez-vous qu'il ne va pas lui faire de mal ?

— Je ne le sais pas. S'il se sent traqué... J'ai besoin de votre aide, madame Agee. Si votre mari vous aime autant qu'il le dit, vous pouvez débloquer la situation. Il a sûrement entendu la voiture. Faites-lui savoir que vous êtes là.

A l'intérieur, Stan retenait fermement Maggie par le bras et observait la scène derrière la fenêtre ouverte. La jeune femme sentait tous les muscles du shérif se contracter au rythme de sa respiration saccadée. Une nouvelle vague de panique s'abattit sur elle. Paupières closes, elle pensa à Cliff. S'il revenait, tout irait mieux... S'il revenait, le cauchemar prendrait fin.

— Il y a quelqu'un dehors, dit Stan qui, de sa main libre, jouait avec la crosse de son arme. Je ne peux pas vous laisser parler. Comprenez-moi, je ne peux prendre aucun risque.

— Je ne dirai rien, promit-elle tandis que les doigts de Cliff s'enfonçaient douloureusement dans son bras. Stan, je veux vous aider. Je vous le jure. S'il m'arrive quelque chose, vous ne vous en sortirez jamais.

— Dix ans, murmura-t-il tout en surveillant l'extérieur. Dix ans, et Morgan me pourrit encore la vie. Je ne peux pas le laisser continuer.

— C'est vous qui allez tout gâcher si vous me faites du mal.

« Sois logique, se dit Maggie à elle-même tandis que l'angoisse engourdissait tous ses membres. Reste calme. »

— Cette fois, ce ne serait plus un accident, reprit-elle. Vous seriez vraiment un assassin, et Joyce ne parviendrait jamais à vous le pardonner.

Les doigts de Stan se resserrèrent sur son bras,

si bien qu'elle dut se mordre la lèvre pour ne pas hurler de douleur.

— Joyce m'a toujours soutenu, affirma Stan avec force.

— Oui, elle vous aime et elle croit en vous. Mais si vous me faites du mal, tout changera.

Elle le sentit frissonner. La main sur son bras se desserra progressivement. Elle releva la tête et aperçut Joyce approcher de la maison. D'abord, Maggie crut à un mirage, puis, elle entendit Stan s'arrêter de respirer. Lui aussi l'avait vue.

— Stan! cria Joyce. Stan, je t'en prie, sors.

— Ne te mêle pas de ça, Joyce, répondit Stan en resserrant aussitôt les doigts sur le bras de Maggie.

— Mais je suis déjà mêlée à tout ça, depuis toujours. Je sais que tu as fait tout ça pour moi.

— Bon sang! jura-t-il en tapant du poing sur le mur. Il ne peut pas détruire tout ce que nous avons bâti.

— Non, mon père ne peut plus rien faire, Stan.

Joyce s'approchait doucement, pas à pas. Jamais elle n'avait entendu une telle note de désespoir dans la voix de son mari.

— Stan, il ne peut plus rien nous faire, maintenant. Nous sommes ensemble, pour toujours.

— Ils vont m'emmener loin de toi. C'est la loi. Crois-moi, je la connais bien, je l'ai toujours respectée.

— Tout le monde le sait, Stan. Je resterai avec toi. Je t'aime. Tu es tout pour moi, tu es toute ma vie. Je t'en supplie, pense à moi.

Maggie sentit de nouveau Stan se contracter. Tous les muscles de son visage étaient tendus, et il ne prenait même plus la peine d'essuyer la sueur qui perlait sur son visage. Il regarda derrière la vitre en direction de Joyce, puis du fossé.

— Dix ans ont passé, murmura-t-il à lui-même, et ça continue encore.

Paralysée par la peur, Maggie l'observa sortir l'arme de son holster. Elle croisa son regard bleu, froid et dénué d'expression. Peut-être aurait-il mieux valu qu'elle le supplie de lui laisser la vie sauve ? Mais elle devinait que cela risquait de l'irriter encore plus.

Stan ne prononça pas une parole tandis qu'il posait le pistolet sur la table et relâchait Maggie, qui sentit avec soulagement le sang circuler de nouveau dans ses veines.

— Je sors, annonça Stan d'une voix blanche. Je vais rejoindre ma femme.

Maggie se laissa tomber sur le tabouret du piano et enfouit le visage dans ses mains, sans trouver la force de pleurer.

— Oh, Maggie !

Elle sentit alors les bras de Cliff l'entourer, et entendit les battements sourds de son cœur contre elle.

— Ces dix dernières minutes ont été les plus longues de ma vie, lui chuchota-t-il en embrassant son visage.

Maggie ne souhaitait aucune explication. Cliff était là : c'était tout ce qui comptait.

— Je me disais que tu allais venir. C'est ça qui m'a fait tenir.

— Je n'aurais jamais dû te laisser seule, dit-il en enfouissant le visage dans ses cheveux.

Elle le serra plus fort.

— Je t'ai déjà dit que je pouvais prendre soin de moi toute seule.

Cliff partit d'un grand rire.

— Oui, et c'est ce que tu as fait. Mais tout est fini, à présent.

Il prit son visage en coupe dans ses mains pour mieux l'observer et constata combien elle était pâle. Elle avait le regard fatigué mais lucide. Oui, sa Maggie pouvait se débrouiller toute seule.

— Reiker est arrivé ici assez tôt pour tout entendre. Il va les emmener. Tous les trois.

Maggie songea au visage livide de Louella, au regard angoissé de Stan, à la voix tremblante de Joyce.

— Ils ont été suffisamment punis comme ça, dit-elle.

— Peut-être. Mais s'il t'avait fait du mal...

Cliff caressa le bras de la jeune femme, pour vérifier qu'elle n'avait rien.

— Il ne l'aurait pas fait, assura-t-elle en secouant la tête. Je veux cet étang, Cliff. Vite. Je veux voir le saule pousser au bord de mon étang.

— Oui, tu l'auras, promit-il en l'étreignant plus fort. Et moi ? Veux-tu de moi, Maggie ?

Elle inspira longuement. « Une deuxième chance », songea-t-elle. Elle allait lui laisser une deuxième chance et voir s'il comprenait ce qu'elle voulait.

— Pourquoi voudrais-je de toi ? demanda-t-elle d'un air têtu.

Cliff fronça les sourcils, mais il parvint à ravaler le juron qui lui venait à l'esprit. Au lieu de cela, il décida de lui donner un long baiser passionné.

— Parce que je t'aime.

Tremblante de joie, Maggie poussa un long soupir de bonheur. Oui, elle était ici chez elle.

— Bonne réponse.

Composé et édité par les
éditions HARLEQUIN

Achevé d'imprimer en Allemagne
par GGP Media GmbH, Pößneck
en avril 2012

Dépôt légal en mai 2012